Ulla Hahn

Liebesarten

und andere Geschichten vom Leben

Erzählungen

 PENGUIN VERLAG

Verlagsgruppe Random House FSC® N001967

PENGUIN und das Penguin Logo sind Markenzeichen
von Penguin Books Limited und werden
hier unter Lizenz benutzt.

2. Auflage 2017
Copyright © aller Erzählungen, die im Band *Liebesarten* publiziert wurden,
2006 by Deutsche Verlags-Anstalt in der Verlagsgruppe Random House GmbH,
Neumarkter Straße 28, 81673 München
Für die Erzählungen
»Brief Gertruds, Königin von Dänemark, an ihren Sohn Hamlet«,
»Liebe, Lust und Lügenpresse. Eine infernalische Geschichte« und »Welle«
© 2017 by Deutsche Verlags-Anstalt in der Verlagsgruppe Random House GmbH,
Neumarkter Straße 28, 81673 München
Die Erzählung »Willem van de Zee« © 2017 by Ulla Hahn
Umschlag: Designbüro Lübbeke Naumann Thoben, Köln
Umschlagmotiv: Hanka Steidle/Plainpicture
Satz: Greiner & Reichel, Köln
Druck und Bindung: GGP Media GmbH, Pößneck
Printed in Germany
ISBN 978-3-328-10184-0
www.penguin-verlag.de

Dieses Buch ist auch als E-Book erhältlich.

Inhalt

Zugspitze

So wohl wie in dieser Wohnung hatte ich mich noch in keiner gefühlt. Aber was sage ich: Wohnung! Ein Haus hatte ich bezogen, nun ja, ein Häuschen, keine hundert Quadratmeter, auf zwei Stockwerke verteilt, und drum herumlaufen, wie ich es mir erträumt hatte, konnte ich auch nicht, das Häuschen stand Wand an Wand mit anderen, ein Reihenhäuschen eben. Aber was für eines.

Ein Märchenhaus in der Rosenrotstraße, umgeben von Aschenputtel, Dornröschen, Schneewittchen und wie sie alle heißen, die Grimm'schen, Bechstein'schen, Andersenleute: die Märchensiedlung, gleich hinterm Schloss. Erbaut in den zwanziger Jahren, hatten erfinderische Architekten zeigen wollen, was man mit den Genossenschaftsgroschen kleiner Leute auf die Beine stellen kann. Kein Haus war wie das andere, jedes hatte seinen Vorgarten, schmale Parzellen, die mit ihren kleinen Rasenflächen, Staudenrabatten, Rosenstöckchen und Flieder einen sanften und verträumten Eindruck machten; und hinterm Haus gab es ein größeres Stück Erde, das der Phantasie seiner Besitzer freies Spiel ließ, ihre Wünsche und Sehnsüchte offenbarte.

So grenzte mein Grundstück mit seinen verwilderten Obstbäumen und kniehohem Gras, nur durch Maschendraht getrennt, an dreihundert Quadratmeter Antike, alles aus Polyester, pflegeleicht und witterungsbeständig, errichtet und beherrscht von einem Steuerberater mit Diplom. Triumphbögen führten zu einem mannshohen Kolosseum für Schaufeln und Harken, im Pantheon hinten am Zaun waren Kaninchen untergebracht, zwischen Lorbeerbüschen lauerten gipsweiße Götter und Cäsaren, bei Katzen in weitem Umkreis als Krallenschärfer beliebt.

Ich schweife ab; das kommt leicht vor, wenn mich eine Sache begeistert, und die Siedlung begeisterte mich, begeistert mich noch heute, lange nachdem ich sie verlassen habe.

Es war ein Glücksfall, das Häuschen, meine ich, das Häuschen zu bekommen, ein reiner Glücksfall. Eine Freundin meiner Eltern hatte hier gewohnt; die steilen Treppen waren ihr zuviel geworden, und sie war so dankbar, es mir zu vermieten, wie ich, einzuziehen. Hier, mit Blick auf die viel zu hohe Tanne, die in dem winzigen Vorderbeet wurzelte wie in einem Blumentopf, fand ich die Ruhe, die ich nach meiner Scheidung von Gerhard brauchte. Meine Augen folgten den wogenden Bewegungen, meine Ohren dem Rauschen der mächtigen Äste, und allmählich konnte ich mich auch wieder auf meine Arbeit konzentrieren: Übersetzungen aus dem Spanischen und Portugiesischen, meist für Firmen und Kongresse, aber mein Herz hing an Romanen und Gedichten, der schönen Literatur eben. Hier in der Märchensiedlung erst recht.

Aber nicht der Name allein war es, der mich so heimisch machte; ich neige nicht zur Sentimentalität, seit meiner Scheidung schon gar nicht. Es war die diskrete Balance zwischen Nähe und Distanz der Nachbarschaft, die meinem Verständnis von gelungenem Zusammenleben vollkommen entsprach. Es dauerte eine ganze Weile, bis ich mir ein

Bild von den Nachbarn machen konnte. Vom antikenverliebten Steuerberater zur Rechten habe ich schon gesprochen, linker Hand wohnte eine Familie mit drei Kindern, alle noch zu klein für die Schule. Womit der Mann, ein bulliger Kerl, der jeden Morgen pünktlich um acht sein Motorrad anließ und abends gegen sieben wieder hinters Haus schob, den Unterhalt für seine Familie verdiente, habe ich nie erfahren. Die Frau, untersetzt und drall wie ihr Mann, grüßte freundlich und ein wenig scheu, und den Kindern ging ich so gut wie möglich aus dem Weg. Bis heute habe ich nicht verwunden, dass Gerhard sich damals gegen Kinder gewehrt und ich ihm darin nachgegeben hatte. Kinder, denke ich, hätten unsere Ehe zusammengehalten, nicht auf diese billige Art – nur »wegen der Kinder« –, nein, Kinder hätten uns zu anderen Menschen gemacht, reiferen Menschen, verantwortungsvoller, rücksichtsvoller gegeneinander.

Jetzt war Gerhard schon zweimal Vater geworden und ich aus dem Alter heraus. Dass er mit der Neuen all das tat, was er mir immer abgeschlagen hatte, blieb in allem Kummer die größte Kränkung.

An die Gärten hinter den Häusern grenzten die Gärten einer Parallelstraße. Nicht nur, wenn abends die Lichter angingen, konnte man über Büsche und Blumen hinweg einander in die Zimmer schauen. Die da drüben, wie ich sie für mich nannte, auch als ich ihren Namen schon kannte, hatten hauchdünne Gardinen in weite Bögen gespannt und zogen abends gelegentlich einen Vorhang zu, während ich ein Rollo mit verstellbaren Lamellen anbringen ließ; das Praktische galt mir stets mehr als die Ästhetik; Rollos müssen nicht in die Wäsche.

Ich gestehe, dass ich gerne zu ihnen hinüberschaute, von Anfang an. Im März war ich eingezogen, und die lässig angelegten Beete in ihrem Garten zeigten schon das erste Grün von Tulpen, Krokussen, Hyazinthen, an der Hecke zu meinem Zaun unter einem Strauch Veilchen und Anemonen. Später im Jahr explodierte dort ein prächtiges Paradies, gezähmte Wildnis in immer neuen Farben und Düften bis weit in den Herbst, wenn die hohen Topinamburen sich den immer raueren Winden beugen mussten. Schmale Wege, von Buchsbaum eingefasst, schlängelten sich um die Rabatten zum Zaun und zurück ans Haus, wo im Fenster unter den Gardinenbögen in schimmernden Tonkrügen Grünpflanzen wucherten.

Durch die Lücke zwischen Pflanzen und Gardinen konnte ich Regale erspähen, Bücherregale tief ins Zimmer hinein, womöglich bis zur Decke. Und dann war da, wenn die Sonne in die Fenster fiel, ein eigenartiges Blitzen, das mich immer wieder anzog, mal rot, mal grün, blau und gelb, mal zwei, drei Farben nebeneinander, ein sonderbares Feuerwerk, das erlosch, sobald die Sonne weiterwanderte. Meist lernt man zunächst die Menschen, dann ihre Behausung kennen, erst den Kern, dann die Schale; hier machte mich die Hülle neugierig auf den Inhalt.

Von weitem, das heißt, durch die gedoppelten Fenster, das meine und das von gegenüber, sah ich die Bewohner dann auch zum ersten Mal. Sie, eine hochgewachsene, schlanke Gestalt, grau in vielen Schattierungen, die dunklen Haare eine fedrig geschnittene Haube über einem blassen Gesicht; und ebenso blasse Hände, die eine Gießkanne hielten und die Blätter der Pflanzen streichelten, ja, das taten sie, anders kann ich die delikaten Bewegungen der Fingerspitzen über die grünen Lanzetten auch heute noch nicht bezeichnen. Etwa in meinem Alter schätzte ich die Frau, später musste ich zugeben, dass sie um einiges jünger war.

Dann stand ein Mann hinter ihr, ich hatte ihn aus dem von einer Stehlampe nur schwach erleuchteten Raum nicht kommen sehen, und legte ihr eine Hand auf die Schulter, drehte sie sanft und doch herrisch, wie mir schien oder wie ich es mir vorstellte, denn wie hätte ich die Art und Weise einer Geste aus dieser Entfernung genau erkennen können, also mit seiner Hand auf ihrer Schulter drehte er sich ihren schlanken Körper zu, oder folgte sie einfach dem Druck seiner Hand, in meinen Augen war es ein einziger eleganter Bogen, den ihr Oberkörper vor dem Fenster beschrieb, eine gut einstudierte Tanzfigur, mit der die beiden mir den Rücken zukehrten und im Dunkeln des Zimmers verschwanden.

Ich sagte schon, dass in dieser Siedlung kein Haus wie das andere war, und so konnte ich ihnen in Gedanken kaum durch ihre Räume folgen. Küche und Essecke gingen bei mir zum Garten hinaus, bei ihnen musste dort das Wohnzimmer sein, so erklärte ich mir die Bücher.

Plötzlich trat der Mond aus den Wolken und überspülte die Häuser gegenüber mit seinem toten Licht. Die Mauern schienen sich aufzurecken, und die Dächer erglänzten wie eine Wasserfläche, die von blendender Helle getroffen wird. Von fern bellten zwei Hunde, dumpf, als steckten die Köpfe in einem Sack.

Die Schmerzen der Scheidung hatte ich noch längst nicht verwunden. Zwar war es nicht mehr so schlimm wie im ersten Frühjahr. Nicht einmal den Wind in den Bäumen, seine Zärtlichkeiten, die er dem frischen Laub erwies, hatte ich da ertragen können. Aber noch immer suchte ich in allen Paaren, die mir begegneten, den Makel, den braunen Fleck auf der scheinbar frischen Frucht. Noch so gut getünchte Narben noch so alter Verletzungen entgingen mir nicht. Wartet nur, ihr kommt auch noch dran, zischte es unwillkürlich durch meinen Kopf, wenn ich sah, wie sich der Steuerberater morgens im Garten beim Frühstück hinter der Zeitung vergrub, blindlings nach den Brötchen griff, die seine Frau ihm belegt und gestrichen vorsetzte, wenn ich hörte, wie sie dem Lesenden mit ihren Klagen in den Ohren lag, eine miauende Katze. Sie sind jetzt übrigens wirklich geschieden, auch das habe ich neulich gehört; nur das Abitur der Jüngsten hätten sie noch abgewartet. Die Frau habe das Haus behalten, seine Antiken – Triumphbögen, Kolosseum, Pantheon, Götter und Cäsaren, sogar den Lorbeer – aber habe er mitgenommen und irgendwo im Holsteinischen wieder neu arrangiert. Doch in diesem Sommer saßen der Steuerberater und die Zahnarzthelferin noch an einem Tisch und schliefen noch zumindest unter einem Dach.

Schon am Morgen nach meinem ersten abendlichen Blick auf das Paar gegenüber sah ich die beiden im Garten. Vormittags, wenn Leute in meinem Alter zu Hause nichts mehr zu suchen haben, kramten sie in den Beeten zwischen Tulpen und Narzissen, ehe der Mann sich aufrichtete, die kauernde Frau bei der Hand griff, emporzog und mit der gleichen Geste wie am Abend ins Haus geleitete. Ja, geleitete. Es lag nämlich in all seinem Tun, auch seinem Sprechen, aber das vernahm ich erst später, etwas Feierliches, nichts Außergewöhnliches oder Feiertägliches; vielmehr war diese Feierlichkeit von einer selbstverständlichen ernsten Harmonie getragen, die mich, nun, ich musste selbst schmunzeln, als mir der Vergleich durch den Kopf schoss, an griechische Götter erinnerte, womöglich an den Göttervater selbst. Und sie, die Schöne, Schlanke, folgte ihm wie die Welle dem Wind. Dass er um einiges älter war als sie, konnte ich an diesem Morgen nicht erkennen. Sie waren ein einnehmendes Paar, dessen unaufdringlicher Gleichklang mich meinen missgünstigen Blick, meine Zerstörungssucht gegenüber aller Zweisamkeit in den nächsten Wochen und Monaten mehr und mehr vergessen ließ.

Wenig später traf ich die Frau in der Bücherei unseres Stadtteils. Auch an meinem vorigen Wohnort hatte ich diese Einrichtung nie verschmäht, fand ich dort doch oftmals Titel, die in der Unibibliothek ausgeliehen oder nicht zu haben waren.

Manche Menschen entfalten ihre Anziehung eher aus der Distanz, mit dem Eindruck ihrer Bewegungen, ihrer Gestalt, anderen muss man auf Armeslänge gegenüberstehen, um sich an ihrem Anblick, Einzelheiten wie Augen oder Mund zu erfreuen.

Die Frau von gegenüber war in jedem Falle das, was man als gutaussehend bezeichnet. Doch hätte man, von nah betrachtet, nicht genau zu sagen gewusst, warum. Ihre graubraunen Augen standen ein wenig zu weit auseinander, die Nase war spitz und lang und etwas zu dicht überm Mund, der schön geschwungen, doch schmal über einem kurzen, beinah fliehenden Kinn saß. Ihr grauer Sweater fiel locker über knapp sitzende Jeans.

Wir nickten uns freundlich zu, und ich stellte mich als das neue Gegenüber vor. »Aglaia Meier«, streckte sie mir ihre Hand entgegen, eine gegen alle meine Erwartung weiche, fast knochenlose Hand, die kaum zu dem beinah jungenhaften Körper passte. Wir wechselten noch ein paar Belanglosigkeiten, derweil ich versuchte, die Titel der Bücher zu entziffern, die sie unterm Arm hielt, was mir nicht gelang, da mich der Name Aglaia – Aglaia und dann sowas Gewöhnliches wie Meier – zu sehr ablenkte. Ihre Abschiedsworte »Ich muss los, Kurt wartet sicher schon« klingen nach bis auf den heutigen Tag, nicht nur, weil sie mir den Namen ihres Mannes verrieten, sondern auch, weil der Tonfall den Besitzerstolz und die freudige Bereitschaft zu gehorchen verriet, wie er Liebenden eigen ist und wie ich ihn einstmals auch von Gerhard gehört hatte, wenn er am Telefon einen Kollegen abhängen wollte.

Seit dieser Begegnung winkten wir uns zu, wenn wir einander im Garten sahen; an den Zaun traten wir nicht. Sie verließ das Haus zweimal in der Woche dienstags und donnerstags, ganz so wie Kurt, der mittwochs und freitags morgens mit dem Auto davonfuhr. Im Sommer hörten diese Regelmäßigkeiten auf, und ich schloss daraus, dass sie irgendetwas mit der Universität zu schaffen hätten, was mir die Zahnarzthelferin, geziert die Hand auf ein Jupiterköpfchen spreizend, geheimnistuerisch bestätigte. »Wenn sie sich nur ein bisschen besser anziehen würde«, fuhr sie im gleichen Tonfall fort, und ein Blick auf ihre Gewandung, blumige Rüschenbluse überm dreiviertellangen Glockenrock, machte klar, was sie unter besser verstand. Mein zögerndes Nicken ließ sie verstummen, und sie wandte sich wieder ihren, genauer: seinen, kränkelnden Akanthusstauden zu und ich mich meinem Rosenstöckchen, dem der Mehltau drohte.

Anders als Aglaia verlor Kurt Meier im Näherkommen nicht. Im Gegenteil. Der Eindruck aus der Ferne wurde Schritt für Schritt bestätigt, bekräftigt, verstärkt. Als Teenager war ich im Bücherschrank der Großmutter auf einen blauen Leinenband gestoßen, Erzählungen von Eduard von Keyserling, und hatte mich Hals über Kopf in die müde Lässigkeit seiner Helden, ihre raffinierte Dekadenz verliebt. Mag sein, schoss es mir durch den Kopf, als Kurt mit wenigen langen Schritten auf den Zaun zuging, dass mich diese Schwärmereien eines pubertierenden Mädchens nie losgelassen hatten. Bilder, gegen die anzukommen Gerhard, der sportliche, zupackende Betriebswirt, nie eine Chance gehabt hatte.

Schlank wie Aglaia war Kurt, doch um einiges älter, viel besser passte er zu mir als zu ihr, dachte ich, die ich an Jahren wohl genau zwischen den beiden stand. Kurt ging nicht, er schritt durch die schmalen buchsbaumbegrenzten Rabatten wie Gulliver im Zwergenland, doch ohne das lächerlich Unbeholfene, wenn Proportionen nicht stimmen. Auch Kurt trug einen grauen Pullover zu blauen Jeans, doch ebenso gut hätte er – ja, was trug eigentlich Zeus, wenn er nicht als Schwan, Stier, Wolke daherkam? Einen grauen Pulli und Jeans, natürlich.

Nicht eine Sekunde kam mir in den Sinn, ich könnte mich in diesen Mann verlieben, dazu schien er mir einfach zu perfekt. Sein Gesicht hatte so regelmäßige Züge, dass es beim ersten Anblick fast leer und starr erschien. Die hervorspringende Nase unter der hochgewölbten Stirn, der weite, weiche Mund über dem starken, von Bartwuchs verdunkelten Kinn. Graues Haar in kurzen Locken bedeckte wie eine Kappe den Kopf. Die nussbraunen Augen mit den dunklen, langen gebogenen Wimpern wie die eines jungen Mädchens gaben dem Gesicht eine überraschend lebendige, zärtliche Schönheit.

Perfekt also, bis auf den Namen: Kurt Meier. Alexander, Maximilian, Gereon hätte ich ihm angemessen, sogar vor einem Balthasar wäre ich nicht zurückgeschreckt. Und dann Meier!

»Guten Tag, Frau Nachbarin, Aglaia hat mir schon von Ihnen erzählt«, sagte er und schaute mich mit seinen hellen Nussaugen ruhig und ein wenig prüfend an. Die Stimme war wie seine Erscheinung anziehend und distanziert zugleich, eine Stimme, die zu schmeicheln so gut wie zu rügen wusste, eine tonangebende Stimme. »Schauen Sie nur, es wird Frühling!« Seine Hand, die in groben Gartenhandschuhen steckte, wies in den Himmel, den dicke Schichten schwerer, plumper Wolken bedeckten, aber meine alten Obstbäume standen in Knospen und bogen sich bereitwillig unter dem Wind, der wirklich den Frühling ahnen ließ. Doch als wäre er mit dieser Bemerkung schon an die Grenzen der Intimität gelangt, wandte er sich, mir noch einen guten Tag wünschend, ab und verschwand im Haus.

Ich sah ihm nach, seinen Beinen, die gingen, als wollten sie zeigen, wozu Beine da sind, ein gehendes Gehen, ich übersetzte gerade surrealistische Lyrik aus dem Portugiesischen, und ich spürte, wie ich meine Wirbelsäule geraderückte und die Schultern zurückzwang, Haltung annahm.

Nun darf man nicht glauben, weil ich das alles so ausführlich erzähle, als wäre es gestern gewesen, ich hätte mich doch in Kurt verliebt oder, weniger aufregend, hätte nichts Besseres zu tun gehabt, als hinter den Gardinen zu stehen.

Aber ich kann nicht leugnen, dass mir die Nähe und der gelegentliche Anblick der beiden wohltat, dass er mich freute wie der Anblick eines schönen Gegenstandes oder einer Blume, eines Vogels, etwas, das einfach da ist, ohne den Wunsch nach Besitz auszulösen.

So genoss ich es, ihn abends zu sehen, hinterm erleuchteten Fenster, wenn er, in Nachdenken versunken, den Zeigefinger auf den Mund legte, eine Geste, die ich bei ihr wiederfand, wenn sie in dem Bioladen an der Ecke, wo wir uns fast wöchentlich trafen, aus den Käse- oder Brotsorten wählte.

Dort nahm ich dann auch seine erlesenen, ja, so meine ich es wirklich, Hände zum ersten Mal wahr. Sie prüften eine Ananas, aber was heißt schon: prüfen. Sie liebkosten die Frucht, tanzten mit ihr und um sie herum, schafften aus dem Nahrungsmittel einen Gegenstand der Lust, des Genusses, eine Köstlichkeit aus einer anderen Welt, bevor er sie losließ, freigab, und wieder zu einer Ananas in einem umweltfreundlichen Karton machte, ehe er nach der nächsten Frucht verlangte und diese mit sicher gefügten Griffen für sich und in Besitz nahm. Das ebenmäßige Gesicht war erregt wie das Gesicht eines glücklichen Kindes, und seine junge Frau sah ihm mit einem amüsierten Lächeln zu, nachsichtig, beinah mütterlich. Dann erblickte sie mich, stieß ihn an, die beiden grüßten zu mir herüber; zwei Kinder tobten zur Tür herein, und er ergriff den Weidenkorb und trug ihn zur Kasse.

Mein erster Sommer im neuen Haus war nass und kalt, ich machte mir nichts daraus; fast war es mir sogar lieb. Bei schlechtem Wetter fällt es leichter, im Haus zu bleiben, und ich vergrub mich in meine Arbeit, Luxusarbeit, das portugiesische Kulturministerium hatte Geld für die Übersetzung bereitgestellt, und ich konnte mir erlauben, Maschinenkonstruktionen und Statistikberechnungen bis weit in den Herbst zu vergessen. Neue Freunde hatte ich in der Stadt noch nicht gefunden, mein Beruf machte mir das auch nicht gerade leicht; aber ich habe mich noch nie in meiner Gesellschaft gelangweilt, solange es Bücher und Telefon gibt und seit ein paar Jahren E-Mail, die ich noch mehr schätze: Sie ist leise.

Mein Paar, wie ich die beiden von gegenüber für mich nannte, lebte zurückgezogen wie ich. Nur zweimal sah ich sie in Begleitung. Fast im Gleichschritt kamen sie mir in ihrer Straße entgegen, der Mann in der Mitte, rechts von ihm eine ältere Frau, links die seine. Ihr Gruß erschien mir scheu, fast verlegen, doch es ist sehr wohl möglich, dass mir das erst heute so erscheint. Diese Hülle aus verschwiegener Stille, die das Paar stets umgab, wurde durch die dritte Person noch verstärkt und durch die Wolken, die an diesem schwülen Nachmittag so unbeweglich über den Dächern der Siedlungshäuser standen, als wären sie mit unsichtbaren Drähten an den Kaminen befestigt.

Dann – war es früher oder später im Jahr, ich weiß es nicht mehr – sehe ich diese drei Menschen, diesmal die Jüngere in der Mitte, noch einmal auf mich zukommen, ich glaube, es war sogar in derselben Straße. Die ältere Frau führte einen schwarzen Pudelwelpen an der Leine. Als ich näher kam, begann er zu kläffen und versuchte, sich um die eigene Achse zu drehen, auf der Jagd nach seinem Schwanz, der noch nicht gekappt war. Aglaia beugte sich hinunter, löste das Halsband von der Leine, die der älteren Frau jetzt lose in der Hand hing, hob den Welpen auf den

Arm, drückte ihn an ihre Brust, nahm eine seiner Pfoten und strich sich damit über die Wange. Jedenfalls glaubte ich, das zu sehen, ich nahm ja alles nur im Vorübergehen wahr. Der Besuch muss das Hündchen aber wieder mitgenommen haben, denn ich sah es nie wieder.

Meine Übersetzung erregte in Fachkreisen einiges Aufsehen und wurde zudem – das Buch erschien noch rechtzeitig vor Weihnachten – allein bis Heiligabend über fünftausendmal verkauft, eine für Gedichte schwindelerregend hohe Zahl.

Dies brachte mir den Brief eines Verlages aus Süddeutschland ein mit dem Angebot einer festen Lektorenstelle für Belletristik, noch umwerfender als die fünftausend Exemplare. Ein Lottogewinn ist dagegen nichts. Mein Häuschen im Norden musste ich verlassen. Ein solches Angebot konnte ich nicht ausschlagen. Zum 1. April sollte ich anfangen.

Es war ungewöhnlich warm in diesen letzten Märztagen. Ich verstaute gerade die letzten Bücher in Umzugskartons, als ich Aglaia Meier zum letzten Mal sah. Sie kam die Straße herauf, und ihr Schritt schien mir schwerer, weniger jungenhaft frisch, ihr Pulli straffer zu sitzen als im letzten Jahr, und sie wurde rot wie eine Zwanzigjährige, als sie meinem Blick begegnete und meinen Augen auswich. Ihr Gesicht war weicher geworden, ihre Bewegungen auch. Meine Wehmut damals galt nicht nur meinem eigenen verlorenen Traum vom Muttersein, sondern war auch ein Abschied von meinem Bild eines perfekten Paares. Eines Paares, das sich selbst genügte, keines Dritten bedurfte. Ich heuchelte Freudigkeit, trug Grüße auf an den glücklichen Vater, wünschte überhaupt nichts als Glück, was sie überschwenglich zurückgab, es zwitscherte nur so von Glück zwischen uns bei dieser letzten Begegnung unter dem Frühlingsgeschrei von Amseln und Meisen.

Meine neue Arbeit nahm mich so in Beschlag, dass ich die beiden bald vergaß und mein Häuschen kaum vermisste. Abends fiel ich todmüde ins Bett in einer Wohnung, die nur ein Stützpunkt war im täglichen Getümmel, und anderes brauchte ich auch nicht. Ich lernte eine Menge Leute kennen, ging ab und zu auch wieder aus, ganz klar, die Trauerzeit um Gerhard war vorbei.

Im Herbst lernte ich Robert kennen – er kam gerade aus der Sachbuchabteilung, wo er sein Manuskript zur Staudengärtnerei abgegeben hatte, und ich fiel ihm buchstäblich in die Arme. Nach dem zweiten Abendessen und Abschied vor meiner Haustür beschloss ich ein langes Wochenende in einem Wellnesshotel, um die innere Genesung durch eine Runderneuerung der Fassade hervorzukehren. Die vier Tage verschlangen zwei Drittel meines Monatsgehalts, Extras kamen noch obendrauf, und extra war so ziemlich alles außer Bettwäsche und heißem Wasser, aber wie schon die Vorfahren sagten, man muss mit der Wurst nach der Speckseite werfen oder, zeitgemäßer ausgedrückt, in die Zukunft investieren.

Die selbstverständliche, etwas altmodische Eleganz des Hotels erinnerte an adlige Sommersitze verblichener Zeiten, eine Atmosphäre lose und weich, durchduftet von üppigen Sträußen, die den vom Alltag gehetzten Gast gleich in der großzügigen Eingangshalle empfingen, gepolstert von Teppichen und der unaufdringlichen Dienstbarkeit erstklassig geführter Häuser. Tausend Kleinigkeiten, jede für sich kaum der Erwähnung wert, ergaben zusammen so etwas wie Glück, solange man die Türen nach draußen geschlossen hielt.

Sobald ich dem Pagen, ein hübscher Junge in silberbetresster blauer Livree, ein Trinkgeld in die Hand gedrückt hatte, gab ich mich dem Luxus des festen Arrangements hin, das mir mit einem Stundenplan nur für mich, auf mein Wohlbefinden, meine Schönheit zugeschnitten, sofort jede Verantwortung für eine eigene Ordnung der Zeit abnahm.

Die Flügeltür zum Balkon schwang leicht auseinander, ich streckte und dehnte mich, ließ den Augen freien Lauf über die Hügel, schickte sie die bewaldeten Hänge hinauf und höher, Felswände empor, bis sie vor einem grellen Glanz auf dem höchsten Gipfel zurückzuckten: Weit in der Ferne loderte auf der Zugspitze ein heller Brand. Ob man morgen davon in der Zeitung lesen würde?

Am Tag meiner Anreise ging ich zum Abendessen hinunter in den Speisesaal, doch die Gespräche meiner Tischgenossin und vor allem deren Parfumkonsum bewogen mich, mir zukünftig auf dem Zimmer servieren zu lassen. So verbrachte ich zwei wohlige Tage in meiner luxuriösen Klausur, mit »da draußen« nur durch liebevoll sehnsüchtige Anrufe Roberts verbunden, die das Gefühl wachsen ließen, ich könnte diese gut gepolsterte Wellness-Welt mit zurücknehmen in einen Alltag, den Robert zum Sonntag machen würde, tagtäglich.

Der Fitnessbereich öffnete um sechs Uhr dreißig, ich war immer die Erste und hatte die Bäderanlage ganz für mich, etwa eine Stunde lang, dann trudelten ein paar dazu, die sich für Frühaufsteher hielten und mich mit ungläubigem Erstaunen schon auf dem Rückzug in meine Kabine sahen.

Ich hatte mich nach meinem Brause-Bürsten-Ritual gerade in den Whirlpool gleiten lassen, die Düsen so verstellt, dass ihr genau dosierter Strahl auf mein Kreuzbein traf, hielt die Augen geschlossen, die Beine gestreckt, da vernahm ich platschende Schritte, die, näher kommend, mich die Augen unwillig aufreißen ließen. Um sie gleich wieder zu schließen: Eine Nackte, der das alternde Fett in hängenden Bögen um die Knochen schwang, die kurzen, struppigen Haare überm groben Gesicht knallrot gefärbt, ließ sich mir gegenüber ins Becken plumpsen. Instinktiv zog ich die Beine an den Bauch heran, instinktiv spannten sich meine Muskeln zur Flucht – zu spät. Sekunden genügten, in denen die Dicke mich aus zusammengekniffenen Augen fixierte: »Sie sind es doch!« Und sie nannte meinen Namen und mit noch erregterer Stimme den ihren, und nun erkannte ich sie auch, vor allem an dem norddeutsch gefärbten Tonfall, es war Frau Pedders, die Putzfrau aus der Märchensiedlung. Mir hatte sie nur einmal, beim Einzug, geholfen, Großreinemachen, die alte Dame hatte nicht mehr gut genug gesehen und niemand ins Haus gelassen. Auch ich konnte danach auf Frau Pedders wieder verzichten, doch ich traf sie von Zeit zu Zeit in den Straßen der Nachbarschaft, wo sie offenbar eine dankbare Stammkundschaft hatte.

Wäre sie von der Art der Damen gewesen, die hier im Hotel den Tonfall angaben, ich hätte keinen Moment gezögert, den Pool zu verlassen. Angehörigen sogenannter unterer Schichten gegenüber aber empfinde ich seit jeher ein unbehagliches Gefühl, das, so glaube ich, aus meiner pietistischen Erziehung herrührt, eine Art schlechtes Gewissen, als hätte ich denen, damit es mir besser geht, etwas weggenommen, wo doch alle Menschen gleich sind. Allerdings, und das sage ich mir auch immer wieder, aber es hilft nichts, nur vor Gott. Ich bin daher immer betont höflich und freundlich zu jedweder Person des Dienstleistungsgewerbes, aber auch dabei fühle ich mich nicht besonders wohl; in meinem Kopf nisten zu viele Geschichten, in denen der Gutsherr seinem Gesinde an Festtagen mal einen Groschen in die Hand drückt, gnädig grüßt und mit der Gerte vom Pferd herab die eine oder andere Schulter streift.

So streckte ich meine Beine wieder aus und versuchte, mich auf die Wohltat der Massagedüsen in meinem Rücken zu konzentrieren. Zudem war ich neugierig: Wie kam Frau Pedders hierher? Noch ehe ich die Frage stellen konnte – allerdings hätte ich auch nicht gewusst wie –, noch ehe ich also den Mund auftun konnte, ließ mich Frau Pedders ohne Umschweife wissen: »Ja, das is ja nu 'ne Überraschung!«

Mein dankbares Lächeln ermutigte sie: »Ne ne, ich meine nicht Sie, ja Sie auch, ach, Sie glauben ja nicht, was ich Ihnen alles erzählen muss. Ja, hier den Aufenthalt, dieses wällnäss wiekend, das hab ich gewonnen!«

»Gewonnen?«, echote ich.

Frau Pedders nickte und sah mich aus schlauen Augen an. »Bei den Dirks, Sie erinnern sich doch noch, schräg gegenüber von Ihnen, dem Bauingenieur, da lag immer so 'ne Zeitschrift, für die Frau von dem. Und die konnte ich nach einer Woche mitnehmen, und das Rätsel, das hab ich jedesmal gelöst. Seit Jahren schon, und diesmal hat es geklappt. Jetzt bin ich hier. Aber gefallen? Ne, gefallen tut es mir hier nicht. Da fahr ich doch lieber in die Lüneburger Heide oder nach Grömitz an die Ostsee. Und dann das Essen hier! Das ist ja die reinste Hungerkur! Aber ist ja alles für lau, wie der Hamburger sagt, haha.« Frau Pedders klatschte sich die nasse Hand auf den Mund. »Aber was erzähl ich da. Sie kennen doch die Meiers? Die von gegenüber, vom Garten gegenüber, mein ich jetzt?«

Ich nickte, aber Frau Pedders war schon weiter. »Nee aber auch, was da passiert ist! Aber das erzähl ich Ihnen heute Nachmittag bei 'nem Stückchen Kuchen. Sie sind ja schon ganz blau im Gesicht. Und so auf leeren Magen! Nee, da kann ich Ihnen die Geschichte nich zumuten. Also dann, so um vier, sechzehn Uhr, in der Kaffeteeria.«

Gewiss, mich am Haken zu haben, drehte Frau Pedders die Düsen in ihrem Rücken auf volle Kraft, rutschte ein Stück tiefer, legte die Hände auf ihrer Fettschürze ab und schloss die Augen. Plötzlich waren sie wieder da, Aglaia und Kurt Meier, das schöne Paar von gegenüber. Sie waren die Einzigen, von denen ich mich verabschiedet hatte. Mit meiner Topfpflanze, einer Azalee, kurz vor der Blüte, hatte ich bei ihnen geklingelt und ihr Haus zum ersten und letzten Mal betreten. Scharf stiegen die Bilder in mir herauf, die Bilder und mehr noch die Gerüche, derweil ich mich warm rubbelte, cremte und nochmals cremte, als müsste ich mir eine zweite Haut zulegen.

Noch einmal roch ich die dichte, düstere mannshohe Wacholderhecke, die allein vor ihrem Haus die lichte Kette der Vorgärten unterbrach; herb und geheimnisvoll wehte jedem Vorübergehenden der strenge Geruch noch lange nach, besonders an heißen Sommertagen.

Noch einmal sah ich das Zimmer, das ich mir so oft vorgestellt hatte. Nur ein paar dicke Kerzen in etwa meterhohen Messingleuchtern spendeten Licht, und die Schatten der Ständer überschnitten sich, formten Hieroglyphen, unentzifferbare Zeichen. Wirklich reichten bei ihnen die Bücherregale wie bei mir bis zur Decke. Es gab weder Sessel noch Sofa, Lederpolster und Kissen verschiedener Größe und Farbe lagen einfach im Raum, und Tische gab es, nicht höher als ein Katzenrücken. Ob sie weich oder hart waren, die Polster, weiß ich nicht. Keiner von beiden bot mir an, mich zu setzen. Vielmehr schienen die leeren offenen Kissen entlang den Regalen darauf zu warten, dass sie hinabstiegen von den Wänden, aus ihren Büchern, die Mörikes und die Hoffmanns mit ihren schwarzen Pudeln, der schönen Lau und dem wilden Wassermann; Spiegel, das Kätzchen, sprang mit den Pfoten nach den Flammen, die wie Mäuseschnäuzchen aus den Kerzen wuchsen.

Zwei der Kissen hatten eine kleine weiche Delle und lagen nahe einer Glaskugel, die aus farbigen Schichten, kunstvoll in- und gegeneinander verschränkt, zusammengesetzt war. Später fiel mir ein, dass von ihr wohl die sonderbaren Sonnenblitze rührten. Und Blumen gab es, viele Blumen. Einzelne Blüten steckten in hohen, schmalen Vasen, die zu zweit oder in Gruppen beieinanderstanden, jeder Stängel in seinem Wasser. Frische Rosen nickten mit schweren erfüllten Kelchen, und aus einer Schale, in der Blütenblätter trockneten, stieg ein Duft nach sommerheißem Heu. Mag sein, um irgendetwas zu tun, fuhr Kurt Meier mit seiner Hand in die Schale, tief hinein mit seiner schönen Hand, und es knisterte ein wenig, und er zog sie, wie mir schien, fast verschämt wieder heraus, fühlte sich wohl bei einer häuslichen, beinah intimen Geste überrascht; und wirklich, ich wurde das Bild dieser Hand zwischen den trockenen, duftenden Blättern lange nicht los, stellte mir auch vor, wie sie abwechselnd beide, mal sie, mal er, jedesmal, wenn sie an der Schale vorübergingen, ihre Hände hineintauchten oder sie nur mit den Fingerspitzen und so einander aufs Subtilste berührten, ja in ständiger Berührung verharrten, im Duft der Berührung, ihrem flüsternden Echo.

Aglaia nahm mir den Topf aus der Hand, das Haus war erfüllt von Musik: »Hier muss ich das Elend bauen«, sang ein Bariton. »Aber dort, dort werd ich schauen / süßen Frieden, stille Ruh.« Weich und mächtig, eine Verlockung zum Tod.

Trotz der Waage, die mir schon nach knapp zwei Tagen Fitnesskost mit einem Kilo Verlust schmeichelte, trotz neuer Frisur, Fransen mit Strähnen, trotz Farbberatung und Kosmetiktermin – der Vaporizer mit seinem aufdringlichen Dampf machte mich heute besonders nervös –, der Vormittag wollte nicht vergehen. Später versuchte ich zu lesen, aber nach ein paar Sätzen Čechov schoben sich Aglaias Augen zwischen die Zeilen oder die Hände Kurts, die den Zeigefinger auf den Mund legten, auf einen Mund, der in Roberts Gesicht geschnitten war, Robert und Kurt verschwammen ineinander, wir waren ein schönes Paar, schön wie das schöne Paar von gegenüber. Erst das Telefon schreckte mich auf: Frau Pedders erwarte mich im Café.

Sie saß vor einem Stück der einzigen Sahnetorte, die es hier gab, und unterschied sich von weitem durch nichts von den anderen, die in ihrer uniformen Eleganz dieses Haus mit jener beiläufigen Selbstverständlichkeit belegten, die früher Geburt verlieh, heute Geld. Nie hatte ich Frau Pedders anders als in Kittel und verbeulten Hosen gesehen. Hier trug sie ein dunkelblaues Kostüm von zeitlosem Schnitt mit einer weißen Bluse, nicht gerade kühn, aber angemessen für diesen Ort, dazu einen buntgemusterten Schal über der linken Schulter. Auch sie war beim Friseur gewesen. Er hatte das Ampelrot ihrer Haare ins Kastanienfarbene gedämpft, die starre Krause in lockere Wellen gedehnt Vor allem aber die Brille – eine schmale Silberrandfassung mit ein wenig Horn an den Bügeln – war es, die Frau Pedders' gutmütigen Zügen eine gelehrte Strenge verlieh und, zusammen mit Kostüm und Frisur, eine Aura gediegener Lebensart um sie schuf.

Der zierliche Empiresessel zwang ihr eine aufrechte, beinah graziöse Haltung ab, schmeichelndes Nachmittagslicht fiel durch die hohen Scheiben und entrückte die Cafégäste und mit ihnen Frau Pedders in eine Welt, in der alles so war, wie es schien, so schien wie wahr, in der nichts schien, wie es wirklich war.

Nur wenn man ein Auge dafür und es zudem darauf abgesehen hatte, konnte man feststellen, dass Frau Pedders' Füße in billigen Schuhen steckten, die Kanten des immerhin echten Seidentuches nicht handgerollt waren und ihre Haltung der eines Patienten im Wartezimmer kurz vor dem Aufruf glich.

Ich begrüßte sie eine Spur zu herzlich, und sie, ihre Befangenheit überspielend, gab den Gruß eine Spur zu salopp zurück, aber dann strahlte sie doch übers ganze ehrliche Gesicht, offenbar froh, sich in dieser fremden Welt an eine bekannte Seele halten zu können.

»Lachen Sie nicht«, begann sie, nachdem ich einem jungen Mädchen, dem nichts mehr am Herzen zu liegen schien, als mich mit Kaffee und Kuchen zu versorgen, meinen Wunsch nach einem Cappuccino mitgegeben hatte,

»lachen Sie nicht«, sagte Frau Pedders und rückte mit beiden Händen die Bügel ihrer Brille fester hinter die Ohren, Hände, die lange in einem Paraffinbad gelegen haben mussten und denen man die Profession kaum ansah, doch hatte sie, erinnerte ich mich, bei ihrer Arbeit immer schlabbrige rosa Handschuhe getragen, eine Nummer zu groß, hatte sie mir verraten, die Haut muss atmen. Nagellack war aufgetragen, dezent wie ihr Lippenstift, dezent wie alles in diesem Haus.

»Die haben sie mir heute verpasst«, Frau Pedders sah mich unsicher, gleichwohl beifallheischend an. »Finden Sie, dass die mir steht? Ich brauch doch gar keine Brille. Aber die Visa … – Visa …, ach, die für das Gesicht meinte, 'ne Brille gibt mir sowas Gewisses, sowas Studiertes. Aber ich weiß nich!« Ehe ich antworten konnte, hatte Frau Pedders die Brille in ihrer Handtasche verstaut, deren Geschmacklosigkeit nicht weniger verräterisch war als die Schuhe.

»Ich kann sie zurückbringen; ist nur leihweise. Sonst hab ich ja hier alles inklusive. Sehn Sie nur mal hier, meine Finger.«

Wie ein Schulmädchen streckte mir Frau Pedders über der Sahnetorte ihre Hände entgegen und kehrte sie, Handrücken, Handfläche, ein paarmal auf und ab.

»Da hat sich der Hauptgewinn doch noch gelohnt. Aber deswegen sitzen wir ja nicht hier.«

Frau Pedders wartete, bis die Bedienung den Cappuccino und ein paar Kekse vor mir arrangiert hatte, und lehnte sich, soweit der Empirestuhl es zuließ, behaglich zurück. »Wenn Sie wüssten!«

Ich schaute verstohlen auf die Uhr. Um fünf hatte ich eine Verabredung mit der Kosmetikerin: altersgemäßes

Schminken, was natürlich ganz anders hieß, Anti-Aging-Make-up oder so ähnlich. Jedenfalls hoffte ich, dort zu lernen, mit Pinsel und Farbe ein paar Jahre auszustreichen.

»Der Meier ist ja nun auch tot!«, platzte Frau Pedders, sobald das Mädchen uns den schwarzen Rücken mit der weißen Schleife zugekehrt hatte. »Tot.«

»Tot?«, wiederholte ich und biss mir gleich die Lippen. Hundertfach, das wusste ich aus meiner Übersetzungsarbeit, laufen Dialoge bei der Nachricht eines Todes so ab.

»Tot«, bestätigte Frau Pedders und ließ sekundenlang schweigend den Löffel in der Tasse klirren, ehe sie den Kaffee mit abgespreiztem kleinen Finger – wann hatte ich das zum letzten Mal gesehen? – zum Mund führte und genüsslich schlürfte.

»Tot!« Neue Pause. »Am Millerntor. Unter den Bus. Und ich, ich war ja im Haus, als die kamen. Die Polizei, mein ich. Viel zu putzen gab es da ja nicht. Mal eben staubsaugen und die Papierkörbe. Das waren ja so saubere nette Leute. Und dann sowas.«

Frau Pedders sah mich aus schimmernden Augen an, und es war nicht auszumachen, was sich hinter dem feuchten Glanz verbarg: aufsteigende Tränen um Herrn Meier, Lust am Erzählen, Triumph des Überlebens?

»Ja, und ich war ja im Haus, als die Polizisten kamen und fragten, ob ich Frau Aglaia Meier bin. ›Nein‹, sagte ich, ›die ist nicht im Haus. Worum geht's denn?‹, fragte ich. ›Herr Meier ist verunglückt‹, sagten sie. ›Er liegt auf der Intensivstation. Wo können wir seine Tochter finden?‹ Seine Tochter? Ich war platt, können Sie sich denken. ›Von einer Tochter weiß ich nichts‹, sagte ich, ›und seine Frau, die Aglaia, die ist in Kur.‹«

Ich spürte, wie mir das Blut in den Magen sackte und sich dort zu einem harten Klumpen ballte. Aber Frau Pedders war schon weiter: »Der jüngere von den beiden Polizisten zog ein Papier aus der Rocktasche und las vor: Aglaia Meier, geboren, ich hab's vergessen, so in den sechziger Jahren, ein Meter dreiundsiebzig groß, das hab ich behalten, ich hatte sie immer für größer gehalten, sie war ja so dünn, Augen graubraun, Familienstand: ledig; wohnhaft, na, Sie wissen ja.«

Frau Pedders heftete ihren Blick auf mich, wie sich damals vier Polizistenaugen auf sie geheftet haben mochten, als sie dastand in Schlappen, Kittel, rosa Gummifingern und stotterte, »ja, und ich stotterte«, sprudelte sie heraus: »Das ist sie. Seine Frau! De Aglaia!«

Die Polizisten sagten aber immer wieder, ne ne, de Aglaia wär die Tochter, und ich wusste nichts mehr zu sagen und sagte, dann sollten sie wiederkommen.« Frau Pedders verzog ihr erhitztes Gesicht zu einer kummervoll-erregten Grimasse. Ihre Augen glänzten hart und erwartungsvoll.

»Und Aglaia, wo ist Aglaia jetzt?«, brachte ich mühsam heraus und fuchtelte wenig vornehm nach der Bedienung.

»Ja, verstehen Sie denn nicht! Die Tochter! Wo die doch immer getan haben wie Mann und Frau! Also!« Frau Pedders lehnte sich mir aus ihrem Empirestuhl heraus weit entgegen und flüsterte: »Is das nich kriminell?«

»Oh wirklich? Wie Mann und Frau?«, suchte ich so nebenher und so hochmütig wie möglich zu erwidern, während ich zurückwich und der Klumpen in meinem Magen sich ausdehnte. »Da waren Sie ja wohl die Einzige, die dieser irrigen Annahme Raum gegeben hat.«

»Ja, aber …« Frau Pedders kniff den Mund zusammen und presste das Kinn auf die Brust, dann, sich aufrichtend, sah sie mich beinah verächtlich an und sagte wegwerfend: »Ach Sie, keine Ahnung haben Sie.«

»Und Aglaia«, wiederholte ich. »Was ist mit der?«

»Weg«, sagte Frau Pedders kurz angebunden, »niemand weiß wohin. Sie war vorher schon weg, bevor das passierte, zur Kur wegen der Nerven, sagte sie, und ist gar nicht erst wiedergekommen. Und ihr Mann, äh, ihr Vater, also der Meier, direkt vor den Bus!«

Ich hatte den Blick der Bedienung endlich eingefangen. Sie eilte an unseren Tisch, nahm das Geld für den Cappuccino aber nicht gleich entgegen, sondern musste zuerst den Bon an der Kasse holen. Die Minuten bis zu ihrer Rückkehr schienen Stunden, Stunden, in denen ich einer Frau Pedders, die schwieg, doch mich mit höhnischen Augen unverhohlen musterte, standzuhalten hatte. Nie würde ich vergessen, wie der Goldrandteller mit den Kuchenresten aussah und die zierliche Gabel, die Frau Pedders schließlich wieder in Bewegung setzte, um die Krümel zusammenzuscharren, und auch nicht das Geräusch von Metall auf Porzellan. Die hellgelbe Tischdecke schien die einzig stabile Oberfläche auf der Welt.

Im Café gingen die Lichter an. Rosiger Schein aus vielen kleinen, seidenbespannten Lampen umschloss die Tische mit warmem Glanz. Ich verabschiedete mich hastig von der Frau, die wieder aufrecht ihr Sesselchen einnahm. Und ich sah, während ich verstohlen einen Blick zurückwarf, dass sie die Brille wieder aufgesetzt hatte.

In meinem Zimmer trat ich auf den Balkon. Die Sonne stand schon tief, Bäume und Bänke warfen lange, flache

Schatten. Ich schaute hinaus über die Wiesen, die waldigen Hänge, bis die felsige Kette der fernen Berge den Augen Einhalt gebot. Ich schaute und rührte mich nicht. Als das Telefon schnarrte, nahm ich nicht ab. Ich schaute und schaute. Dicht und weiß wie Milch stiegen hohe, schmale Nebelfetzen auf, wanderten über das Gras, rankten sich an den Eichen empor, zogen den Bergen entgegen. Jeden Augenblick veränderten sie ihr Aussehen, bald schienen sie sich zu umarmen, dann wieder sich zu verbeugen, miteinander, gegeneinander, oder sie flehten mit ausgestreckten Armen zum Himmel empor, der herniederfunkelte aus tausend Augen.

Ich fuhr sehr früh am nächsten Morgen; die Rechnung würde man mir nachschicken. Die Sonne war schon aufgegangen, nur noch ein paar letzte Nebelreste klammerten sich um Sträucher und Büsche, und die Berge in der Ferne wurden rasch kleiner. Wie dumm war ich gewesen, ein paar glühende Bergspitzen für eine Feuersbrunst zu halten. Es waren ja nur, hatte mir der Liftboy verraten, die letzten Strahlen in den Fenstern des Gasthauses dort oben gewesen, die mich geblendet hatten, ehe die Sonne unterging.

In den Dünen

Schon seit über einer Stunde läuft der Mann durch die Dünen vor meinem Fenster, hinauf und hinunter, ist für eine Weile verschwunden und taucht wieder auf wie aus Wellenbergen. Dünen, hatte Eva gesagt, sind die Kinder von Erde und Meer.

Ich bin seit vielen Jahren nicht mehr auf der Insel gewesen. Damals war ich durch die Dünen gelaufen wie heute der Mann in der hellen Windjacke und den braunen Hosen, damals, als man noch einfach draufloslaufen konnte, den Sand lostreten und hinabgleiten durfte und nicht wie heute gezwungen ist, vorgezimmerten Wegen zu folgen.

Der Mann da draußen läuft, wie ich damals gelaufen war, hastigen Schritts, schnell, aber nicht leicht, nicht unbeschwert, als schleppte er eine unsichtbare Last mit sich, wohin er auch immer liefe. Ein Eindruck, der sich verstärkt durch das unregelmäßige Auf und Ab in den sandigen Fluten, die Ziellosigkeit einer kopflosen Flucht.

Auch ich war damals so hin- und hergewechselt zwischen Dasein und Wegsein, war über die Insel gelaufen, den Strand entlang hinauf zum Ellenbogen und wieder zurück ins Dorf, in den Schutz der Reetdächer, hatte die Fäuste um das harte Gras im klammen Sand gekrampft, bis es durch die Haut schnitt, und ihrer beider Namen gebrüllt. Geflohen war ich, hierher geflohen aus der Stadt, von zu Hause und von Nicht-zu-Hause – »Mein Mann ist nicht zu Hause. Nein, ich weiß nicht, wann er wiederkommt« –, und hier floh ich weiter, vor mir, vor meiner Frau und vor Nicht-meine-Frau; vor der Entscheidung.

War ich nicht glücklich gewesen mit Eva? Eva mit ihren winzigen Füßchen, Eva so schmal, dass sie in eine Jungenhose passte, Eva, die auch im Bett verspielte Kinderzärtlichkeiten allen anderen vorzog. »So kann es ja noch mit siebzig sein«, hatte ich oft gescherzt; und sie darauf, sich ankuschelnd wie eine Dreijährige: »Warum so lange warten?«

Damals waren wir beide erst Anfang vierzig. Kinder hatten wir keine; es lag an mir. Ja, ich war glücklich mit Eva, liebte sie und liebte meinen Beruf, hatte an meiner Universität gerade nach einer C3- eine C4-Professur bekommen, und die Mittel für mein Forschungsprojekt »Die deutsche Literatur in der Nachkriegszeit« standen kurz vor der Genehmigung. Eva, Germanistin wie ich und Lehrbeauftragte am Institut, würde mich bei dieser Arbeit unterstützen. Ich vermisste nichts.

Als Kind hatte ich mir beim Sturz von einer Kastanie einen Wirbel unterhalb des Nackens angebrochen. Er war gut verheilt, doch wenn ich zu lange am Schreibtisch saß, brauchte ich Massagen.

Diesmal empfing mich nicht wie gewöhnlich mein robuster Muskelmann, sondern eine junge Frau, die allerdings nicht weniger zupackend wirkte. Und es auch war. Ob es an ihren energischen Handgriffen lag, wer weiß, jedenfalls kam ich, als sie mir mit einem Klaps aufs Steißbein das Ende der Behandlung zu verstehen gab, nicht mehr hoch. Hexenschuss. Sie fuhr mich zum Arzt, ich kriegte eine Spritze, wir gingen Kaffee trinken.

Danach behandelte sie mich vorsichtiger, behutsam, fast zärtlich, verhätschelte mich nach den Regeln ihrer Kunst, und nach ein paar Behandlungen glaubte ich zu träumen, als ich spürte, dass sich ihre Fingerspitzen übers medizinisch Notwendige hinaustasteten. Wie im Kitschroman, hatte ich noch gedacht und mich ihr dann lustvoll genießend überlassen.

Zu Hause lag die Ausrede nahe. Die Vorbereitung des Forschungsprojekts war in der Endphase und leider, ja leider, Evas Planstelle doch nicht genehmigt worden. Stunden, Nachmittage, Abende, dann auch Wochenenden verbrachte ich mit der schönen, geschickten Masseurin. Gertie mit den großen Füßen, den großen, kräftigen Händen, dem großen Mund, der am schönsten war, wenn er küsste und schwieg. Schon wenn er lachte, war das mitunter zu viel, zu laut und über Dinge, die mich irritierten. Ich schob es ihrer Jugend zu. Gertie war zwanzig Jahre jünger als Eva und ich, dachte bei Schiller an Schillerlocken, geräucherten Fisch, und bei Goethe an den ICE nach Frankfurt. Von meinen Leistungen im Bett gab sie sich hingerissen, und dass ich verheiratet war, schien sie hinzunehmen, als litte ich an einer unheilbaren Krankheit oder hätte einen Arm zu wenig, ein Bein zu viel. Entzündet von Gertie, versuchte ich anfangs, das heimische Feuer an meiner aushäusigen Glut neu zu entfachen. Doch Eva nahm meinen unverhofften Ansturm mit amüsierter Abwehr entgegen und war froh, dass ich mich bald wieder mit Kraulen und Küsschen zufriedengab.

Eva nannte mich bei meinem preußisch korrekten Namen: Friedrich. Machte zwei weiche, friedliche Silben daraus. »Friedrich heißt man mit siebzich«, hatte Gertie gespottet und mich Freddy getauft. Zwei Namen, zwei Leben. So unterschiedlich wie die Frauen, die mir die Namen gaben, die zu ihnen passten und zu mir. Freddy, der Spaßvogel und Draufgänger; dass ich so gar nichts von einem Professor an mir hätte, war Gerties höchstes Lob. Eva hingegen liebte ihren Friedrich, ein wenig steif, sogar pedantisch, Bücherwurm und zerstreuter Professor. Und ich liebte es, mit beiden Namen beide Leben zu leben.

Auch auf die Insel war ich in jenen Monaten mit jeder gefahren. Mit Gertie nach Westerland, wo wir bis weit in die Nacht in Discos verschwanden, faul in der Sonne brieten, einkauften und im feinsten Gasthof speisten. Es schmeichelte Gertie, dass der Besitzer persönlich an unseren Tisch kam, und es gefiel ihr noch mehr, dass er sie für meine Frau hielt. Ich hatte ihm am Telefon einen Wink gegeben.

Eva sagte nichts, als ich von diesem Kongress gebräunt und aufgekratzt zurückkam. Sie war bei ihrer Schwester gewesen, deren Krebs wieder gestreut hatte, und nahm meinen vom schlechten Gewissen spontan diktierten Vorschlag, demnächst ein Wochenende auf der Insel zu verbringen, mit argloser Freude an.

Westerland verachteten wir beide, zogen uns in ein Reetdachhaus zurück, liefen morgens in die aufgehende Sonne an den Strand, seinen wellengezeichneten Sand, saßen im Strandkorb und japsten.

»Kneif die Augen zusammen und denk, du fliegst im Ballon«, hatte Eva am letzten Morgen gesagt, »dann sieht der Sand hier aus wie ein riesiges Wüstengebirge.«

Ich hatte ihre kleine Hand in die meine genommen. Im Gegensatz zu Gertie, die Schmuck – von Plastik bis Diamanten – liebte, trug Eva nur ihren Ehering, und diesen Ring hatte ich angesehen, als hätte ich ihn ihr gerade angesteckt. Bis dass der Tod euch scheidet.

Gertie war nach diesem Wochenende mit Eva nicht mehr die Alte. Wie immer lag sie verführerisch entbekleidet auf der Couch, Champagner, gedämpftes Licht, das rote hatte ich ihr abgewöhnt, alles wie immer. Nur trug sie, was ich aber erst auf einen dritten, vierten Blick bemerkte, keinen Schmuck, bis auf den einen Ring, den ich ihr auf der Insel geschenkt hatte. Sie trug ihn am rechten Ringfinger. Die Steine, ein Achat und zwei kleine Brillanten, nach innen gedreht.

Diese Hand rückte sie wie unabsichtlich immer wieder in mein Blickfeld; sah ich auf ihren Oberschenkel, lag dort die Hand, schaute ich auf ihr von schwarzen Spitzen umsäumtes Dekolleté, machte sie sich dort zu schaffen. Die Hand, wie gesagt, eine große, kräftige, zupackende Hand, sah mit dem schlichten Goldreif ernsthaft und verletzlich aus. Eine Ernsthaftigkeit, die so weit ging, dass ich dachte, legal, eine legale Hand, und dass ein Ehering an der Hand einer Frau wirkt wie eine rote Ampel. Ich tat, als merkte ich nichts, und sie sagte nichts. Das überließ sie dem Ring.

Seit diesem Abend entwickelte sie nun doch dieses Gefühl, dessen Abwesenheit unser, vor allem aber mein Leben so einfach hatte sein lassen: Eifersucht. Und zwar in einem Tempo, als wollte sie etwas wettmachen. Wen ich mehr liebe, sie oder Eva, fragte sie, mich mit Küssen und Handgriffen überschwemmend, und wenn ich mich mit der ewigen Ausflucht aller treulosen Ehemänner herauswinden wollte, das könne man doch nicht vergleichen, entzog sie sich mir so lange, bis ich, außer mir vor Begierde, »Dich!«, schrie, »dich dich dich«, und dabei die Wahrheit sagte und log in einem Atemzug. So, wie wenn ich Eva meine Einzige nannte, was ich nun so oft tat wie nie zuvor.

Das ging so fast anderthalb Jahre. Mein Forschungsprojekt war längst genehmigt, mein Büro in der Uni der einzige Ort, wo ich mich sicher, meine Arbeit die einzige Zeit, in der ich mich frei fühlte. Dann begann Gertie, entgegen unserer Abmachung, dort anzurufen, auch übers Sekretariat, beteuerte mir mitten in die Vorbereitung eines Seminars über die Moralvorstellungen bei Heinrich Böll, ohne mich nicht mehr leben zu können, ihr Leben verrausche, ja, verrausche, sagte sie, sie hatte begonnen zu lesen, mir zuliebe, ebenbürtig wolle sie mir werden, die Steine nach innen gedreht.

Als ihre Anrufe auch nach Hause kamen und meine Frau zum wiederholten Mal den schwachen Witz von der verliebten Studentin gemacht hatte, die auflege, wenn der Hausdrachen abnehme, stieg ich eines Morgens statt in die U-Bahn zur Uni in den Zug. Kaufte mir in Westerland Zahnbürste, Rasierzeug und Pyjama und quartierte mich in einem Hotel bei den Reetdachhäusern ein. Es war Herbst, und die Touristen, damals längst nicht so viele wie heute, waren schon wieder in ihren Städten. Nasskalter Niesel, Hamburger Schmuddelwetter bis an die Nordsee.

Aber ich war, kaum hatte ich die Aktentasche aufs Bett geworfen, einfach losgerannt, im Anzug und in feinen Schuhen, in meinen dünnen, hellen Popelinmantel gewickelt. Hatte mir, kaum aus der Tür, die Krawatte vom Kragen gerissen und dem Wind entgegengeworfen, der sie begierig ergriff und in die Dünen trug, wo ich sie anderntags wiederfand, verfangen in den Dornen der wilden Rosen. Mene mene tekel, hatte ich mich meiner Bildung erinnert und die Krawatte in die Tasche gesteckt. In der Uni rief ich am späten Nachmittag an und faselte etwas von einem plötzlichen Termin bei einem Dichter aus der Gruppe 47, sah das argwöhnische Gesicht der Sekretärin noch durch den Hörer. Doch griff ich zum Telefon, um einer der beiden Frauen – was? – zu sagen, fiel mir die andere in den Arm, und ich hängte, ohne eine der Nummern gewählt zu haben, wieder ein.

Ich lief und lief. Möwen stürzten von den Klippen in die Gischt, hackten zwischen die Muschelschalen, kreischten wie gequälte Kinder. Ich kauerte mich in einen der verlassenen Strandkörbe und biss mir die Knöchel blutig. Rief Eva an, hörte ihr erwartungsvolles, gespanntes Hallo und legte auf. Rief Gertie in der Praxis an, ihre Stimme dienstlich und kühl, und legte auf.

Ich lief und lief. Lief wie noch immer der Mann da draußen vor meinem Fenster, der, eine ganze Weile verborgen, jetzt wieder auftaucht, die Arme hochreißt, die Fäuste schüttelt, in den Himmel, grauschwarz und wolkenschwer wie vor beinah zwanzig Jahren. Auch ich hatte die Fäuste geschüttelt und in den Wind geheult, ihre Namen geheult, ihrer beider Namen, aber kein Echo hatte die Silben des einen oder des anderen zurückgetragen, mir die Entscheidung abgenommen. Der Wind hatte sie von meinen Lippen gerissen, beide, kaum dass ich sie losgelassen hatte.

Zwei Nächte war ich von zu Hause weg gewesen, da hielt ich es nicht mehr aus. Ich rief Eva an. Ihre Stimme klang freundlich und fremd – der Anrufbeantworter. Er beschied mich morgens um acht, bediente mich am Mittag, am Nachmittag. Wo immer ich auf der Insel bei meinem Irrlauf eine Telefonzelle fand, wählte ich ihre Nummer. Und die Gerties. Auch hier lief die Ansage. Ich stellte mir vor, was sie taten, jetzt am Abend, wie sie versuchten, herauszufinden, wo ich sei. War Eva zu ihrer Schwester gefahren? Hatte sie schon die Polizei benachrichtigt? Und Gertie? Hatte sie ihre Drohung wahr gemacht und war »losgezogen«, wie sie es nannte? Nahm sie nicht ab, um mich kleinzukriegen? Hatte ich sie in diesen beiden Nächten schon verloren? Ich schluckte das letzte Fläschchen aus der Minibar, ein widerlich süßer blauer Likör, dazu zwei Schlaftabletten.

Der Mann in den Dünen nimmt gerade die letzten Tritte, hundertdrei Stufen, auf dass der Fuß nicht einmal den Sand berühre, führen hinauf zu einem aus groben Planken gezimmerten Plateau; ich hatte sie gestern gezählt. Schräg wie eine Leiter steht der Mann gegen den Wind gelehnt, das dichte Haar eine steile Mütze über der Stirn. Er dreht sich langsam einmal um die eigene Achse, scheint in alle Richtungen zu spähen, und jetzt steigt er mit hängenden Schultern wieder nach unten, und jetzt kann ich ihn nicht mehr sehen.

Damals hatte es diese Plattform noch nicht gegeben. Damals. Damals in der Nacht, als mich die Nebelhörner der Schiffe endlich in einen dumpfen Schlaf gesungen hatten, aus dem mich erst spät am Morgen aufgeregte Stimmen und Schläge gegen die Tür weckten. Der Hotelbesitzer selbst drängte sich diskret, aber bestimmt ins Zimmer und flüsterte, er habe eine wichtige Meldung für mich. Ich weiß noch, dass ich dachte, warum flüstert der Mann und was heißt hier »Meldung«? Und dass er sich für sein rüdes Benehmen wenigstens hätte entschuldigen können.

Die Polizei solle ich anrufen, in Westerland, bedeutete mir sein Flüstern; auf dem Zettel, den er mir in die Hand drückte, stand die Telefonnummer. Natürlich hatte ich gleich ein schlechtes Gewissen und beeilte mich. Eva würde mich vermisst gemeldet und den Verdacht geäußert haben, dass ich hierher gefahren sei. »So«, hatte ich bei unserem letzten Aufenthalt gesagt, war scharf an den Rand des Kliffs getreten und hatte die Arme ausgebreitet: »Einfach fortfliegen, übers Meer und nie wieder zurück. Und das nennen die Menschen Sterben!« Eva hatte aufgeschrien und mich zurückgerissen. Überrumpelt von einer Kraft, die ich ihr nie zugetraut hätte, war ich mit ihr zu Boden gegangen. Auf der harten Heide hatten wir uns in den Armen gelegen, uns umklammert wie lange nicht mehr und uns in die Augen gesehen. Nichts als Liebe hatte ich in ihren Augen gelesen und die kindliche Bitte um Schutz. Sie, die mich gerade beschützt hatte, bat mich!

Ich rief zu Hause an. Der Anrufbeantworter. Ich rief in Westerland an. Nein, sagte man mir, meine Frau habe mich nicht vermisst gemeldet. Man brauche meine Hilfe, und ob man mich holen solle.

An der Rezeption bestellte ich ein Taxi. Das Mädchen sah mich abschätzend an, oder glaubte ich nur, in ihren Blicken anderes zu lesen als pure Neugier. Immerhin war ich gebeten worden, »mich zu verfügen«, eine höhere Macht, die Ordnungsmacht, hatte mich meiner Selbständigkeit zumindest vorübergehend beraubt. So schnell geht das also, dachte ich, dass ein Blick sich ändert, der Tonfall einer Stimme, ein Kopfnicken sich verkürzt.

Auf dem Präsidium in Westerland erwartete mich schon beim Pförtner ein uniformierter Polizist, ein Mann mit roten Backen und robustem Hintern, der fast aus der Hose platzte. Wie beim Vertrauensarzt, als der mir eine Kur für meinen Rücken genehmigen sollte und das Wort Simulant in der Luft lag, so ausgeliefert fühlte ich mich vor diesem Ordnungshüter, der mir wortlos voranging, den Korridor entlang, irgendwo an eine Tür klopfte und mich stehenließ.

Der Kommissar, ein hochgewachsener, fülliger Mann in den Fünfzigern, sprang auf und drückte mir herzhaft die Hand. Er hatte wasserblaue, ein wenig vorquellende Augen, so wie sie mich als Kind aus dem Gesicht des lieben Gottes angeschaut hatten. Allwissend. Ob ich einen Kaffee wolle? Jetzt erst spürte ich, dass ich nicht gefrühstückt hatte. Ich folgte der Handbewegung des Kommissars und setzte mich auf den Stuhl neben seinem Schreibtisch. Aktenständer, kümmerliche Topfblumen auf der Fensterbank, eine hohe schwarze Schreibmaschine. Der Kaffee kam. Und da sah ich sie. Auf dem Tisch neben Telefon und Aktenstapeln. Evas Handtasche. Und der Schal. In Plastikhüllen.

Mir wurde heiß und der Kragen unter der Krawatte eng. Die Stimme des gütigen Kommissars dröhnte und verebbte wie Glocken, die der Wind von fern ins Ohr weht. Aber begreifen musste ich es doch: Man hatte die Tasche am Roten Kliff gefunden, nahe der »Sturmhaube«, einer Gaststätte, nur wenige hundert Meter von meinem Hotel entfernt. Die Tote. Die Augen des Kommissars verschleierten sich bei diesem Wort wie in Trauer, die Tote habe sie mit der Linken umklammert; die Rechte um den Schal gekrampft.

In der Tasche hatte man Evas Papiere gefunden. Ich war als Kurgast gemeldet. Der Rest Routine.

Ich gab zu Protokoll, beides zu kennen, die Tasche und den Schal, und folgte dem Kommissar in ein Krankenhaus und dort in einen Raum, kalt wie der Tod. Überallhin wäre ich ihm gefolgt, wäre jedem überallhin gefolgt, jedem, der mir sagte, was ich zu tun und zu lassen hätte, jedem, der mir das Denken abnahm, die Verantwortung für den nächsten Schritt. Dankbar war ich dem Kommissar, wie er es so einzurichten wusste, dass ich immer einen Schritt hinter ihm bleiben konnte, sein folgsames Hündchen. Ich fühlte nichts. Keinen Körper, keine Seele. Keine Beine, die sich doch zweifellos vorwärtsbewegten, denn jetzt waren wir ja schon da, wo Schließfächer bis unter die Decke das Weitergehen verhinderten, Schließfächer wie auf dem Bahnhof, wenn man den Koffer wegstellt, um den kurzen Aufenthalt vor einer langen Reise unbeschwert zu genießen.

Und meine Seele? Die zuckte nicht einmal zusammen, als ein langer, dünner Mann in einem chirurgengrünen Kittel eines dieser Schließfächer unten rechts, ja, es war unten rechts, aufsperrte und etwas herausrollte, was der Zinkbadewanne ähnlich sah, in der wir als Kinder geschruppt worden waren. Meine Seele war tot. Abgestorben wie meine Beine. Meine Augen sahen die Frau im Sarg, meldeten das Bild dem Gehirn, das fand ihren Namen, mein Herz fand nichts.

Sie war bräutlich schön. Lächelte. Ein wenig starr schon, doch so hatte sie mitunter auch in den letzten Monaten gelächelt, wenn ich am Wochenende zu einem meiner Kongresse aufgebrochen war, ohne sie zu bitten, mitzukommen, ja, ihre Begleitung unter fadenscheinigen Argumenten falscher Fürsorglichkeit verhindert hatte. Zum ersten Mal entdeckte ich ein paar weiße Fäden in ihrem dunklen Haar.

Wann immer später die Tränen kamen, mich Trauer und Reue überschwemmten, waren es diese weißen Fäden, die mir die Seele lösten.

Keinerlei Spuren von Gewalt, sagte der Kommissar, als wir zu seinem Büro zurückgingen. Erst jetzt las ich das Schild an der Tür: Mordkommission.

Es folgte eine Art Verhör. Ein Verhör, in dem der Kommissar der Mensch, ich ein Automat war. Wo waren Sie heute Nacht? War Ihre Frau auf dem Weg zu Ihnen? War sie krank? Dachte sie an Selbstmord? Hatte sie Feinde? Haben Sie sie erwartet?

Ja, nein, ich weiß nicht. Ein paarmal klingelte das Telefon. Der Assistent nahm ab. Zuletzt klopfte er bedeutsam auf das Zifferblatt seiner Armbanduhr.

Der Kommissar erhob sich: Näheres wird die Obduktion ergeben.

Man einigte sich auf einen Unfall.

Der Mann in den Dünen läuft jetzt auf den Leuchtturm zu, taucht auf und ab wie ein Schiff in schwerer See. Der Tee in meiner Tasse ist kalt und bitter geworden. Der Mann jetzt hinter dem Leuchtturm verschwunden.

Gertie sah ich gleich nach meiner Rückkehr. Um ihr zu sagen, dass ich sie nie mehr sehen möchte. Unter ihrer gesunden Sonnenbräune wurde sie bleich wie die Tote im Blechsarg. Ihre großen Hände baumelten wie ausgebalgte Tiere an ihren Oberschenkeln herab. Blicklos, wortlos stand sie vor mir, hob die Hände, die Handflächen nach oben, Opfergabe, nimm mich hin, nimm alles hin, und ließ sie fallen, ballte sie, dass die Knöchel weiß hervortraten, die Adern sich dick aufwarfen.

»Geh!«, sagte ich. Hinten in der Kehle machte sich das Wort bereit und zwängte sich mir durch die kaum geöffneten Lippen. Und noch einmal: »Geh!«

Geh! All meine Scham lag in diesem Wort. Scham über meine zweifache Treulosigkeit, meine Lügen, Ausflüchte, Verbiegungen. Scham über das heiße, kurze Aufzucken triumphaler Lust, als ich das Gesicht im Sarg gesehen und mit Gerties lebenssatten, liebesgierigen Zügen bedeckt hatte, einen Wimpernschlag lang, nicht länger, aber lang genug für den Abschied. Scham hatte mich geschüttelt, wann immer ich seither an Gertie gedacht hatte, Scham über dieses Triumphgefühl beim Anblick der Toten. Dem sekundenlangen Erhobensein war Bedrückung gefolgt, für immer. Und das Gefühl, versagt zu haben und zu versagen, was ich auch tat, Tag für Tag.

Der Mann in den Dünen läuft nun vom Leuchtturm fort und wird immer kleiner.

Die Sonne ist untergegangen. Weißer Dampf steigt aus dem nassen, kalten Sand. Läuft da dem Mann eine Frau entgegen, groß, mit wehendem blondem Haar?

Läuft da dem Mann eine Frau entgegen, klein, mit wehendem bunten Schal? Läuft der Mann ihr entgegen? Oder der anderen?

Kein Wind der Welt vermag Schwermut und Kleinmut, Erinnerungen und Hoffnungen so restlos aus dem Herzen zu vertreiben wie der Wind dieser Insel. Ostwind vom Land. Westwind aus der Neuen Welt. Wenn es ihm nicht gelingt, dich an Leib und Seele zu straffen, alle Dumpfheit hinaus- und frischen Mut hineinzutreiben, such dir dein Grab in den Dünen.

Geh!, hatte ich gesagt. Ich hatte die Handtasche erkannt. Und den Schal. Evas Handtasche. Gerties Schal. Eva in Blau, Gertie in Rot, hatte ich beiden zu Weihnachten den gleichen Schal geschenkt. Der Schal in Evas Hand war rot.

Weiter zu denken habe ich all die Jahre nicht gewagt. Aber Abend für Abend stieg das Bild des roten Schals auf dem Schreibtisch des Kommissars vor mir auf, und nur immer größere Mengen Alkohol konnten es ertränken. Vorübergehend. Ich vernachlässigte mich, das Haus, zuletzt auch meine Arbeit. Jetzt hat man mich vorzeitig emeritiert. Gertie zog in eine andere Stadt. Sie soll glücklich verheiratet sein.

In den Dünen ist niemand mehr zu sehen. Ist er mit ihr gegangen? Mit der anderen? Allein? Wird er morgen wieder hier sein? Laufen?

Bald wird es finster sein. Kein Mond heut Nacht. Ich werde ans Rote Kliff gehen. Die Arme ausbreiten. Und fliegen. Mit einem blauen Schal.

Willem van de Zee

Sie kennen die Zutaten: ein heller Sommerabend, Juli, mindestens noch zwanzig Grad, wenn nicht drüber, eine Brise, lau, sofern dies an der Nordsee, dazu auf einer Insel, möglich ist. Unsere (wenn Sie mir diese Vereinnahmung gestatten, schließlich bin ich, die Autorin, ohne Sie, verehrte(r) LeserIn, ein Nichts im Wartestand, hoffend auf Wiedergeburt durch Ihre Augen), also: unsere weibliche Hauptperson sitzt in einem Strandcafé – oder wäre Ihnen ein Strandkorb lieber? Oder einfach in den Dünen, bitte sehr, alles schreibbar, ach, Sie möchten erst einmal wissen, um wen es sich handelt. Können Sie gleich haben.

Im Strandcafé, Strandkorb, in den Dünen sitzt Anja S., Anfang zwanzig, schlankleibig, langbeinig, langblondig, leicht gebräunt, und seufzt. Sie ist allein. Ihr Freund, Bertolt B., ein paar Jahre älter als sie (oje, Bertolt B. geht als Name gar nicht, denkt man gleich – jedenfalls sollten Sie das als gebildete LeserInnen – an, na?, an Bertolt Brecht natürlich).

Ok. Er heißt also Bertolt G., ist immer noch ein paar Jahre älter und studiert wie Anja Architektur. Die beiden sind so gut wie verlobt, was ihren Familien gefällt. Bertolts Vater ist Rechtsanwalt, Anjas Vater, man munkelt, ihm gehöre die halbe Insel, ist der Bürgermeister. Die Mütter sind Hausfrauen, was aber alles keine große Rolle spielt, nur zu Ihrer

Information und damit Sie sich ein ungefähres Bild machen können vom sozialen Milieu der beiden gehobenen Mittelstandskinder. Pläne haben sie auch schon, ganz konkrete, keine freie Minute – nun, das ist übertrieben, sagen wir also: Kein Zusammensein verging, ohne dass Anja und Bertolt ihr Hotel, ihr Insel-Hotel planten, bis in alle Einzelheiten. Kein Hotel wie jedes andere, oh nein, Anja vor allem bestand darauf, ein Zeichen zu setzen, wie sie es nannte, und schließlich gelang es ihr, auch Bertolt von ihrem Konzept zu überzeugen. Was nicht leicht gewesen war. Bertolt liebte es traditionell und gediegen, und das entsprach Anjas Vorstellung mitnichten. Was braucht der Mensch?, fragte sie sich. Wie viel Erde Wasser Wärme Luft Licht? Wie viel Raum zum Schlafen braucht der Mensch? Je länger Anja sich dies hatte durch den Kopf gehen lassen, desto rigoroser, beinah unbarmherzig, hatte sie die Ansprüche der Hotelgäste zusammengestrichen, am liebsten hätte sie alle in recycelbare Schlafsäcke gesteckt und in den Strandsand gebettet, freies Baden im Meer, Frühstück fangfrisch am Tapetentisch, bei schlechtem Wetter im Strandkorb. Schließlich fanden die beiden den goldenen Mittelweg, für Bertolt noch immer verwegen genug. Die Zimmer schmal und niedrig wie Kojen, Duschen für alle gemeinsam, selbstredend Männlein und Weiblein für sich. Ein langer Tisch für gemeinsame Mahlzeiten. Und ganz Verwegene konnten sich für zehn Euro in einen mannsgroßen Karton in die Dünen verkrümeln.

Das Grundstück war schon gesichert, Anjas Vater hatte es zur Hochzeit versprochen. Direkt am Wasser gelegen, hoch auf der freien Fläche des Kliffs, tief unten aufbrausend das Meer, nicht wegzudenken aus Anjas Sinnen. Und nicht nur die Melodie. Mehr noch der Geruch, der Geschmack. Der Geruch in der Luft und auf der Haut, in der Haut, in allen Poren, der Geschmack nach See, nach Salz, nach Bertolts Haut und Haar. Zum ersten Mal hatten sie sich nach einem Bad in der See geliebt, auf der sorgfältig festgezurrten Frotteedecke, die Bertolt bei jedem Strandgang unterm Arm trug. Später, in der Toskana, wo sie im vergangenen Jahr ein paar Tage verbracht hatten, war Anja beinah frigide gewesen. Das Meer gehörte zum Lieben dazu.

Und nun saß Anja noch immer, wie Sie ja wissen, allein im Strandcafé, und sie war noch immer allein Bertolt absolvierte in diesem Sommer einen Lehrgang für Landschaftsarchitektur in den USA, und er würde dort bis zum Beginn des Wintersemesters bleiben.

Anja gähnte, stocherte nach dem letzten Milchschaum ihres Caffè Latte. Ihr Handy piepste. Bestimmt wieder Bertolt. Anja unterdrückte ein Gähnen. Doch diesmal stand da mehr als das Übliche: »Bitte geh zu unserem Bauland. Habe Nachricht, dort steht Wohnwagen. Bitte prüfen. B.«

Typisch, dachte Anja, warum soll dort kein Wohnwagen stehen? Stört doch keinen. »Ok«, simste sie zurück, »ich schau mal nach.«

Ganz ausführlich könnte ich Ihnen nun erzählen, wie das schöne blonde Mädchen in den Abend hineinging, in diesen extra herrlichen Meersommerabend, geleitet vom Duft der wilden Rosen, der sich mit dem Salzduft des Meeres zu diesem unwiderstehlichen Inselgeruch verband (und verbindet, fahren Sie hin, riechen Sie selbst), vorbei an Bertolts Haus, wo sie seiner Mutter zuwinkte, vorbei an ihrem Elternhaus, wo niemand zu sehen war, vorbei am Haus des Großvaters, der seinen prächtigen Rasen sprengte. Er kannte die Weltmeere besser als Bayern, war lange Jahre als Kapitän zur See gefahren und hatte die Enkelin in sein weites Herz geschlossen. Sein Boot, eine kleine Segeljacht, trug ihren Namen.

»Ich komm auf dem Rückweg vorbei«, rief sie ihm zu, und der Großvater in Jeans und T-Shirt, noch immer ein stattlicher Mann mit seinen tiefliegenden lebhaften Augen und dem vollen weißen Haar, signalisierte: Verstanden.

Eine Zierde der Landschaft war der Wohnwagen nicht. Sein fahles Rostrot zog die Blicke von weitem an, machte neugierig und enttäuschte beim Näherkommen mit jedem Schritt mehr. Ein VW-Kombi, dessen eckige Form in die frühen Neunziger-, wenn nicht Achtzigerjahre wies, hatte das Gefährt hierhergeschleppt. Kein Mensch in Sicht, jedenfalls nicht in unmittelbarer Nähe; kaum erkennbar im Wasser ein Kopf, auf- und abtauchend in der Gischt.

Anja hockte sich auf die Stufen zur Tür des Wohnwagens, blätterte zerstreut in dem Buch, das dort lag: *Geschichten vom Meer*, aha, der *Fliegende Holländer* war auch darin – sie hatte einmal mit dem Großvater eine Aufführung in der Hamburger Oper besucht –, las ein paar Sätze und blickte wieder aufs Meer hinaus. Die Sonne würde bald untergehen, es wurde Zeit für den da draußen. Der dann auch – Sie sollen sehen, ich weiß Romantik durchaus zu schätzen und einzusetzen –, auftauchend aus der weißschäumenden Gischt, im Strahlenkranz des versinkenden Gestirns rotgolden glühend das Gestade betrat und auf steil gewundenem Pfad die Düne hinaufstieg, ein junger Mann, selbstverständlich schlank und gut gewachsen, nackt. Was Anja nicht davon abhielt, ihn, näher kommend, stetig schärfer ins Auge zu fassen, woraufhin er sich genötigt sah, die

Hände zwischen den Beinen zu kreuzen, was seinem Gang, ohnehin im Anstieg mühsam genug, etwas holpernd Debiles gab. Unbeirrt hoppelte er geradewegs auf Anja zu, die die Stufen grinsend räumte und ungeachtet der vorgerückten Tageszeit dem Eintretenden ein gutgelauntes »Moin Moin« zurief und: »Ich warte.«

Der Bekleidung des Mannes, der kurz darauf aus der Tür trat, ist wenig Beachtung beizumessen, auch was Anja trug, ist nicht von Belang, stellen Sie sich beide in Jeans und T-Shirt vor, so eine Art Insel-Sommer-Tracht, wenn Sie wollen. Aber dass gesunde weiße Zähne aus seinem wettergebräunten Gesicht blitzten, sollten Sie wissen, und seine Augen, hellgrün wie die Südchinesische See, die hätten Sie mal sehen sollen! Dazu strohblondes Haar, vielleicht ein bisschen zu zottig. Sie können es ihm ja schneiden, bitte sehr.

Man begrüßte einander, wie das im 21. Jahrhundert so üblich ist mit Hi oder Hallo, tut nichts zur Sache, und dann entledigte sich Anja ihres Auftrags, befand, eher beiläufig, der Wagen stehe auf ihrem, genauer, ihres Vaters Gelände, und das sei verboten. Eigentlich. Sie werde aber mit dem Vater reden, fügte sie nach einem ersten Eintauchen in die Südseeaugen hinzu, und nach ein paar Schwimmzügen in der unergründlichen Tiefe der grünen Iris bekräftigte sie: »Das wird sich schon finden.«

Die weißen Zähne Willems, so hatte er sich vorgestellt, strahlten zuversichtlich, als er Anja daraufhin zu einem Bier, meereskühl, einlud, doch die wusste, dass der Großvater nicht gerne wartete, und machte sich davon. Auch hatte das Handy wieder gepiepst.

Bertolt wurde beruhigt, so ein Mensch habe da geparkt, nein, das Kennzeichen habe sie sich nicht gemerkt, irgendetwas aus Holland, fabulierte sie. Mit dem Großvater verabredete sie sich zu einem Törn am nächsten Tag, und vom Vater erhielt sie die Erlaubnis für das Parken des fremden Wohnwagens. Ohnehin wusste er schon Bescheid, Bertolt hatte auch ihn benachrichtigt.

Der nächste Tag begann regnerisch und kühl, das Wetter war umgeschlagen, wechselte auf der Insel oft von einer Stunde zur nächsten, kein Grund, dem Großvater abzusagen, finde ich, befand auch Anja. Der Kapitän liebte seine Segeljacht, ein Kielboot mit zwei Schlafplätzen, das sich sportlich manövrieren ließ. Das wollte der graue Seebär heute mal wieder unter Beweis stellen. Anja, die nur in ihrer Phantasie vor Experimenten nicht zurückschreckte – denken Sie an das Hotel –, brachte den Großvater immer wieder von seinen geliebten waghalsigen Manövern ab, worauf er sich nicht allzu weit vom Ufer entfernte. Bis sie eine winzige Jolle entdeckten, die scharf auf den Leuchtturm zuhielt, ein Anblick, der Anja ein empörtes »Ist der wahnsinnig!« entlockte und den Kapitän zu einer Halse veranlasste, dem leichtsinnigen Segler entgegen.

Der jedoch, kaum dass er den Verfolger erblickte, nun selbst mit ein paar geschickten Griffen die Segel Richtung Ufer so setzte, dass er an der *Anja* mit Anja und Großvater vorbeizischte, als drehe er ihnen eine Segelnase. »Toller Bursche, das«, brummte der solcherart Geneckte und jagte nun seinerseits der Jolle hinterher, die durch die zischenden, züngelnden Wellen dem Strand beim roten Wohnwagen entgegenflog.

Und damit gebe ich Ihnen das Stichwort, ja, Sie haben es erraten, es war Willem, der da seine Segelkünste spielen ließ. Gewandt zog er sein Schiffchen ans Ufer und half sodann, bis an die Brust im Wasser watend, dem Kapitän mit seiner *Anja* an einen sicheren Ankerplatz.

Ich mache es kurz: Die Umstände, unter denen die drei sich hier begegneten, konnten günstiger für ein näheres Kennenlernen nicht sein. Neugier und Sympathie auf allen Seiten. Besonders die beiden Männer schlossen innerhalb weniger Tage Freundschaft, so mühelos und respektvoll, wie sie nur auf der Basis eines großen gemeinsamen Interesses, mehr noch, einer miteinander geteilten Leidenschaft entstehen und sich festigen kann. Ob im Garten des Großvaters, umgeben von mannshohen Wällen wilder Rosen, oder in den Dünen beim roten Wagen, immer drehten sich die Gespräche um Wind und Wasser, die Schiffe, die See, wobei sich herausstellte, dass Willem auf Grund einer angeborenen Herzschwäche zur Seefahrt nicht tauglich war und als Schiffsbauingenieur bei Blohm + Voss in Hamburg arbeitete. Oft saß Anja dabei, wenn die beiden ihre Köpfe zusammensteckten – das weißmähnige Haupt, der zottelige Blondschopf –, lauschte dem Wechsel von der jungen zur alten Stimme und wieder von vorn; anfangs folgte sie dem, was sie sagten, doch bald löste sich der Klang vom Sinn der Worte, verband sich der Silbenfall mit dem Wellengang, verschmolzen die Stimmen der Männer mit der Stimme der See. Und dazwischen, das dürfen wir nicht vergessen, piepste Anjas Handy, oder es klingelte, dies jedoch nur bei den ersten Treffen, dann stellte sie es stumm, und es ruckte nur noch in Hosen- oder Jackentasche, als rüttle sie jemand aus einem Traum.

Vom Träumen aber war Anja weit entfernt. Oder so weit doch nicht? Sicher erwarten Sie schon seit einigen Seiten, genauer seit Willems rotem Wohnwagen, dass sich da etwas anspinnt zwischen Anja und dem fremden Mann, vor allem, da Sie ja wissen, dass Bertolt in sicherer Ferne weilt und dort auch noch eine Weile weilen wird. Aber da lassen Sie sich gesagt sein: So eine war Anja nicht. Willem gefiel ihr, zugegeben, doch ein bisschen – mehr als ein bisschen – zu selbstgefällig war er ihr, wusste alles besser, jedenfalls als sie. An den Großvater traute er sich nicht ran. Es gibt daher auch wenig zu berichten von allmählichen Annäherungen Anjas an Willem und vice versa; wenn die beiden aneinander dachten, so nicht ohne ein ironisches seelisches Augenzwinkern, einem leicht spöttischen Achselzucken des Gefühls, wenn Sie wissen, was ich meine, auch mir machen es die beiden in dieser Phase nicht einfach. In dieser Phase. Ich sehe schon, Sie schöpfen Hoffnung, dass die Geschichte endlich in Gang kommt. Ok, ich mach's kurz.

Der Ozeankapitän fasste so viel Vertrauen zu Willem, dem Jollenkapitän, dass er diesem seine Segeljacht überließ. Was dazu führte, dass Anja an einem strahlenden Augusttag bei Willem und *Anja* anheuerte. Ohne den Großvater, der zu seinem alljährlichen Check-up ins Hamburger Uni-Krankenhaus gefahren war. Früh am Morgen ging's los, die steigende Flut brachte prickelnden Salzgeschmack mit. Anja sog den frischen Wind ein und leckte sich die Lippen.

»Gut, was?«, lachte Willem.

Der Wind wehte kräftig aus Südwest, kündigte Regen an, aber das konnte sich von Stunde zu Stunde ändern. Kutter, die mit der ersten Morgendämmerung ausgefahren waren, tuckerten mit mehr oder weniger gut gefüllten Netzen vorbei, dem Hafen entgegen. Möwen folgten ihnen, glitten kreischend, gellend, pfeifend landeinwärts. Ein ferner Klang tönte durch den Morgennebel, der verlockende, verführerische Ruf eines Schiffes weit draußen.

Wie ich die beiden beneide! Jung, gesund, sorglos, jedenfalls soweit ich weiß, einzig hingegeben dem Augenblick, dem Reiz des Unvorhersehbaren. Jeder Aufbruch, jede noch so kleine Reise birgt ja noch Spuren dieses Reizes, wie viel stärker lässt er sich spüren bei einer Fahrt aufs offene Meer.

Sie sprachen nicht viel, die beiden, ließen das Boot durch die Wogen tanzen im wilden singenden Segelwind, tranken heißen Kaffee aus einem gemeinsamen Becher, wobei sich keinesfalls, wie Sie das wohl schon hundertmal gelesen haben, ihre Hände berührten, oh nein. Einmal klingelte das Handy, ein Anruf für Willem. Nie zuvor hatte jemals sein Handy geklingelt, und nun schrillte es so laut und verstörend, dass Anja den Becher fast fallen ließ. Willem warf einen Blick auf das Display, drückte »Abbruch« und anschließend »lautlos«. Ein seltsamer Klingelton. Anja glaubte, die ersten Takte aus dem *Fliegenden Holländer* wiedererkannt zu haben.

Und dann hörten die beiden nichts mehr als die Harmonien des Himmels und der See. Weiße Gischt, weiße Wolken. Knarren, Klatschen, Rattern der Takelage. So offen die Welt! Nur ein paar Möwen flogen unter den Wolken, still, wie eingeschüchtert vom gleißenden Licht.

Gegen Mittag legte sich der Wind vollends – ein schönes Wortbild, ein Wind, der sich legt wie ein müder Mensch –, und da lag das Boot über dem hochsommerblauen Mittag der leise dünenden See, Anja verteilte Krabbenbrötchen aus der Kühltasche und einen Apfelsecco vom Bio-Bauern Mählmann aus dem Alten Land; so einen Naturwein, ver-

traute sie Willem an, würde sie auch in ihrem Hotel aus-
schenken, trotz Bertolts Einspruch, der Bio für Blödsinn
hielt. Willem sagte dazu nichts, zeigte aber großes Interesse
an Anjas Vorstellungen eines alternativen Hotels, die er um
die Konzeption einer Wohnwagenkolonie – »Romantisch
leben wie ein Roma« – phantasievoll bereicherte. Natürlich am Wasser, an der See, wo sonst. »Nur im Uferlosen
ist die Wahrheit, grenzenlos und unfassbar«, sagte Willem
plötzlich ernst, fast pathetisch, und ja, er fügte noch hinzu:
»Grenzenlos und unfassbar wie Gott.« Dann, als wäre er
zu weit gegangen, wandte er sich brüsk ab, griff zum Apfelsecco und prostete Anja mit ironisch übertriebener Geste
zu, als wolle er den feierlichen Eindruck, den sein Satz auf
das Mädchen gemacht hatte, in sein flapsiges Gegenteil verkehren. Unter freiem Himmel und auf See aber kann man
einen solchen Satz ruhig einmal durchgehen lassen, im Gegenteil, hier gehört ein solcher Satz her, hier und nur hier
mochte er geboren werden, nur hier konnten diese Worte
Willem, dem verhinderten Seemann, wie zugerufen von
weither, über die Lippen kommen.

Anjas Antwort war ein Seufzer. Ein tiefer Seufzer des
Wohlbehagens, eines Wohlbehagens, nahe dem Glück,
das nicht aus mehr oder weniger schwer erkämpften Tri-
umphen, sondern aus Frieden und Stille erwächst. Und so
blieb dieser Satz vom Uferlosen und von der Wahrheit lange
Stunden der letzte zwischen dem Mann und dem Mädchen,
hing in der Luft, sich vermehrend, verringernd, die Gestalt
verändernd wie weißes Gewölk oder blendend gefiedertes
Vogelgetier. Auf und ab stieg der Satz in Anjas Kopf, sie ließ
ihn fliegen, fing ihn wieder ein, er blieb sonderbar und mit
dem Willem an Bord kaum zu vereinbaren.

Und so lagen die beiden an Deck, faulenzten und schauten gedankenlos auf das graublaue Meer oder hinaus in die Wolken, die, geschmeidig dem Wind ergeben wie ihre nassen Gesellen unten, über sie hinwegzogen. So leise blähten die Segel sich, so leise schwamm das Schiff. Vorn am Kiel gluckste das Wasser, sehr weit oben im Raum der Luft ein weißer Streifen, ein leises Donnern, das sich in der Fülle des blendenden Lichtes verlor. Fern am Strand schimmerte silbern die Brandung. Nur einmal schwebte eine Möwe dicht über die beiden hinweg, bohrte ihre gelben Augen in die Tiefe der See. Der Wimpel hing schlaff am Mast. Mittagseinsamkeit legte sich brütend über das Boot, den Mann und das Mädchen.

Wie lange die beiden sich so dem süßen Müßiggang oder besser dem süßen Wogen der Wellen überließen? Nur einmal verließen sie ihren Platz, sie den ihren, um zu ihm zu gehen, damit er ihr den Rücken mit Sonnenöl versorgte; er, um die Kühltasche unter Deck zu verstauen.

Lange lag das Meer wie flüssiges Silber vor den schrägen Strahlen der langsam sinkenden Sonne. Bis weit in den Nachmittag wehte ein weicher Südost, der nur ganz allmählich wieder nach Westen drehte. Es frischte auf. Wäre ich ein Meteorologe oder hätte ich wenigstens profunde Kenntnisse von Wind und Wetter, so könnte ich nun glaubhaft schildern, wie die weißen Lämmerwölkchen der ersten Morgenfrühe im Laufe des Tages zunächst beinah verschwanden, um dann zu dicken Walfischbäuchen anzuschwellen, die eisengrau aufeinander zurasten und ineinanderflossen; könnte erklären, wie die glatte See, zunächst kaum spürbar, langsam zur Dünung anschwoll. Kein Grund zur Besorgnis, wir wissen ja, Willem und Anja sind nicht leichtsinnig. Willem merkte die Brise als Erster, setzte die Segel, und die *Anja* schüttelte den flinken Schaum vom Bug wie ein schnaubendes Fohlen. Doch bald schlug Willem vor, sich auf den Rückweg zu machen. Anja nickte, reckte sich dem Wind entgegen, der ihr durchs Gesicht fegte und den Salzgeschmack der Gischt auf die Lippen presste. Waren die Stunden vorher still und verhalten, die Luft fast drückend gewesen, so ging die See nun hoch, eine Woge nach der anderen bäumte sich auf wie schallendes Gelächter lebendiger Wesen. Willem hielt in einem weiten Bogen aufs Ufer zu, die Küste direkt anzusteuern wäre bei diesem Wind unmöglich gewesen. In der schnell zunehmenden Düsternis der grauen Wolken, die vom Land seeeinwärts trieben, war die Insel mitunter kaum noch auszumachen.

»Angst?«, rief Willem Anja zu und gab knappe Kommandos, die Anja schweigend, ohne Zögern und routiniert befolgte. Nur als die erste Woge ins Boot schlug, schrie sie auf. Ein Mal. Die Wolkendecke hing nun so niedrig, dass sie die beiden im Boot zu umschlingen schien. In der Tat gerieten sie in das, was man Sturmgebraus nennt, wenn die Dünung das Boot bis an die Reling hin anhebt, um es dann jäh bis fast zum Kiel abstürzen zu lassen. Mit dem Sturm kam der Regen, was sage ich, Regen, eine Wasserglocke umschloss das Schiffchen, das der Sturm wie einen Federball hin und her warf. Nun vermuten Sie vielleicht, dass ich Ihnen alsbald einen grässlichen Unfall schildere oder eine wundersame Rettung aus Todesgefahr. Tue ich aber nicht, und ich sage Ihnen auch, warum. Weil die beiden unter Aufbietung all ihrer Geschicklichkeit und mit letzter Kraft, wenn auch ein gutes Stück vom Hafen und vom Wohnwagen entfernt, das Ufer erreichten. Wo sie das Boot notdürftig verankerten und nass und fast nackt in den Sand fielen. Reglos wie leblos. Lange. Sicher an Land. Der Sturm ebbte ab, der Regen ließ nach. Zu ihren Füßen die düstere See, herrisch, herrschaftlich, königlich.

Kaum zu Atem gekommen, watete Willem zum Boot, um die Kleider zu holen, die überzustreifen der Sturm ihnen keine Zeit gelassen hatte. Mit fast altmodischer Ritterlichkeit half er Anja aus der Sandkuhle, die sekundenlang den Abdruck ihrer beider Körper zeigte, ehe der Regen ihn löschte.

Das Meer hatte sie hierher geworfen. Zusammengeworfen. Hatte sie freigegeben. Zusammengegeben? Das könnte man meinen. Könnte annehmen, diese Gefahr, Todesgefahr, in der die See den Mann und das Mädchen bis ins Mark hatte erbeben lassen, hätte die beiden, wie man so sagt, zusammengeschmiedet. Das Gegenteil war der Fall.

In den nächsten Tagen gingen sie einander geflissentlich aus dem Weg. Selbst die Besuche beim Großvater wusste Anja so einzurichten, dass Willem schon fort war, wenn sie kam, ja, oft wartete sie, hinter den hohen Rosenbüschen, bis er der grün-weißen Haustür den Rücken kehrte, folgte ihm mit den Augen, wenn er dem Kapitän noch einmal zuwinkte, den Kiesweg zwischen den Rasenflächen hinauf zum Gartentor ging, mit den langen Schritten der langen Beine in den verwaschenen Jeans, das T-Shirt eng an der schmalen, ein wenig vornübergebeugten Gestalt, der Nacken blass unter dem sonnenbleichen Haar, das er sich nach jener Nacht hatte so kurz schneiden lassen, dass es nun wie ein struppiger Helm auf dem Schädel saß. Mein Ritter, dachte Anja, als sie ihn so zum ersten Mal sah, mit spöttisch verzogenem Mund, doch dann kniff sie die Lippen verärgert zusammen. Wieso mein? Und sie schickte Bertolt eine SMS, überquellend von Smileys.

Anders Willem. Ging er Anja wirklich aus dem Weg? Ich möchte mich da nicht festlegen. Jedenfalls klingelte er gleich am nächsten Morgen bei ihren Eltern, um sich nach ihrem Befinden zu erkundigen, wurde aber von der Mutter recht barsch beschieden, die Tochter liege noch im Bett und würde dort mit ihrer heftigen Erkältung wohl auch noch einige Tage bleiben. Verantwortungsloser, bodenloser Leichtsinn sei das gewesen, was gestern vorgefallen sei. Und ob er nicht wisse, dass ihre Tochter verlobt sei, so gut wie verheiratet. Damit ließ sie den verdutzten Willem stehen, schlug ihm beinah die Tür vor der Nase zu. Und danach? Suchte Willem Anja? Traf er sie zufällig, wie es den Anschein hatte – haben sollte? –, fragte er, verlegen, als sei er ihr etwas schuldig: »Wie geht's?« Wartete kaum die Antwort ab, machte sich unter einem Vorwand davon, so fadenscheinig, dass es schon fast wie eine Beleidigung wirken musste.

Doch es verging kein Tag, ohne dass sie einander sahen, und sei es nur von weitem. Das Wetter blieb ruhig, ausgeglichen; sicher dünte und rauschte die See, mal linde lockend, mal kolossal, doch nie wieder bebte sie wie in jener Nacht. Dennoch fuhr Anja in diesen Tagen nicht einmal mit dem Großvater hinaus, nur noch selten sah man Willems Jolle in Ufernähe kreuzen.

Ein paarmal versuchte der Kapitän die beiden wieder zusammenzubringen. Was denn geschehen sei, draußen auf hoher See – diesen Ausdruck, hohe See, gebrauchte er stets, wie einen Zunamen oder ein Adelsprädikat –, drang er in

Anja, die zwar verstand, worauf der Großvater hinauswollte, konnte ihm aber nur mit einem bedauernden Achselzucken und einem knappen »Nichts« antworten. Weder Anja noch Willem wussten, weshalb sie nach jener Nacht voneinander angezogen und abgestoßen waren zugleich. Und ich? Ich ahne es, aber ich werde es erst genau wissen, wenn ich Ihnen die Geschichte zu Ende erzählt habe. Vielleicht – ich hoffe es – wissen Sie es dann ohnehin ebenso gut wie ich, und ich muss es nicht ausbuchstabieren.

Gemeinsam aber blieben Anja und Willem die Wege zum Wasser, vom Land zur See. Stundenlang konnte man sie dort sehen, getrennt, immer getrennt, wie sie ziellos in den Dünen auf- und niedertauchten oder am Ufer der Vorschrift des Meeres folgten, die Schuhe in den Händen, die Jeans hochgerollt und den nassen Sand mit Füßen traktierend, als wollten sie ihn demütigen oder strafen.

Erste Wildgänse aus dem Norden machten Halt auf dem Flug gen Süden, die Tage wurden kühler und kürzer, die See verlor ihren gutmütigen Schein, und dann war es nur noch Anja, die auf ihren Streifzügen von den immer nach Neuigkeiten gierenden Augen der Inselbewohner gesichtet wurde.

Ungefähr zur selben Zeit, nämlich als Willem zwei, drei Tage fortblieb, besuchte Anja wieder den Großvater. Geschickt, wie sie glaubte – in Wirklichkeit hatte der mit den Wassern der Weltmeere gewaschene alte Fuchs sie beim ersten Stottern durchschaut –, brachte Anja das Gespräch auf Willem, ohne direkt nach seinem Verbleib zu fragen, und der Großvater erbarmte sich ihrer und erklärte, Willem habe plötzlich abreisen müssen, komme aber sicher wieder, um den Wohnwagen zu holen. Der stehe doch noch da. Ob sie das denn nicht gesehen habe, fügte der Kapitän ein wenig süffisant hinzu, was er alsbald bereute, da die so Befragte mit einer tiefen Röte bis unter die Haarwurzeln antwortete.

Vielleicht merken Sie an diesem Satz, liebe(r) LeserIn, wie schwer es mir fällt, zum Ende zu kommen. Ja, Schicksal zu spielen – und nichts anderes tut ja der Autor –, den Schraubstock des Schicksals zu bedienen, ist nicht immer angenehm. Aber das Leben und Schreiben geht weiter.

Und das Lesen auch. Also versuchte Anja, ungeachtet ihrer sichtlichen Verlegenheit, herauszubringen, wann Willem wiederkäme, sie habe da noch ein Buch von ihm. Doch Hand aufs Herz, der Großvater-Kapitän machte diese Geste wirklich, was bei ihm wie angeboren aussah; es ist eben doch etwas anderes, ob ein Banker schwört oder ein Kapitän. Hand aufs Herz, er wisse es nicht.

Und so schlug Anja am nächsten und übernächsten Tag nur solche Wege ein, die sie unweigerlich in Sichtweite des roten Wohnwagens brachten. Kein VW-Kombi. Der stand erst da am dritten Tag, und Anja sah, wie Willem den Wohnwagen so rangierte, dass er jederzeit losfahren konnte. Als Willem ausstieg, eine Jacke überzog und sich in ihrer Richtung auf den Weg machte, zögerte sie, ob sie ihm entgegengehen sollte, und kehrte ihm den Rücken. Doch ging sie nicht gleich nach Hause, bestellte sich vielmehr im Strandcafé, das jetzt menschenleer war, in eine warme Decke gehüllt, einen Milchkaffee. Willem musste hier vorbeikommen. Sie brauchte nicht lange zu warten.

»Darf ich?«, fragte er, schüchtern lächelnd, doch mit einer ironischen Geste die leeren Stühle umgreifend.

»Bitte sehr«, antwortete Anja, die Geste parodierend.

»Wie geht's?«, fragte Anja.

»Wie geht's?«, fragte Willem.

Gut. Gut, sagten beide und lächelten verlegen. Gut. Gut, sagten sie noch einmal, und dann verzogen sich ihre Münder zu einem immer breiteren Lächeln, bis die Lippen auseinander platzten und aus dem Lächeln ein Lachen wurde, ein befreiendes Lachen, so befreiend, dass es die beiden loslöste von sich selbst, ihrer Zeit auf See, der Todesgefahr. Und als nun Willems Milchkaffee kam, griffen beide gleichzeitig danach, und ja, diesmal berührten sich ihre Hände wirklich wie im Gedicht.

»Anja!« Die Stimme ließ beide zusammenfahren. Anjas Mutter.

»Anja! Wo bleibst du? Bertolt kann jede Minute hier sein. Hast du das denn vergessen? Das weißt du doch seit Tagen! Komm jetzt mit. Sofort. Hörst du! Und Sie«, wandte sich die Mutter an Willem, »sollten sich auf den Weg machen. Sturmwarnung. Orkanstärke ist angesagt.«

Anja reichte Willem die Hand, die er auf seine altmodische formelle Art ergriff und gemessen schüttelte, dann aber an seine Wange legte, sodass sein Mundwinkel die weiche Mulde zwischen Daumen und Zeigefinger gerade berührte.

»Anja!« Die Mutter machte Anstalten, das Fahrrad abzustellen und die Tochter mit sanfter Gewalt zu entfernen.

»Mach's gut«, sagte Anja.

»Mach's gut«, sagte Willem und studierte mit gesenktem Kopf den Milchschaum auf dem Kaffee, bis er sicher sein konnte, dass die beiden Frauen um die Ecke gebogen waren. Dann sprang er auf. Nichts, was ihn hier jetzt noch hielt.

Es war schwer zu glauben, dass die Warnung mehr war als ein Vorwand, den Eindringling zu vertreiben. Mittags hatte die Sonne noch warm geschienen, ein paar Windstöße aus Südsüdwesten hielten den Sommer fest. Doch unter den schrägen Strahlen lösten sich schon die Blätter der alten Kastanie, auf die man hier so stolz war, und in den Rosenbüschen prangten die Hagebutten.

Anjas Mutter hatte nichts erfunden. Kaum waren die beiden Frauen gegangen, sprang der Wind auf Nordwest und drängte zur Küste. Dunkelbraune Wolken zogen auf, jagten über einen Himmel, der sich zusehends verdüsterte. Wirbelnde Winde trieben die Wellen strudelnd empor, Wogen hochauf verfolgten einander, rasten gegen den Strand. Eine furchtbare Böe dröhnte vom Meer herüber, Berge von Wasser stürzten übereinander, schnaubten mit weißen Kronen ans Land. Schäumende Wassermassen, eine zischende, tosende, brüllende See, klatschender Regen, Windgebraus. Es tönte und donnerte, als sollte die ganze Welt in Hall und Schall zugrunde gehen.

»Wir haben einen solchen Sturm noch nicht erlebt«, sagten die Leute ein ums andere Mal, als sie sich am nächsten Tag wieder vor die Häuser wagten, die Fensterläden auseinanderstießen. Und kaum ihren Augen trauten. Der Tag war noch im Steigen, und die weißen Möwen schwebten ruhig hin und wider. Schwebten über dem Stolz der Insel, der alten Kastanie im Strandcafé, die den Sturm überstanden hatte, ja, doch den entsetzten Blicken sich nun beinah gänzlich entblättert darbot, die stachligen Früchte am Boden geplatzt, kleine Zweige und Äste verstreut zwischen den gekippten Tischen. Die Stühle hatte man wohl noch früh genug im Haus geborgen.

Das westliche Vordach der nahegelegenen Seniorenresidenz war fast vollständig abgedeckt, Ziegel zerbrochen, einige davongetragen bis hinter die zerrissene Buchenhecke. Auf dem Kinderspielplatz hing das Schaukelbrett nur noch an einer Kette, und das Gerüst der St.-Ansgar-Kirche, deren Turm neu gedeckt werden sollte, lag zerschmettert zwischen den verwüsteten Gräbern des Friedhofs, der das alte Gemäuer seit Jahrhunderten umgab. Lange ließen sich ähnliche Zerstörungen aufzählen, nicht ein Haus, ein Baum, ein Strauch, die der Sturm nicht gezeichnet hätte. Als Tag der großen Vernichtung ging diese Nacht in die Annalen der Insel ein.

Kein Wunder, dass der Kapitän, kaum dass er den Schaden, den die Naturgewalten seinen geliebten Rosenbüschen angetan, untersucht und so gut es ging behoben hatte, sich auf den Weg machte, um nach Tochter und Schwiegersohn zu sehen, vor allem aber nach der Enkelin, deren Furchtsamkeit vor der Macht des Meeres ihm nur zu wohl bekannt war.

Das Haus des Bürgermeisters hatte bis auf einen losgerissenen Fensterladen keinen weiteren Schaden genommen, nur der Rasen lag übersät von Kiefernnadeln, Zweiglein und unreifen Zapfen aus dem angrenzenden Wäldchen. Der Amtsinhaber selbst war schon seit vielen Stunden unterwegs, um gemeinsam mit Feuerwehr und Polizei nach dem Rechten zu sehen und in der Gemeinde Hand anzulegen, besonders auf dem Zeltplatz. Seine Frau band im Garten die Rosensträucher zusammen, die der Sturm, wenn auch nicht zerknickt, so doch weit auseinandergespreizt hatte.

Anja war nirgends zu sehen.

»Beleidigt ist sie«, klärte die Tochter den Vater missmutig auf. »Ich hab ihr gestern wegen Willem, diesem hergelaufenen Wohnwagenhelden, tüchtig die Leviten gelesen. Hab die beiden kurz zuvor beim Tête-à-Tête im Strandcafé erwischt. Bertolt konnte ja gestern leider nicht mehr kommen. Kein Fährdienst. Na klar. Aber gegen Mittag wird er hier sein.«

Der Großvater war schon im Haus verschwunden, seine Tochter folgte ihm.

»Anja! Anja! Nun komm schon herunter. Der Großvater ist da!«

Oben blieb alles still. Blieb so lange still, bis die Mutter verdrossen die Treppe hinaufstürmte, die Tür zu Anjas Zimmer aufriss und mit einem Aufschrei im Türrahmen stehenblieb. Das Zimmer war leer, das Bett fast unberührt, als hätte sich jemand kurz zur Ruhe gelegt, dann aber anders entschieden.

Die Haustür schlug zu, Schritte im Flur.

»Anja?« Mutter und Großvater stürzten zur Treppe.

»Ich bin's!« Der Vater war zurück.

»Hast du Anja gesehen? Hast du Anja dabei?« Die Mutter sprang die Treppe hinunter.

»Anja? Nein. Wie kommst du darauf?«

Wortlos fasste die Mutter den Vater beim Arm und zog ihn in Anjas Zimmer. Der Großvater trat beiseite. Der Vater öffnete und schloss das Fenster, die Mutter drückte auf ihrem Handy Anjas Nummer. Kein Dienst.

Zitternd vor Empörung brach es aus ihr heraus: Bei diesem Kerl sei sie, die Anja, bei diesem Willem, diesem dahergelaufenen Subjekt, diesem dahergelaufenen. Großen Gefallen schien sie an diesem Wort zu finden. Dahergelaufen ist eben ganz etwas anderes als Alteingesessen, aber das tut jetzt nichts zur Sache.

Das Gesicht des Großvaters wurde sehr ruhig, fast starr. »Wann hast du die beiden gesehen?«, fragte er mit beinah unbeteiligter Stimme. »Gestern doch nicht? Doch eher vorgestern?«

»Gestern!«, triumphierte die Mutter. »Ist doch auch egal.«

Die Augen des alten Mannes erloschen, flammten wieder auf. »Gestern!« Wie eine Maske lag die gesunde Sommerbräune über dem Gesicht des Großvaters, aus dem alles Blut gewichen war.

»Der Wohnwagen«, stieß er hervor. »Der Wohnwagen.« Er griff nach der Tischkante, ließ sich auf Anjas Schreibtischstuhl fallen. Deutete auf ihr Bett: »Setzt euch!«

»Was Wohnwagen?«, empörte sich die Mutter, doch nach einem Blick in das Gesicht ihres Vaters folgte sie ihm und setzte sich.

»Der Wohnwagen ist fort.« Der alte Mann tastete auf der Schreibtischplatte umher, zitternd, unstet, eine Geste, die man zuvor noch nie bei ihm wahrgenommen hatte.

»Ich wollte es Anja sagen. Kein Zweifel. Ich seh den Wagen ja von meinem Haus aus.« Schwer stützte der Kapitän die Arme auf den Tisch, legte den Kopf hinein, brachte so die zitternden Hände zur Ruhe.

»Dann ist sie also mit ihm auf und davon. Im Wohnwagen! Die kann sich auf was gefasst machen! Und Bertolt ist auch gleich hier.«

Aber der Vater hatte schon begriffen. »Im Wohnwagen? Der Wohnwagen ist fort! Aber wo soll er denn sein? Nach dieser Nacht. War doch kein Fortkommen hier. Kein Fährbetrieb bis zum Abend. Auch Bertolt musste warten. Vielleicht …« Der Vater sprang auf, rannte die Treppe hinunter, schlug die Haustür hinter sich zu.

Der Wohnwagen war fort. Ein Stück des Kliffs, ein ganz kurzes nur, war abgebrochen. Genug, Kombi und Anhänger in die Tiefe zu reißen, hinaus in die See. Nicht sehr weit. Die schweren Gefährte waren schnell gesunken.

Wo sich Möwen wenig später kreischend an einer Stelle versammelten, wurden die zerschmetterten Wagen geborgen. Leer.

Stellen wir uns vor, dass die toten Körper von dem abströmenden Wasser ins Meer gezogen und hinausgetrieben wurden, wo sie langsam am Grunde zugrunde gehen, aufgelöst in Staub und Wasser, in Meer. Doch bis dahin umfängt der Körper Willems Anjas schmale Gestalt, wie das Meer diese Insel umringt und umfriedet. Und der gischende Kamm der Wogen, der sie verschlang, weht ihre Seelen hinauf zu den Sternen.

Und wenn Sie wieder einmal zwei weiße Wolken sehen, die der Wind unausweichlich aufeinander zutreibt, bis sie einander ganz und gar durchdringen, wissen Sie nun, dass Willem seine Anja in die Arme schließt, da oben.

Wenn es ernst wird

Dass etwas nicht stimmte, war mir seit Monaten klar. Ich bemerkte vieles, weil man mich nicht bemerkte. Papi und Mami gingen derart höflich und bemüht miteinander um, fast wie Fremde, die sich im Zugabteil gegenübersitzen und die Fahrt so rücksichtsvoll wie möglich zu Ende bringen wollen. Dabei sahen sie einander an, als suchten sie etwas, das sie ausbessern könnten, flicken wie ein Loch im Strumpf. Schließlich bin ich kein Kind mehr; zum letzten Geburtstag bekam ich mein erstes Parfum.

Weihnachten war es, da hatte Mami zum letzten Mal die Beherrschung verloren und Papi einen schlechten Komiker genannt, als der aus seiner Hosentasche ein Päckchen gekramt, einen Blick auf das silberfarbene Papier geworfen und rasch wieder eingesteckt hatte; dann aus der anderen Hosentasche ein gleich großes, aber goldfarbig verpacktes Kästchen gezogen und es der Mami mit verlegenem Lächeln überreicht hatte. Ich hatte derweil in die Christbaumkerzen geblinzelt.

Schlechter Komiker, hatte Mami gesagt und das Kästchen einfach auf einen Teller Nüsse fallen lassen. Dort lag es bis zum Abend. Am nächsten Morgen war es weg. Und Mami begegnete Papi wieder mit dieser amüsierten Korrektheit wie der Mathelehrer mir, wenn er, Süßholz raspelnd, meine verhauene Klassenarbeit kommentiert. Auch er meint dann genau das Gegenteil. Waren beide im Haus, nahmen sie, ging es ums Telefon, merkwürdige Gewohnheiten an. Dass Mami bestimmte Anrufe gar nicht recht waren, wenn Papi zu Hause war, fiel mir schon auf, bevor er sich wunderte, dass, griff er zum Hörer, niemand dran war. Umgekehrt legte aber auch Papi mit »Falsch verbunden« auf, wenn Mami in der Nähe war, was die allerdings auch tat, wenn Papi dabeistand. Beide guckten dann immer sehr allwissend und beleidigt zugleich.

»Nein, er weiß nichts, nichts«, hörte ich Mami gerade zu ihrer besten Freundin sagen. Ich war früher als gewöhnlich aus der Schule gekommen, hatte seit Weihnachten einen eigenen Haustürschlüssel und musste nicht mehr klingeln.

Die beiden saßen in der Küche. Mona war älter als Mami, wenn auch keine ganze Generation. Ihr Haar gefärbt, strähnig blond, und wenn sie lachte, zog sich ihre Oberlippe im linken Mundwinkel nach oben, und die Zähne zeigten Lippenstiftspuren. Sie hatte es nie eilig, musste ja auch für niemanden sorgen. Seit ihr Mann weg war, schien sie nur noch an gutem Essen und schlechten Ehen interessiert.

»Und Tina?«, hörte ich Mona fragen. Ich hielt den Atem an, hörte aber als Antwort nur ein Seufzen und wie Kaffee in die Tasse plätscherte, einmal, zweimal, wieder Seufzen und dann Mami: »Sie ist ja noch ein Kind!«

»Da wär ich nicht so sicher.« Ein Stuhl wurde gerückt, Mona, die dicke Mona, machte sich offenbar auf den Weg nach Hause, gleich um die Ecke unserer Siedlung, Kindersiedlung nannte man sie, wohl weil in jedem der Reihenhäuser ein paar Kinder wohnten.

»Wenn es ernst wird, schicken wir Tina erst mal zu meiner Mutter. Da war sie ja schon, als sie klein war, damals sogar fast mehr als bei uns.«

Ich ließ die Mappe im Flur zu Boden poltern und stieß die Tür auf, Mona beinah vor den Bauch. Die Frauen schauten sich an, als hätte ihnen der Lehrer beim Schummeln auf die Schulter geklopft.

»Da bist du ja schon«, sagte Mami und runzelte die Stirn. »Wie wär's mit Pizza, in zehn Minuten?«

Was sollte das heißen: wenn es ernst wird? Und woran konnte ich merken, ob's ernst wurde und wann? Ich hatte nichts gegen Omi, im Gegenteil, liebte ihren großen, verwilderten Garten am Ufer eines Baches, in dem kleine Fische schwammen und echte Frösche, nicht wie die aus Plastik in der Badewanne. Und ich liebte, wie Omi mit mir umging, wie mit einer Freundin nämlich, einer erwachsenen Freundin. Sonntags gingen wir ins Restaurant, und während wir aufs Essen warteten, saßen wir auf hohen Hockern an der Bar und tranken mit Strohhalmen aus schmalen Gläsern, an deren Rändern sich bunte Rädchen drehten oder Obststücke steckten.

Vorerst aber schien es noch nicht ernst zu sein mit dem Ernstwerden. Nur waren Papi und Mami immer seltener zur selben Zeit am Abend zu Hause. Bei Mami häuften sich die Termine ihrer Theatergruppe und bei Papi die Überstunden im Büro. Eine Betriebsprüfung stand ins Haus und bei Mami die Premiere vor der Tür. Mami nahm ihre Gruppe wirklich ernst. Sie hatte mir von dem Stück erzählt, etwas Altes aus Griechenland. Mami spielte die Hauptrolle: eine Frau, die starb, aber von ihrem Mann aus dem Totenreich wieder zurückgeholt wurde. Jedenfalls beinahe. Er darf sich nämlich auf dem Weg ans Licht nicht nach ihr umdrehen. Tut er es, muss sie für immer unten bleiben, und sie sehen sich nie wieder. So jedenfalls, laut Mami, verfügten es die Götter. Der Mann dreht sich aber doch nach ihr um. So ein Trottel, sagte ich. Aber nein, sagte Mami. Er konnte es einfach nicht abwarten, sie wiederzusehen. Aus lauter Liebe dreht er sich um.

Doch ich war mir sicher, entweder war der Mann nicht zurechnungsfähig, oder aber er hatte es sich auf dem Weg ans Licht anders überlegt und beschlossen, die Frau für immer loszuwerden. Mit Liebe jedenfalls hatte das nichts zu tun. Wenn man sich etwas wirklich wünscht, kann man warten: so, wie ich gewartet hatte, bis ich genug Geld für das richtige Fahrrad, das grüne mit fünfzehn Gängen, gespart, und mich nicht schon früher mit einem billigeren zufriedengegeben hatte.

Im April hatte ich Geburtstag und mir von Papi gewünscht, dass er an diesem Abend zu Hause sein sollte, und von Mami das Gleiche. Zu Essen sollte es Spaghetti mit roter Hackfleischsoße geben, ein Kinderessen, ich weiß, aber ich wollte es noch einmal wissen, bevor es ernst wurde. Papi behandelte mich ohnehin in den letzten Wochen, als wäre ich noch in der Grundschule, dabei hatte ich nun schon die zweite Packung Binden aufgebraucht. Mami sah mich seitdem mitunter an wie Mona, wenn sie noch überlegte, ob sie ihr nun das große Geheimnis anvertrauen solle oder nicht. Ich sah dann immer zur Seite und machte mich, wenn möglich, aus dem Staub.

An diesem Abend spielten wir alle miteinander Theater. Papi nannte mich »meine Schöne«; Mami nannte sich »Eure Dienerin«, und ich durfte die beiden herumkommandieren.

Wir taten alle so, als hätten wir einen Heidenspaß, aber viel lieber wäre ich nur Tina gewesen und zwölf und mit einem richtigen Vater und einer richtigen Mutter. Normal. So wie bei Sonja, wo auch schon mal die Fetzen flogen, die Eltern sich alles Mögliche an den Kopf warfen und dann, ein Herz und eine Seele, eine Flasche Wein tranken und sich wochenlang versöhnten. Nicht wie Papi und Mami, die vor Angst, aus der Rolle der höflichen guten Bekannten zu fallen, kaum noch das Nötigste miteinander sprachen.

An diesem Abend, meinem Geburtstag, aber sprachen sie soviel wie schon lange nicht mehr, nur dummes Zeug, wie mir schien; Vati nannte Mutti seine »Magd« und sie ihn ihren »Knecht«, und beide fragten einander, ob es denn etwas auszusetzen gebe an der Herrschaft und ob man denn das Dienstverhältnis noch verlängern möchte oder doch lieber kündigen und einen neuen Dienstherrn oder eine bessere Herrin ausprobieren wolle. Ein paarmal versuchte ich, mich einzumischen. »Ich bin eure Königin!«, schrie ich, aber nur anfangs hörten sie mir zu, dann schienen sie sich von mir, ja, aus diesem Raum zu lösen und ein Spiel zu spielen, in dem ich keinen Platz hatte. Sie schauten mich kaum an, als ich aufstand, »ich bin müde« murmelte und in mein Zimmer ging. Ich zog mich langsam aus, strich das neue T-Shirt sorgfältig glatt, hängte die Jeans sogar auf einen Bügel und lauschte nach Fußtritten auf der Treppe. Schließlich hielt ich es nicht mehr aus und schlich nach unten.

Sie standen, ohne einander zu berühren, am Fenster und schauten in den Garten, wo der Apfelbaum blühte. In jedem der Gärten blühte ein Apfelbaum, der wurde gepflanzt, wenn das erste Kind kam, eine schimmernde Blütenkette, der Stolz der Siedlung. Nur eine Lücke gab es, zwei Häuser weiter. Da hatte Mona ihren Apfelbaum umgehauen; mit dem Küchenbeil war sie nach der Beerdigung auf das Bäumchen losgegangen, das keinen Tag älter werden sollte als Benny. Benny, der beim Baden mit dem Vater im Baggersee ertrunken war. Und auch den Vater wollte sie danach keinen Tag länger um sich haben.

Ich sah, wie Mami einen Arm um Papi legte. Der stand starr, und sie nahm den Arm wieder fort. Beider Arme hingen nun so dicht nebeneinander, dass ich nicht erkennen konnte, ob sie einander berührten. Mami machte eine Bewegung von Papi weg, als wollte sie gehen. Da ergriff er ihre Hand und sagte etwas, das wie »Bleib« oder »Verzeih« klang, ich konnte es so genau nicht hören; nur der weiche, weite Laut, mit dem man kleine Kinder tröstet, den sprach er sicherlich.

Hand in Hand standen sie so eine ganze Weile, dann lösten sich ihre Hände voneinander und glitten die Rücken hinauf bis zu den Schultern, die sie zu streicheln begannen, mechanisch, wie ein braves Pferd oder einen alten Hund. Schön sahen die beiden aus, wie sie dastanden, schwarze Silhouetten gegen das Schneelicht der Apfelblüten, gar nicht wie Eltern schauten sie aus, eher wie ein Paar aus einem der alten Schwarz-Weiß-Filme, die Mami so gern sah.

Das Bild tröstete mich in den Schlaf, und am nächsten Morgen hatte ich fast keine Angst, den beiden beim Frühstück zu begegnen. Aber Papi war schon weg. Durchs Fenster strömte warme Frühlingsluft, und die Blüten in meinem Apfelbaum saßen prall auf Zweigen und Ästen. Mami hatte nicht mehr diesen Ausdruck einer unbestimmten Sehnsucht im Gesicht, knuffte mich in die Rippen und verkündete, sich gewaltig in den Schultern dehnend, heute die

Betten zu lüften, die Wintersachen in den Keller zu bringen und die für den Sommer heraufzuholen. »Tschüs Tina!«, rief sie mir hinterher, und mein Name klang wirklich wie der einer Königin.

Ein paar Tage machte der Vater keine Überstunden, mähte den Rasen, fegte die Blüten unterm Baum zusammen, reparierte die Fahrräder und nahm mich zum Joggen mit, um den Baggersee, wo wir zwei Schwänen zusahen, die fast gleichzeitig dieselben Bewegungen machten, die Köpfe ins Gefieder, ins Wasser, einander entgegenstreckten, die langen Hälse verschränkten und wieder lösten. »Liebeswerben«, sagte Papi. Dann flatterte einer der beiden Vögel auf den darunter, einundzwanzig, zweiundzwanzig, dreiundzwanzig, zählte ich. Sie fielen voneinander ab, trennten, schüttelten und putzten sich und zogen ihrer Wege. Jeder für sich.

Mami ging weiterhin zu ihren Theaterproben und buchte einen Yogakurs in einem ziemlich entlegenen Stadtteil; es sei dort billiger, sagte sie und mit einem spöttischen Lächeln: »Sonst muss Papi noch mehr Überstunden machen.«

So verging die Zeit bis kurz vor den Sommerferien, ohne dass es ernst geworden wäre. Ich hatte sogar den Eindruck, dass das Telefon seltener falsch verbunden läutete und die Höflichkeiten der Eltern freundlicher klangen. Nur, wenn ich drängelte, ob wir denn in diesem Jahr gar keine Reise planten, in die Berge, ans Meer, wurden beide merkwürdig still und verlegen und versuchten, mit gespielt geheimnisvoller Miene zu versichern, ich solle mich überraschen lassen.

Mami war mit ihren Gedanken nur noch bei den Proben. In einer Woche sollte Premiere sein. Das Bürgerzentrum war angemietet, und überall im Stadtteil klebten Plakate, lagen Handzettel zum Mitnehmen. Mamis Name ganz groß.

Am Abend der Premiere wartete ich lange auf Papi, so lange, dass ich fast selbst zu spät gekommen wäre für die reservierten Plätze in der ersten Reihe. Als der Vorhang aufging, war der Platz neben mir noch immer leer. Auf der Bühne stöhnte ein Mann in Papis Alter nach seiner verstorbenen Frau, raufte sich die Haare und flehte die Götter um Gnade an. Er hatte weit mehr Haare als Papi, dunkle Locken mit so feinen Graufäden, dass man sie gewiss schon in der zweiten Reihe nicht mehr sehen konnte. Sportlehrerfigur, gebräunt, gesund. Irgendwie nahm man ihm bei soviel Saft und Kraft den verzweifelten Schmerz nicht ab. Aber als er nach einigem Hin und Her dann in den Hades hinabsteigen durfte und schließlich mit Mami, die ihm den Rücken zukehrte, gemeinsam vor einem Pappfelsen stand, da wusste ich, dass er es war, durch den es ernst werden könnte.

Und als Papi mir in der Pause seine Assistentin vorstellte, eine junge Frau, so blond und blauäugig, dass ich nicht nur auf Bleichmittel, sondern auch auf Haftschalen schloss, da wusste ich, sie war das Schweigen am Telefon, wenn Mami abnahm, und es war sie, durch die es ernst werden könnte. Ich versuchte, einen Blick auf ihre Knie zu tun. Wenn Frauen spitze Knie haben, muss man sich vor ihnen hüten, hatte Mona einmal gesagt.

Papi setzte sich auch nach der Pause nicht in die erste Reihe neben mich, sondern blieb bei seiner Assistentin. Er hatte sie Mami, die kurz hinter der Bühne hervorgekommen war, beiläufig vorgestellt, und Mami hatte sehr zerstreut genickt. In ihrem grauen Gewand, der aschefarbenen

Perücke und den gemessenen Bewegungen, die sie aus ihrem Spiel mitgebracht hatte, wandelte sie zwischen den Menschen in ihren bunten Sommerkleidern und Hemden wirklich wie eine aus dem Totenreich.

Nach der Pause tat der Sportlehrer auf der Bühne alles, um seine Angebetete mittels Gesang wiederzubeleben. Er hatte eine dunkle, angenehme Stimme, eher kräftig als einschmeichelnd, mehr männlich als verführerisch, aber Mami erglühte für ihn, daran ließen die Verfärbungen ihres Gewandes im wechselnden Licht der Scheinwerfer keinen Zweifel.

Sie hatten die Pappfelsen bereits etliche Male umrundet, der Mann vorneweg, Mami hinterher; er sang und sang. »Umdrehen!«, hörte ich es aus einem Felsbrocken zischen. »Umdrehen, Mann!« Es war Mona, die als Souffleuse unter dem Pappmaché steckte.

Der Mann aber ließ sich nicht beirren und beteuerte nun zum x-ten Mal mit unvermindert starkem Bariton, wie sehr er die Geliebte liebe und dass er sie zu sehen und für immer zu besitzen kaum noch erwarten könne.

Mami drehte noch zwei Runden mit ihm, dann tippte sie ihm auf die Schulter. Aber der Mann vor ihr schüttelte nur unwillig den Kopf. Das Getuschel, Gemurmel, Gelächter im Zuschauerraum war jetzt beinah lauter als der Liebesgesang des Mannes, der nun, ohne sich auch nur im Geringsten umzudrehen, zwischen zwei Pappquadern rechts von der Bühne abging, Mami, rotglühend angestrahlt, hinterher.

Einen dritten Akt gab es nach dieser Weigerung, das schlechte Ende des Dichters herbeizuführen, nicht. Vielmehr trat das Paar unter Jubel und Applaus an die Rampe, und der Sportlehrer sang noch einmal sein Lied, und diesmal klang seine Stimme weich und schmeichelnd, und er nahm das Gesicht meiner Mami in beide Hände und küsste es.

Ich ging mit Mona nach Hause. Wir warteten eine Weile auf Mami, Mona verschlang eine Pizza und dann noch einen Apfelstrudel. Ich hatte keinen Hunger. Mami kam, als Mona gerade die Teller in die Spülmaschine stellte, und schien erleichtert, dass Papi noch nicht zu Hause war. Sie wollte mich gerade ins Bett schicken, da stand er im Zimmer, zerzaust und abgekämpft wie aus einem Unwetter, Krawatte schief, Hemdkragen offen, Zigaretten- und Alkoholgeruch. Wieso ich noch nicht im Bett sei, herrschte er mich an, nestelte an seiner Gürtelschnalle, und ich hatte zum ersten Mal in meinem Leben Angst vor ihm, drückte mich aus der Tür; Mona folgte mir wortlos, Mami aufmunternd zunickend.

In dieser Nacht war es mit dem artigen Theater zwischen Mami und Papi vorbei. Sie schrien sich an: »Dein Sänger!« »Deine Blondine!« Und immer wenn es noch lauter wurde, sagte einer von beiden: »Denk an Tina!« Und dann wurde es für eine Weile ruhiger. Schließlich hörte ich Tritte auf der Treppe, aber nur leichte schnelle, Mamis Tritte. Die Haustür fiel ins Schloss.

Am nächsten Morgen stand mein Frühstück auf dem Tisch, sogar ein frisch gepresster Orangensaft, und das mitten im Sommer. Dazu ein Zettel: »Lass es dir schmecken. Einen guten Tag. Mami.«

Das war nichts Ungewöhnliches. Manchmal wurde Mami von ihrer Migräne überfallen und schlief bei zugezogenen Vorhängen bis in den Nachmittag. Als ich aus der

Schule kam, saß Mona bei ihr in der Küche Die Nachbarin sah mich mit verstecktem Triumph mitleidig an.

Es war ernst geworden. Omi tat am Telefon, als wäre es ihr größter Wunsch, mich in den Ferien bei sich zu haben. Sogar Reitstunden versprach sie mir. Noch bevor ich abfuhr, trug Papi einen großen Koffer aus dem Haus. Seine Joggingsachen hingen nicht mehr im Flur, und im Kleiderschrank fehlten Anzüge. Eine größere Geschäftsreise, erklärte er, und dass er mir Postkarten schreiben werde, aus Japan, aus Indien, aus … Aber das hörte ich nicht mehr, denn er drückte mich so fest, dass mir die Ohren sangen von meinem Blut und ich seinen Herzschlag vernahm, als schlüge sein Herz in meinem. Mami stand daneben und presste die Lippen zusammen. Ich heulte los und wünschte, ich wäre noch klein genug, um an die Geschäftsreise glauben zu können wie an den Osterhasen. Dann aber machte ich es wie Mami, sagte zwischen den Zähnen »Adieu« und dass ich mich auf seine Postkarten freue.

Postkarten kamen aber keine; dafür Anrufe beinah täglich, von Mami, von Papi. Die Großmutter war dann manchmal den Tränen nahe und brach zu einem ihrer ausgedehnten Spaziergänge auf, bei denen ich kaum mithalten konnte. Sorgfältig vermieden wir, unsere Gedanken einander mitzuteilen; die meinen getraute ich mich nicht einmal zu Ende zu denken, den Koffer des Vaters, den Lippenstrich der Mutter, die Blondine, den Sänger. Mami und Papi, die mir immer öfter als Einzelne in den Sinn kamen. Wovon man nicht laut spricht, das ist nicht da, hatte ich einmal auf einem Kalenderblatt gelesen. Und so wurden wir beide immer einsilbiger, Großmutter vor allem, die sonst immer so gerne von früher gesprochen hatte, als Mami noch klein war und der Großvater noch lebte, lustige, spannende Geschichten und ohne zu jammern; nicht so wie Mona, in deren Geschichten früher alles viel schöner war.

Trotzdem: wäre es nicht ernst gewesen, es hätte beinah sein können wie in den Sommern zuvor, als ich noch meinen Teddy gefüttert hatte.

Denn ich hatte ja Rosty. Rosty, mein Pony, mein wortlos verlässlicher täglicher Trost. Er gehorchte mir nun auf den leisesten Wink. Rosty verstand alles. War ich traurig, ließ er die Mähne hängen und trottete durch die Wiesen wie ein alter Gaul, fasste ich Mut, trabte er los, dicht an den Weiden entlang, die mich mit ihren Zweigen aufmunternd streiften. Am besten wusste Rosty mit meiner Wut fertigzuwerden, wenn es im Galopp durch das Wäldchen ging, niedriges Buschwerk, morsches Holz, Morast, der mir nicht selten bis über die Schenkel spritzte. Kamen wir dann am späten Nachmittag gemächlich bei den Stallungen an, war mir so wohl, als hätte ich alles, was ich brauchte. Doch schon beim ersten Strich über Rostys dampfenden Rücken fielen mir die Knie der blonden Assistentin wieder ein, ihre grellblauen Augen; die dunklen Locken des sportlichen Sängers, Mamis leuchtendes Bühnengesicht, Stücke einer Wirklichkeit, die zusammenzusetzen sich alles in mir sträubte.

Die letzte Ferienwoche hatte begonnen, als die Großmutter von einem Tag auf den anderen ihre Sprache wiedergefunden zu haben schien. Die Spaziergänge wurden kürzer und endeten bei eisgekühlten Getränken in hohen Gläsern unter grünem Laub; sie erzählte, wie Mami sich einmal – die Verwandten wollten nicht weiter spazieren gehen – aus Trotz mit ihrem Kommunionkleid in einem Kuhfladen gewälzt habe; über den Schaden untröstlich und die geglückte Reinigung selig gewesen sei; wie Papi bei seinem ersten Besuch ihr Haus in Berlin nicht gefunden habe; in der falschen Naumannstraße sei er zuerst gewesen am anderen Ende der Stadt. Die Freesien hätten die Köpfe hängen lassen und Mami sei den Tränen nahe gewesen, als er schließlich vor der Tür gestanden habe, völlig aufgelöst. Nicht ein Mal hatte die Großmutter, seit ich hier war, Papi erwähnt. Nun verschränkte sie die Arme über der Brust wie nach einem Stück Arbeit, das beinah fertig ist, und lachte in sich hinein. Die Anrufe der Eltern wurden kürzer, je näher das Ende der Ferien heranrückte. Papi versprach, mich abzuholen, und Mami, die mich hergebracht hatte, versprach es auch.

Immer öfter war ich jetzt schon am frühen Morgen auf dem Ponyhof, drängte vom Frühstückstisch, kam mittags nicht nach Hause und trödelte abends so lange, dass die Großmutter mich einmal mit dem Auto abholte und das Fahrrad kopfschüttelnd in den Kofferraum packte.

Ich wollte nicht verstehen. Oder doch nur soviel, wie Rosty verstand.

Abends hatten sie angerufen. Papi zuerst. Morgen komme er, morgen Nachmittag. Großmutter hatte schon ihre Hausschuhe an den Füßen, als Mami anrief. Sie komme morgen, morgen Nachmittag.

Auf unserem letzten gemeinsamen Spaziergang versuchte die Großmutter schließlich doch noch in mich zu dringen. Sie fing es nicht ungeschickt an, schwärmte von Mamis Erfolgen als Teenager in der Schülertheatergruppe, jedoch so ausführlich, dass ich Wind bekam und mich für die Fragen nach Mamis Theaterspiel im Bürgerzentrum in aller Ruhe wappnen konnte und die Großmutter mit maulfauler

Einsilbigkeit abspeiste. Die Verwünschungen hatte ich wochenlang in Rostys Fell geknurrt.

Schweigend kehrten wir ins Haus zurück. Doch es war nicht länger das brütende Schweigen der ersten Wochen. Großmutters Schweigen verkündete lauthals: Wart's nur ab! Du wirst schon sehen.

»Ein Dickkopf wie deine Mami«, schickte sie mich nach dem Gutenachtkuss ins Bett.

Früher noch als sonst war ich anderntags bei Rosty. Er schien etwas zu wittern; unwillig sträubte er sich gegen das Zaumzeug, den Sattel, sogar den Zucker schnaubte er mir von der Hand und nahm ihn erst gnädig auf, als ich ihm die Stückchen fast ins Maul schob. Nachts hatte ich ein Gottesurteil beschlossen. Mit demjenigen, der zuerst ankäme, würde ich mitgehen.

Der Vormittag schlich dahin. Aus Furcht, ich könnte die Ankunft verpassen, traute ich mich nicht vom Gelände, Rosty drehte immer bockiger unsere Runden, und die Brote von der Großmutter fürs Mittagessen, die ich mit ihm zu teilen gewohnt war, verschmähte er.

Ich sah Papis Auto schon von weitem. Sprang von Rostys Rücken, ja, ich ließ Rosty, der mir hinterherschnaubte, im lockeren Sand der Longerunde stehen. Er wieherte mir nach, ich drehte mich nicht um.

Ich lief dem Auto entgegen, den steinigen Feldweg entlang, wo ich Rosty soviel Herzeleid zugeflüstert hatte. Das war vorbei. Mit Pferden zu sprechen war etwas für Kinder. Ich war alt genug, einer Tatsache wie dieser Staubwolke, in der sich ein Auto verbarg, entgegenzusehen. Der Wagen blieb stehen, und aus der Staubwolke heraus knallte eine Tür, und Papi stieg aus. Und dann knallte die andere Tür, und ich kniff die Augen zu. Aber als ich ihre Stimmen hörte, riss ich beide Augen weit auf, und da sah ich zwei schwarze, hartumrissene Figuren im Sonnenlicht auf mich zulaufen, größer werdend mit jedem Schritt, bis sie vor mir standen, lebensgroß und deutlich erkennbar: Vater und Mutter. Ein Paar, das mich in die Arme nahm.

Auch ich wünschte mir damals, wünsche es auch heute, diese Geschichte hätte hier ein Ende genommen und eine neue begonnen. Doch wir alle lebten ja noch weiter. Zu dritt. Ich hatte mich nicht entscheiden müssen und war selig. Von Rosty verabschiedete ich mich wie vor noch gar nicht so langer Zeit von meinem Teddy. Großmutter knuffte mich in die Rippen und sah mich mit ihrem »Siehste-hab's-doch-gleich-gewusst«-Blick an. Und ich hörte, wie sie zu Mami sagte: »Nimm dir nicht zu viel vor. Wenigstens bis Weihnachten.«

Auf der Heimfahrt machten wir beim Husumer Hafen Station, aßen Krabbenbrötchen und beobachteten Fischerboote, die ihren Fang an Land brachten. Ich konnte den Blick von den zappelnden Netzen kaum abwenden, während es Mami beinah den Magen umdrehte. Papi legte, wann hatte ich das zuletzt gesehen, den Arm um sie, während er mir einen prüfenden, fast misstrauischen Blick zuwarf. Aber dann tranken die beiden noch ein Bier, und ich durfte aus jeder Flasche einen Zug tun, und wir sangen, alles durcheinander, wie auf einer Klassenfahrt.

An diesem Abend war das Telefon still und am nächsten auch, und als es am dritten Tag klingelte, sahen Papi und Mami sich an und sagten wie aus einem Munde: »Nimm du ab.« Wen sie damit meinten, sich selbst oder mich, weiß ich nicht. Sie rührten sich jedenfalls nicht, und als ich »Hallo« sagte, hörte ich nur ein Klacken. Ein paarmal noch fragte eine Männerstimme nach Mami und eine Frauenstimme nach Papi, dann sagte ich jedesmal: »Falsch verbunden«, und legte auf. Dann klingelte das Telefon nicht mehr. Jedenfalls nicht so.

Papi und Mami hatten sich ein Handy gekauft. Jeder eines für sich. Mami geht wieder in die Theatergruppe und Papi macht wieder Überstunden. Wenn das Telefon klingelt, ist es für mich. Von Jan. Seine Stimme kribbelt mir bis in den Bauch, aber ich sage: »Falsch verbunden.«

Rote Schuhe

Mein Mann stand schon in der Tür, Aktenkoffer unterm Arm, eine Spur vom Frühstücksei im rechten Mundwinkel, als mir die Tasse auf den Tisch klirrte, so laut, dass Bert sich mit hochgezogenen Augenbrauen noch einmal umdrehte. Mein Lächeln gelang gerade so, dass er es zerstreut erwidern konnte. Dann fiel die Tür hinter ihm zu. Fünf vor neun, gut, dass der Jüngste, ich konnte nicht aufhören, ihn so zu nennen, schon in der Uni war. Ihm hätte ich jetzt nichts vormachen können.

Die Zeitung war von gestern. Das Recht des ersten Blicks hat mein Mann, morgens auf dem Weg in die Kanzlei. Immer wieder hatte es Querelen gegeben, bis er sich bequemte, das Blatt in einem lesbaren Zustand zurückzubringen. Wie lange war das her, damals in unserem ersten kleinen Haus; so vieles hatte sich verändert. Nur die Zeitung war die gleiche geblieben. Mir machte die verspätete Lektüre nichts aus. Die Nachrichten waren nicht mehr neu, ich konnte sie übergehen und herauspicken, was mir zur Tasse Kaffee, wenn alle aus dem Haus waren, guttat. Eine Buchbesprechung oder ein Artikel über den neuesten Stand der Genforschung, ein Kongressbericht über gesunde Ernährung, ein Reisefeuilleton, nichts, was meine Welt aus den Fugen hätte bringen können.

Bis an jenem Morgen mein Blick auf diese Todesanzeige fiel. Unterhalb der Abbildung eines Matisse, der von einem Unbekannten für nahezu zwanzig Millionen Dollar ersteigert worden war. Ich hatte den Namen des Toten immer wieder einmal gelesen, zuletzt, als nach dem Fall der Mauer diese Wettbewerbe ausgeschrieben worden waren und er, oder besser sein Büro, für eines der Gebäude am Potsdamer Platz den Zuschlag erhalten hatte. Sein Name. Zwischen Stern und Kreuz. Geboren in einem Dorf in Westfalen. Gestorben in Chicago. Dorthin hatte es ihn schon damals gezogen.

Damals. Ich wäre beinah zu spät gekommen, hatte den frühen Zug verpasst. Mein Babysitter war einfach nicht erschienen. Händeringend war ich von einer Tür zur anderen gelaufen, bis ich meine Zwillinge, gerade drei geworden, bei einer Nachbarin unterbringen konnte.

Die Trauergemeinde stand noch vor der kuppelbedachten Kapelle in dem parkähnlichen Friedhof, als ich aus dem Taxi sprang und Bert mir entgegenlief. Er war von einem Klienten direkt hierher gefahren. Da drinnen, er wies in Richtung Kapelle, werde man nicht fertig, und die hätten auch schon mit Verspätung anfangen müssen. Bert stockte, starrte auf meine Füße. Doch ehe er etwas sagen konnte, schloss mich Cosimas Mutter in die Arme. Ihr noch immer schönes Gesicht war verquollen, und die Stimme klang unstet und viel zu hoch, als sie mich ein paar Frauen vorstellte und Cosimas beste Freundin nannte. Dann knarrten die Flügel der Tür auseinander, und eine lange schwarze Gestalt mit weißer Halskrause und Kreuz in den Händen schritt einem Sarg voran. Wir drückten uns zwischen die Lorbeerbäume, bis uns eine junge Frau, bekleidet wie ihr hagerer Kollege, hineinwinkte. Cosimas Mutter ergriff meinen Arm, und so führte ich mit ihr den Trauerzug an, klapperte mit meinen roten hochhackigen Pantoffeln, die ich zu wechseln vergessen hatte, auf dem steinernen Boden bis dicht vor den Sarg und zündete eine Kerze an. Erst jetzt, nach der Hektik zu Hause, der Fahrt im überfüllten Zug – damals war eine Reise von Münster nach Hamburg noch längst nicht so bequem wie heute –, dem Schreck über die falschen Schuhe, kam ich zur Ruhe, und mit der Ruhe war die Trauer wieder da. Milder als noch vor einer Woche, als mich das Schluchzen von Cosimas Mutter auf dem Anrufbeantworter erreicht hatte, milder auch als vor drei Wochen, da hatte ich zum letzten Mal am hohen Bett der Freundin gesessen, ihr Kopf ein spitzes weißes Dreieck, das rechte Auge schief nach unten hängend, der Schädel bandagiert. Ein Tumor, gutartig, aber unerreichbar für den Chirurgen, hatte sie aus dem Leben gefressen.

Cosima. Cosy. Die ich kannte, seitdem ich ihr am ersten Semestertag in der Mensa Tomatensuppe über die neuen Levis geschüttet hatte und sie so wenig aus der Fassung geriet, dass ich ihr im Augenblick verfiel wie Hündchen dem Herrchen. Cosy in Hotpants und durchsichtigen Blusen aus Indien, wallenden Röcken und nabelfreiem Selbstgestricktem in bunten Streifen, Cosy mit Ohrringen, die klingelten und blitzten, wenn sie das lange hennagefärbte Haar durcheinanderwarf, Cosy, die mir zeigte, wie man einen Joint dreht und eine Blue Lady trinkt, wie man Männer lockt und blockt, Cosima, die Verrückte, Verwegene und ich in ihrem Schlepptau.

Viel abgefärbt war nicht, denn als Bert auftauchte, hatte es nicht lange gedauert, bis mich, allen Spöttereien Cosys zum Trotz – bei dem schlafen dir nicht nur die Füße ein –, seine spröde Zuverlässigkeit für ihn eingenommen hatte.

Studiert hatten Cosima und ich weiterhin gemeinsam; sie machte ihren Magister in Deutsch und Geschichte, ich ein Examen für die Realschule. Sie fand eine Stelle in einem alternativen Verlag, ich beendete mit Ach und Krach mein Referendariat und heiratete Bert. Wir zogen in ein Dorf nahe Münster, und Bert trat in die Kanzlei seines Vaters ein. Meiner Freundschaft zu Cosima tat das keinen Abbruch. Am Telefon, wo keiner störte, vertrauten wir uns einander an wie in den besten Zeiten.

Cosima mit ihrer unendlichen Geschichte von Männertreue und Verrat, Geschichten wie auf- und abziehende Gewitter – jedem Hoch folgte eine Kaltfront, Wolkenbildung, Donner, Blitz und Hagelschlag, Sturmtief, Tief. Ihr Entzücken am Telefon, ihre Flüche, ihre Wut. Selten Tränen. Denn immer war ja schon bald der Nächste da, und immer war der Nächste der Beste. Die Welt voller Männer, und einer musste schließlich der für immer und ewig sein. Dem, der am Ende gekommen war, hatte sie nicht den Abschied geben können. Er hatte sie herausgelesen und beiseite geworfen wie einen faulen Apfel aus dem Korb.

Alles war sinnlos an diesem frühen Tod. Immer wieder presste die junge Pfarrerin ihr rundes Kinn in die steifplissierte Halskrause, wenn sie vom Himmel und seinen Beglückungen sprach. Cosy, das dachte wohl jeder hier, hätte sicher dieser so plötzlich hereingebrochenen Seligkeit ein paar Jahrzehnte irdisches Jammertal vorgezogen.

Ich krampfte die Zehen in meinen roten Pantoffeln zusammen, als könnte ich so die Farbe aus der Welt schaffen, schob die Schuhe weit nach hinten, bis sie auf einen Widerstand trafen, der sich scharrend zurückzog.

Dann spielte die Orgel, ein Motiv aus dem »Siegfried-Idyll«, Cosima hatte Wagner geliebt, besonders den »Ring«, aber was sich da aus Pfeifen und Tasten quälte, hätte sie bestimmt zu einem ihrer respektlosen Witze gereizt. Ich konnte sie kichern hören, ihren Rippenstoß spüren.

Draußen ging ein Platzregen nieder, die Träger ließen den Sarg auf den Wagen plumpsen und machten sich mit ihm fast im Laufschritt an die Grube. Einsegnen, Sarg hinab, Erde rauf, Blumen drauf, Erde und Blumen und Regen. Wir standen und froren, bis auch der Letzte geschaufelt hatte. Da brach die Sonne durch.

Das Café, nahe dem Kirchhof, hatte unter einer Plane gedeckt, die nun zurück an die Hauswand fuhr, Geschirr und Besteck funkelten und lockten zur Stärkung des Lebens, wir waren davongekommen, eine fatale Genugtuung, einer würde der Nächste sein, wir hatten an Cosimas offenem Grab schon für ihn oder sie gebetet.

Bert setzte gerade zu einem verweisenden Vortrag über meine Schuhe an, als mir Cosimas Mutter einen Teller Häppchen in die Hand drückte: »Du hast es nötig«, sagte sie. »Siehst blass aus. Ein paar Tage ausspannen würde dir guttun. Du weißt, unser Haus auf Sylt. Jederzeit.«

Die Trauergemeinde hätte gemischter nicht sein können. Ein Nest bunter Vögel hatte Cosima ihren Verlag genannt, und so sahen die meisten auch aus. Nachfahren der Hippies, bärtige Männer, die Frauen mit langen Haaren und Röcken, heute dunkel, viel schwarz. Rote Schuhe trug niemand. Auch der Verleger war da. Wo er stand, scharten sich die Vögel und ruckten, wenn er sprach, die Köpfe auf und ab, als pickten sie aus einem Napf. Alles aß, trank, sprach durcheinander, gelegentlich ein Lachen, gleich erstickt.

»Weißt du«, begann Bert zögernd, »mit mir zurückfahren kannst du heute leider nicht. Ich muss wieder nach Lübeck, zu meinem Klienten. Du weißt ja, der Prozess ist wichtig.«

»Also mit dem Zug«, sagte ich. »Bloß, wie komme ich von Münster nach Hause? Der letzte Bus nach Bederbeeken fährt schon um vier.«

»Entschuldigen Sie, dass ich mich einmische.« Der Mann, der mit seinem Teller hinter Bert gestanden hatte, trat einen Schritt näher. »Ich habe fast denselben Weg, ein kleiner Umweg nur. Oh, fast hätte ich vergessen, mich vorzustellen.« Der Mann griff in die Innentasche seines Jacketts, zog eine Visitenkarte heraus und überreichte sie, seinen Namen murmelnd, mit einer angedeuteten Verbeugung meinem Mann. Ich wusste sofort, dass der ja sagen würde. Korrekte Manieren gefallen ihm, sein Glaube an den Einklang von Form und Inhalt ist unverwüstlich. In der Tat war der Fremde ein Herr. Mit einem Namen voller u-Laute, einem schmalen, gut rasierten Gesicht, kurzgestutzten blonden Haaren und einem elegant geschnittenen Anzug, dunkles Fischgrät. Bald waren die beiden Männer in ein Gespräch vertieft, und ich setzte mich zu Cosimas Mutter und zwei Tanten, von denen Cosy die mit den kupferfarbenen Locken besonders gern gehabt hatte. »Was is'n das für'n Vogel, da bei deinem Mann?«, stupste mich die Tante in die Rippen. »Wie kommt der hierher?« Ich zuckte die Achseln und sah Cosimas Mutter an. Die hatte ihn nie gesehen. Ich forschte bei den Verlagsleuten, Autoren, Journalisten, Fotografen, niemand wusste, wie der Mann mit dem exakten Haarschnitt hierhergeraten war.

Ich saß noch immer bei Cosimas Mutter als mein Mann und der Fremde zu uns herüberkamen, zwei schwarze, hohe Schemen, ihre Gesichter waren im Gegenlicht kaum auszumachen.

»Herr ...«, ein fremdländisch klingender Name folgte, den ich wieder nicht verstand, »möchte fahren«, sagte mein Mann. »Also, wenn's recht ist.«

Der Fremde verbeugte sich vor Cosimas Mutter, ergriff ihre Hand, deutete einen Handkuss an und sprach in schönen Sätzen sein Beileid. Auch die Tanten bedachte er mit einer Verbeugung, was die Rote amüsiert quittierte.

Wir verließen die Trauergemeinde zu dritt, ich in der Mitte; auf dem Parkplatz hinter dem Kirchhof küsste mich Bert auf die Wange, und ich folgte dem Fremden in seinen Wagen, beige Mittelklasse, von Autos verstehe ich nichts.

Kaum eingestiegen, schnallte der Fremde sich an, was damals noch freiwillig und unüblich war. Sich nicht anzuschnallen, ein Ausweis freier Gesinnung. Dabei stellte er sich noch einmal vor, jede Silbe seines komplizierten Nachnamens einzeln betonend. »Sagen Sie Konrad zu mir, darf ich Sie darum bitten? Und Sie heißen Rosa, hat mir Ihr Mann verraten?« Ich murmelte etwas und war wütend auf Bert, als hätte er dem Fremden von meinem Leberfleck auf der linken Pobacke erzählt.

Hier in der rollenden Blechhöhle kam mir der Mann, den ich Konrad nennen sollte, noch sonderbarer vor. Seiner Eigenart fehlte jetzt das Gegengewicht der anderen, ihre Anwesenheit hatte ihn zu einem strengen Ferment gemacht inmitten ihrer ungebundenen, lockeren Art. »Musik, Rosa?« Die Stimme des strengen Mannes klang, als hätte er alles Weiche, Liebenswürdige, Herzliche nach innen gezogen, in seine Stimmbänder. »Musik, Rosa?« Da klopfte mein Herz zum ersten Mal, und ich wusste nicht warum; ein Mann aus einem der Nachbardörfer fuhr mich nach Hause, in mein Heim, zu den Zwillingen, Bert würde morgen wieder da sein.

Ich schüttelte den Kopf. Nein, keine Musik.

Ich mache mir nichts aus schneller Vertraulichkeit – schon das mit dem Vornamen war mir, allen Zeitgepflogenheiten zum Trotz, zu rasch gegangen –, und nichts lässt Vertraulichkeit schneller wachsen als Musik, das gemeinsame Hören, dazu noch in einem solchen Käfig, den nicht mal ein Blitz durchdringen kann. »Nein«, wiederholte ich laut und bestimmt, fast patzig, und dachte Konrad, Konrad, Konrad, was für ein Name, stramm wie »Achtung stillgestanden!«. Cosys Freunde hätten niemals Konrad geheißen, vielmehr Conny oder Coddy oder Con.

»Rosa«, surrte seine Stimme, »was für ein Name. Rosa. ›Rose, du reiner Widerspruch …‹«

Das war doch Rilke! Hatte er sich nicht als Architekt vorgestellt? Er bemerkte mein Erstaunen, brach ab und lächelte. »Bitte, schnallen Sie sich an, Rosa.«

Ich gehorchte.

Wir kamen nur langsam aus der Stadt, die er, jedenfalls was die Gebäude anging, besser kannte als ich. Vom Levante- oder vom Chile-Haus sprach er wie von nahen Verwandten, und wir waren schon über die Elbbrücken hinaus, als er mir noch die Geschichte des Michel erzählte, spannend, als wäre alles erst vor kurzem geschehen.

Dann aber kam das lange Stück zwischen Hamburg und Bremen, kein Gebäude der Rede wert, ob ich Lust hätte auf einen Abstecher nach Bardowick? »Bardowick?«, echote ich, und der Mann am Steuer erklärte, dort gebe es eine Kirche, eigentlich einen Dom, den hätten die Normannen erbaut, ehe sie aufgebrochen seien zu den Kreuzzügen ins Heilige Land.

Ich schaute auf die Uhr. Es war noch früh. Die Zwillinge bei der Nachbarin in guten Händen. Ich schluckte und nickte.

»Also?«, wiederholte er, den Blick geradeaus gerichtet, wo ein Laster sich anschickte, einen zweiten zu überholen.

»Ja«, sagte ich.

Bald bogen wir von der Autobahn ab, eine Bundesstraße führte auf eine Landstraße, und dann war er auch schon weithin zu sehen, der Dom, ein Mammut aus rotem Backstein, ziegelgedeckt, nur die Türme grünstrahlend kupfern. An einer Mühle vorbei fuhren wir und an endlosen Pflanzenfeldern. Seit beinah fünfhundert Jahren, erklärte der Mann neben mir, versorge man von hier aus Hamburg mit Gemüse. Der Dom war geschlossen; Bruchstücke einer Orgelmusik drangen nach draußen, ein unerlöstes, ersticktes Drängen aus der Tiefe und über alle Untiefen hinweg.

In einem Café unter Linden, die kurz vor der Blüte standen, tranken wir Tee, aßen Butterkuchen, ließen die Verstorbene in liebevollen Anekdoten lebendig werden. Cosy und Rosi, die Unzertrennlichen, wobei Cosma immer Wert auf das Ypsilon gelegt hatte.

Konrad war der Freundin im Verlag begegnet, der seinen preisgekrönten Entwurf dokumentiert hatte, den Umbau eines Klosters der Franziskanerinnen im Münsterland. Wie nah er ihr gewesen war, ließ er sich nicht entlocken, und in den Geständnissen der Freundin war ein kurzgeschorener Architekt nie aufgetaucht.

Wir erzählten von Cosima und erzählten doch nur von uns. Konrad zu sagen, wagte ich nicht, aber denken konnte ich seinen Namen schon, ohne zu stocken, und hängte ihn lautlos an jede Frage an.

»Ihr Mann ist eine Zeitung holen, drüben am Kiosk!«, rief mir die Bedienung zu, als ich aus dem Waschraum kam und mich suchend nach meinem Begleiter umblickte. »Gleich wieder da! Bezahlt ist schon.« Ich trank meinen Tee aus und ging ihm entgegen. »Ein schönes Paar«, hörte ich eine kuchensatte Stimme am Nebentisch.

Er schnallte sich an; ich schnallte mich an. »Musik, Rosa?«

Ob er mein Nicken gesehen hatte? Ein Handgriff, und die Kassette sprang an. Wir waren jetzt wieder auf der Autobahn, fuhren aber fast nur auf der rechten Spur. Geigen, eine Männerstimme:

> Ging heut Morgen übers Feld,
> Tau noch auf den Gräsern hing;
> Sprach zu mir der lust'ge Fink:
> Ei du! Gelt? Guten Morgen! Ei gelt?
> Du! Wird's nicht eine schöne Welt?
> Zink! Zink! Schön und flink!
> Wie mir doch die Welt gefällt! …

Ich hatte mir nie viel aus Liedern gemacht. Nicht aus Liedern und nicht aus Lyrik. »Die schöne Müllerin«, »Adelaide«, »Du holde Kunst« – das war Onkel-und-Tanten-Musik, bei den Großeltern am Klavier gesungen. Lieder damals, das waren für mich Bob Dylan und Janis Joplin, Johnny Cash, die Beatles und die Rolling Stones.

»… Nun fängt auch mein Glück wohl an?«, sang die Männerstimme unbeirrt weiter: »Nein, nein, das ich mein' / Mir nimmer blühen kann.«

Kurz vor Osnabrück war die erste Seite der Kassette zu Ende.

»Umdrehen?«, fragte Konrad.

»Später«, sagte ich. Ich wollte lieber nur wieder seine Stimme hören. »In Osnabrück gibt es ein schönes Schloss.«

»Sie« – Konrad unterbrach sich –, »wir wollen es besuchen?«

»Nein, nein«, wehrte ich ab, »es wird spät. Aber hören möchte ich. Von seinen Erbauern; seinen Besitzern und Bewohnern, bis es mir vor Augen steht, Wort für Wort, Stein auf Stein.«

»Ihr Wunsch ist mir Befehl«, erwiderte Konrad mit einer leichten Verbeugung, »aber dafür habe ich dann einen Umweg frei, ja?«

Sollte er haben. Ich streckte mich in die Strahlen der Nachmittagssonne, hörte Konrads Sätzen eine Weile lang zu, dann nur noch seiner Stimme und erwachte in die dunklen Verlockungen des Baritons:

Auf der Straße steht ein Lindenbaum,
Da hab ich zum ersten Mal im Schlaf geruht!
Unter dem Lindenbaum,
Der hat seine Blüten über mich geschneit,
Da wusst ich nicht, wie das Leben tut,
War alles, alles wieder gut!
Alles! Alles, Lieb und Leid
Und Welt und Traum!

Wir waren schon hinter Münster, als wir die Autobahn verließen und, wie mir schien, querfeldein fuhren durch weite, sonnensatte Wiesen und Äcker, die Straße gesäumt von Büschen, grün, bis an den blassblauen Horizont, nur der Holunder platzte mit seinen weißen Dolden aus all dem Grün, hie und da ein Weißdornstrauch, Tupfer von Rotdorn. Über den Wiesen paarten sich Wind und Licht in einer zärtlich flirrenden Bewegung.

Die Kassette war zu Ende.

»Wir sind gleich da«, sagte Konrad, aber ich sah nirgends ein Dorf, ein Haus. Nur ein Gemäuer mit Türmen und Zinnen, eine Burg wie aus dem Spielzeugkasten wuchs auf uns zu. Wir fuhren langsam und kurbelten die Fenster herunter, hörten die Grillen ihre Beine wetzen, Schmetterlinge gelb und weiß in den Wiesen, alles Schimmer, alles Licht.

Die Burg war von Wasser umringt, Annette von Droste-Hülshoff hatte in einer solchen Burg gewohnt, glaubte ich aus dem Literaturstudium zu erinnern.

»Der Knabe im Moor«, sagte ich und sah Konrad von der Seite an.

»O schaurig ist's übers Moor zu gehn«, erwiderte der prompt.

»Wenn es wimmelt vom Heiderauche«, ergänzte ich. Weiter wussten wir beide nicht.

Konrad parkte das Auto vor dem Graben. Lebensgefahr!, warnte ein Schild jeden Unbefugten vor dem Betreten der Zugbrücke, aus der Bohlen und Geländerteile weggebrochen waren.

An Konrads Hand, der mir die Autotür mit Schwung und Verbeugung aufgerissen hatte wie der Lakai die Kutsche, tastete ich über den morschen Steg, der mich an das Schutzengelbild über meinem Kinderbett erinnerte. Dort hüpfte ein barfüßiges Mädchen, Augen gen Himmel, auf ein paar Brettersplittern über einen tiefen Abgrund und reißenden Bach, hoch oben ein wallendes Wesen mit Flügeln. Dummes Ding, hatte ich geschimpft, ohne Schuhe und ohne hinzusehen sowas zu unternehmen, und den Engel, der auch nur in den Himmel statt auf seinen Schützling sah, verachtet.

Also schaute ich sehr genau, wohin ich meine Füße in den roten Schuhen setzte; auf dem verrotteten Holz sahen sie nicht minder merkwürdig aus als in der Kirchhofskapelle.

Aus der Trauerweide torkelte eine Krähe unbeholfen wie besoffen einer Elster hinterher. Fast wäre ich über die liederlich verknoteten Wurzeln einer alten Kiefer gestolpert.

Es war noch immer warm, und ich hätte gern die schwarze Jacke ausgezogen, aber die Bluse darunter war nicht gebügelt, nur über den Kragen war ich am Morgen flüchtig mit dem Bügeleisen gefahren.

Die grün-weißen Fensterläden in den grauen Quadern – Granit, sagte Konrad – waren geschlossen, bis auf die am Turm, einem eher verspielten als kriegerischen Achteck.

»Niemand zu Hause?«, scherzte ich, zögernd, noch weiter einzudringen in ein Gelände, das »Für Unbefugte verboten« war. Aber Konrad lenkte mich, seine Hand unter meinem Ellenbogen, über das holprige Katzenkopfpflaster um die Burg herum und zog vor einem Nebeneingang, einer Pforte, würde man wohl zur Zeit des Richtfests gesagt haben, einen Schlüssel aus der Tasche. Für ein ganz normales Sicherheitsschloss.

»Sie haben recht«, sagte er, »es ist niemand zu Hause. Nur Sie und ich. Kommen Sie.«

In dem engen Gang war es stockfinster. Konrad griff eine Taschenlampe von der Wand und leuchtete voran, einhundertdreiundvierzig Stufen lägen vor uns. Modrige feuchte Luft nahm mir den Atem, wieder klopfte mein Herz bis zum Hals, jetzt wäre ich am liebsten kopfüber davongerannt, aber Konrad zog sich mit einer Hand am Geländer hoch, mit der anderen hielt er die Taschenlampe vor meine Füße. Barfuß wie das Mädchen auf dem Schutzengelbild stieg ich aufwärts, barfuß wie diese leichtsinnige Person, der ich nie vergönnt hatte, heil über die Brücke zu kommen.

Er habe, erklärte Konrad, während wir immer atemloser die Stufen nahmen, den Auftrag, diese Burg wetterfest zu machen und mit Licht und Wasser zu versorgen. Nur das Nötigste. Das Gebäude gehöre der Stadt Münster, und die wisse noch nicht, was sie damit anfangen solle. Er wohne derweil im Turmzimmer. In zwei Wochen würden die Arbeiten beginnen. Noch sei er hier Herr und Gebieter.

Das Zimmer mit seinen acht Ecken glich einem Karussell. Gleich, wenn die Musik wieder spielte, würde es sich drehen mit seinen Lichterbögen, dahinter südliches Himmelblau, ein paar hohe barocke Wölkchen, pausbäckige Putten. Unter einem der Fenster stand eine Platte auf zwei Böcken, über und über mit Papieren bedeckt, davor eine Staffelei. Ein großer Tisch und eine doppelte Matratze mit dunkelgrünem Cordbezug in der anderen Ecke. Auf der Kleiderstange ein paar Anzüge, Hemden; eine Kommode, alt wie der Tisch, zwei Lehnstühle, verblichene Rosensträuße ins hohe Rückenpolster gestickt. Und Kerzenleuchter. In allen Größen und Formen, Silber und Messing, Zinn und Keramik. Keine Vorhänge.

Ich ging von einem der acht Fenster zum anderen, von einem Gemälde zum nächsten, Sommer in Westfalen, Sommer im Münsterland.

Das Land, parzellengefleckt, von Büschen und Gehegen gesprenkelt; wenig Häuser, rot wie Eisenerz aus den grünen Wogen, weiß auch wie Tücher fürs Picknick. Ein Schwanenpärchen zog durch das stille Spiegelbild einer Trauerweide, schnappte nach den schmalen Blättern, die das Wasser streiften. In einem mächtigen Rhododendronwall klebten auf den fetten grünen Blättern noch die verdorrten Blüten des Vorjahres, gelbbraun zusammengeschrumpft.

Konrad war hinter der Tür verschwunden und kam mit Rotwein und Gläsern wieder. Er trug nun einen hellblauen Pulli, und die Haare lagen nicht mehr ganz so exakt. Er war barfuß.

»Willkommen auf Burg Wunderhorn!« Konrad hob sein Glas und zog mich in einen der Rosenstühle.

»Musik?«, fragte er. Ich schüttelte wieder den Kopf. Im Zimmer staute sich die Luft eines heißen Tages. Kein Laut von außen drang durch diese Mauern herein, kein Laut würde hinausdringen. Wir waren allein in dieser Stille, es mochte passieren, was ich, geschehen, was er wollte, was auch immer geschah in dieser achtfenstrigen Stille, es würde geschehen, als geschähe es in einer anderen Welt.

Konrad öffnete ein Fenster.

»Es bleibt noch lange heute Abend hell«, sagte er, und das klang wie der Beginn eines schönen alten Gedichts.

Draußen sauste der Wind in den Kiefern, krakeelten Elstern und Krähen, war das hungrige Brüllen der Kühe von weit her zu hören. Ein milder, kühler Wind strich herein, tastete über unsere Gesichter.

»Wirklich keine Musik?«, fragte er noch einmal.

»Wirklich nicht«, sagte ich. »Aber vielleicht im Traum.«

»Dann träumen wir doch«, sagte er und setzte ein Kofferradio in Gang, ein unförmiges Gerät mit Kassettendeck, heute museumsreif. Es tat sein Bestes, Geigen wie Geigen klingen zu lassen, Brahms vermutete ich, irgendetwas für Streicher. Wir saßen und hörten zu und wussten nicht weiter. In Wirklichkeit. Was wir träumten, war ein offenes Geheimnis, wir brauchten keine Geigen mehr, die uns aus der Haut spielten, aus unseren Grenzen spielten, längst umarmten, umfingen, umschlangen wir uns, bevor wir uns erhoben wie zum Tanz und unsere nackten Füße sich berührten. Es war wirklich warm im Zimmer. Flüchtig ging mir durch den Kopf, dass ich für zu Hause eine gewaltige Lüge brauchte. Und dass ich – wir – uns beeilen müssten.

Konrads Körper war warm und duftete, ein Geruch nach warmem Brot, Brot mit Nüssen. Auch die Laken waren warm und rochen nach Konrad. Bert roch im Bett nach nichts. Ich ließ mich von diesen Gerüchen davontragen, gute nahrhafte Gerüche, zum Reinbeißen, Auffressen, Verschlingen. Konrads Fleisch war weicher als Berts, schmeichelte sich der Berührung entgegen, nachgiebig.

Ich hatte nie Probleme gehabt mit Bert, nicht im Leben und nicht im Bett. Wir hatten gemeinsam den »Kinsey-Report« gelesen und danach gehandelt. Vor Bert hatte es zwei Männer gegeben – es hatte geklappt, wie Cosima und ich das nannten –, und mit Bert klappte es auch. Ich hatte ihm gegenüber eine Art selbstsüchtiger Gutwilligkeit entwickelt, geboren aus ehelicher Komplizenschaft; es hatte einfach zu klappen. Aber dieses unvermeidliche Fliegen war es nie. Mit Konrad zog ich einfach davon, ließ mich davontragen, ohne Anstrengung, ohne irgendetwas anzustreben, musste nur nachgeben, so wie beim Atmen oder beim Schlucken. Dass ich flog, machten nur Konrads Haut an meiner Haut, seine Bewegungen und das Gewicht, das mich niederhielt, das Gewicht, das sein Herz umschloss, seine Gewohnheiten und seine Gedanken, seine Besonderheiten, seine Pläne. Was wusste ich schon von ihm. Vielleicht war es deshalb so leicht zu fliegen, von allem und allen weg. Wir überließen uns unseren Händen, und die hatten Zeit, wir hatten die Zeit in unseren Händen, die Zeit im Maß unserer Hände und Häute, die Zeit verschwand, alle Zeit der Welt in unseren Händen.

Käuzchenschreie weckten mich, es war jetzt ganz finster, kein Mond, aber eine sternklare Nacht.

Ich weckte Konrad.

»Bleib!«, bat er, meine Hand mit beiden umklammernd.

»Bist du sicher?« war alles, was ich sagte.

»Sicher«, sagte er. Und: »Ich werde dich nie verlassen.«

»Gut«, sagte ich. »Aber ich muss noch einmal nach Hause.«

»Verstehe«, sagte er. »Aber dann morgen Abend um acht bei der Kirche in Schlackenahn. Du kennst Schlackenahn?«

Ich nickte.

»Die Kirche?«

»Ja.«

Konrad fuhr mich nach Hause. Die Zwillinge ließ ich bei der Nachbarin, schob ihr einen Zettel unter die Tür: Eine Ausnahme, Entschuldigung.

Lange betrachtete ich meine Füße. Wie er meine Kindheit aus meinen erwachsenen Zehen gelesen, die winzige Narbe geküsst hatte, hier, hatte er gesagt, bist du bei St. Peter-Ording in eine Scherbe getreten, erinnerst du dich? Nichts war wahr, aber ich hatte selig genickt und meinen Kopf in seiner Achselhöhle eingenistet.

So schlief ich ein. Als läge ich bei ihm und nicht allein, in meiner Hälfte vom Ehebett. Tief und traumlos schlief ich, bis mich um halb sieben der Wecker hochriss und ich in Jeans und T-Shirt fuhr und zur Nachbarin rannte, Lore und Dorle in den Wagen setzte und zu Hause gleich wieder ins Bett legte, wo sie rotbackig weiterschliefen.

Ich öffnete die Fenster, die Vögel krakeelten, schloss sie wieder, in der Stille fühlte ich die Zwillinge schlafen, als hörte ich ihren Atem, sähe ihre Gesichter in den Kissen. Ich ging in ihr Zimmer, soviel Rosa und helles Grün, Stofftiere und Legosteine, Kleinlore und Kleindorle, die Puppen. Gern hätte ich etwas weggeräumt, beiseitegelegt, aufeinandergetürmt, in Schubladen verstaut, Ordnung geschaffen, aber das hatte ich erst gestern getan, vor meiner Reise zur toten Cosima.

Durch die Fenster platzte der Sommermorgen, in der Straße tanzte eine zerknüllte Mülltüte, und ein Mann, Schaufel und Besen geschultert, radelte vorbei. Ich rief Bert im Hotel an und erfuhr von einer weiblichen Stimme, er habe das Haus bereits verlassen. Meine Zehen spielten mit dem Strohteppich auf den Fliesen, meine Finger fuhren durch die Luft, durch mein Haar, meine Augen folgten den Füßen, den Beinen, dem Bauch hinauf bis zu den Brüsten, ich lief vor den Spiegel, dieses Wunder aus Augen Ohren Nase Mund Kinn Stirn Wange Schädeldecke Haaren Hals, dies Wunderwerk unter der Sonne war ich, und dieses Wunderwerk lebte umgeben von Wundern. Es war, als hätte ich ein Auge mehr, eines für das Entzücken, die Freude, hier in meiner Küche, meinem Haus, meinem Leben zu sein. Ich trug Konrads Berührungen in mir, dass er schön war, so schön, sagte ich den kleinen frisch gebadeten Füßen der Zwillinge, als ich sie küsste, dass er zärtlich, so zärtlich war, flüsterte ich in ihr nasses, verklebtes Haar.

Ich brachte die beiden zur Tagesmutter und fuhr dann zum Markt oder Supermarkt. Nie zuvor hatte ein Himmel so über unserer Kleinstadt gestanden, eine glorreiche Kuppel, blau wie der Mantel der Muttergottes auf alten Marienbildern, frische Wunder, wohin ich sah.

Im Supermarkt sah ich hinter all den bunten Paketen, Büchsen und Tüten die Menschen, wie sie all dies bereitstellten, für mich bereitstellten, aus allen Teilen der Erde. Vor mir sah ich Lore und Dorle, ihre kleinen Bäuche, alles, was ich nach Hause brachte, würde sich in ihr Fleisch verwandeln, ihr Leben. Was auch immer ich tat, war voller Bedeutung, für mich, für die Zwillinge, für Bert, für die Welt. Für Konrad. Konrad, der gesagt hatte, du musst wieder lernen, die Welt zu sehen, als wärest du fünf. Was wichtig ist im Leben, liegt in der kleinsten Aufgabe und im Freundlichsein mit allen Leuten in deinem Leben. Hatte Konrad das wirklich gesagt? Oder mein Traum von Konrad?

Der Himmel hatte sich bezogen, Gewitterwolken am Horizont, als ich mittags die Zwillinge wieder abholte, fütterte und in den Schlaf sang. Rosa, Musik? Konrad sah mir zu, als ich das Laken um ihre kleinen Körper feststeckte und das Zimmer auf Zehenspitzen verließ.

Bert rief an, was denn los gewesen sei, wollte er wissen, er habe Herrn Rufelunt zu erreichen versucht, vergeblich, Gott sei Dank, jetzt höre er mich. Gott sei Dank sei ja dann alles in Ordnung. Er käme etwas später, auf keinen Fall vor acht.

Ja, antwortete ich, alles in Ordnung und auf keinen Fall vor acht.

Der Himmel hatte sich nun gänzlich verdüstert, Blitze, noch fern, kaum Donner, die Vögel verstummt in den Büschen, die Bäume verdunkelt, in mir blieb es hell. Ich fürchtete mich nicht. Die Mutter rief an, nichts Neues, sagte ich. Dabei war alles neu, und das Neue hielt an.

Das Gewitter war vorbei, als die Kinder wach wurden. Ich packte sie in den Wagen, und wir machten unseren Spaziergang die Allee entlang, auf dem Rückweg wie immer Tante Margret besuchen und Rocki, ihren Hund, einen braun-weißen Terrier, dessen Ebenbild aus schmuddeligem Plüsch Lore Tag und Nacht mit sich herumschleppte.

Wir aßen Selbstgebackenes, und Dorle fiel über Rocki und stieß sich das Knie auf, Lore rutschte in einer Pfütze aus und platschte mit beiden Händen auf den Matsch, Margret lachte, und ich tat, als müsste ich schimpfen, dabei hätte ich am liebsten geheult, überwältigt von Freude und Schmerz.

Die Zwillinge wurden bald müde, sie waren zu lange auf gewesen; ich brachte sie früh ins Bett, nicht ohne die endlose Geschichte von den roten und den grünen Heinzelmännchen ein Stück weiterzuspinnen.

Die Wäsche stand fertig in der Maschine; ich hängte sie Stück für Stück auf die Leinen hinterm Haus in die Abendsonne, würde sie hängen lassen über Nacht, all die Hemdchen und Höschen, Lores rote, Dorles blaue Ringelsöckchen, Berts Unterwäsche und meine, ein paar Hemden von ihm, Blusen von mir. Unsere Alltagshülle hing dort auf den Leinen, und zwischen den Leinen, zwischen den Linien las ich mein Leben und das meiner Nächsten und Fernsten, die ganze Welt in einem Kinderfuß. Wäsche auf der Leine.

Zwei Krähen balgten sich um eine Brotkante, flatterten auf, als der Kater vom Nachbarn aus der Hecke fuhr. Cosys keckerndes Elsterngelächter, wenn sie mir wieder von einer Eroberung erzählt hatte. Wie sehr vermisste ich ihre volle, immer ein wenig atemlose Stimme, ihren hellen Blick. Wäre es nicht bei ihrem Begräbnis gewesen, ich hätte Konrad wohl kaum beachtet. Aber wann wir einen Menschen treffen, macht den Unterschied.

Also um acht, hatte Konrad gesagt, also um acht. Ich spielte mit meinen nackten Zehen im Gras bei den Wäscheleinen, also um acht, summte ich, also um acht, summte, wie ich den ganzen Tag gesummt hatte. Ich griff in den Baum nach den Kirschen, so prall und zart.

Damals. Als Konrad gesagt hatte, morgen Abend um acht. Hätte er auf seinem Bleib bestanden, wäre ich nicht mehr zurückgegangen? Wäre eine der Frauen geworden, die man »Rabenmütter« nennt, die »weggelaufen« sind, gewissenlose Monster, selbstsüchtige Kreaturen?

Morgen Abend um acht. Dieser Aufschub hatte genügt. Es wurde acht, und ich blieb zu Hause. Vergrub mich in meine Hälfte des Ehebetts, Zähne in die Kissen und heulte, bis mir die Luft wegblieb. Die Uhr schlug achtmal, neunmal. Konrad hatte mich in die Freiheit entlassen. Die Freiheit der Entscheidung. Für wen war sie gefallen? Alles ging weiter. Aber ich war eine andere. Neu. Geboren. Und das blieb so.

Manchmal, in den vielen Jahren, die den beiden Nächten folgten, der Nacht mit Konrad und der Nacht ohne ihn, saß ich da, vom Alltag an Leib und Seele zusammengestaucht, und dann genügte ein Gedanke an ihn, mich aufzurichten. Konrad, meine unsterbliche Alternative, wurde schöner von Mal zu Mal, wie ein Buch, wenn wir es immer wieder lesen. Unsere Begegnung verlor nichts von dem, was ich schon besaß, obwohl mich die Jahre scheinbar immer weiter davon lösten. Je öfter mich das Gedächtnis zurückrief, desto endgültiger gehörte er mir, dieser Schatz, von dem keiner wusste, den ich mit niemandem teilen musste – und der sich doch allen mitteilte.

Die Todesanzeige aus Chicago hatte mich noch einmal ins Herz getroffen. Wie damals sein eines Wort »Bleib!«. Ich faltete die Zeitung und legte sie zu einigen alten Familienfotos, unsicher, ob ich sie Bert zeigen sollte. Er konnte ja mit dem Namen ohnehin nichts mehr anfangen.

Der Brief kam schon am Tag danach. »Du«, lautete die einfache Anrede in klarer Schrift: »Du wirst dich wundern, nach so vielen Jahren. Aber irgendwie bist du mir nie aus dem Kopf gegangen. Der Tag blieb mir wie der schönste Traum meines Lebens. Morgen habe ich hier eine Operation. Nichts Gefährliches, sagen die Ärzte, aber es muss sein. Da denkt man dann doch nach, und so schreibe ich dir. Weil ich diesen Tag nicht vergessen kann. Erst diese verrückte bunte Kirmes. Mit deinen blöden Turnschuhen konntest du ja gar nicht richtig tanzen. Aber dann auf meiner alten BMW, deine Arme um meinen Bauch und deine Hände irgendwo! Die Burg, das Dunkel, das Morgenlicht! Wir wussten ja beide, dass ich nach Chicago gehe. Wie würde man hier sagen: a one life stand!

Übrigens, weil du so schöne Augen hast: Schon vor Jahren habe ich dir mein schönstes Bild vermacht. So als Erinnerung. Also, wenn's denn mal passiert, vergiss das nicht. Es ist wirklich wertvoll.

Jetzt muss ich ab ins Krankenhaus. Denk mal an mich! K.«

Stundenlang und immer wieder habe ich den Brief gelesen. Ich muss tief versunken gewesen sein, und draußen war es schon dämmerig, als Bert mir auf die Schulter tippte: »Du sitzt hier im Dunkeln. Hast du mich nicht gehört? Wieder Migräne? Ist was?«

»Es ist nichts«, antwortete ich. »Gar nichts.« Stand auf, sah ihm in die Augen und schob den Papierkorb mit meinem rechten Pantoffel in die Ecke.

Mohr im Hemd

Mit neununddreißigeinhalb beschloss Thekla, dies einige Jahre zu bleiben und bis zum vierzigsten Geburtstag ihr Leben von Grund auf zu ändern. Um einen reichen Mann zur Ehe zu bewegen, so der spöttische Rat eines Freundes, solle sie sich ein Chanel-Kostüm, Schmuck von Manfredi und einen Porsche zulegen oder Mitglied im Golfklub werden. Mit einer halben Stelle an der Musikschule kam Thekla gerade zurecht und betrachtete derlei Dinge ohnehin eher als Rendite denn als Investition. Zudem stand ihres Erachtens besagtes Kostüm einer Patentante bei der Kindstaufe besser.

Sie kaufte also weiter in Secondhandläden, Baseball-Jacken aus New York und schwarze, mürbe Seidenfummel aus London, die oft weniger kosteten als die Reinigung, und leistete sich mit den Honoraren für Klavierstunden und kleine Konzerte hin und wieder ein Kleid aus Paris.

Theklas guter Vorsatz fiel ins Frühjahr, im Sommer war sie noch keinen Schritt weiter, nicht zuletzt, weil ihr Herz an einem Vermählten hing. Zwar machte sie diese Liebe nicht blind. Im Gegenteil. Thekla hatte sich in ihr Gefühl wie in eine Krankheit geschickt, gegen die kein Kraut gewachsen und deren Verlauf unvorhersehbar ist. Aber sie stand auch wie der eigene Scharfrichter neben sich, immer mit gezücktem Beil, um Wünsche und Träume abzuhacken, bevor sie ihr die Luft in der Wirklichkeit nahmen. Seit der Notar und die Dozentin vor fast zwei Jahren zum ersten Mal beieinander gelegen hatten, versicherten sie sich, dass das unmöglich sei, ein ums andere Mal. Natürlich sagte sie ihm von ihren Lebensänderungsplänen kein Wort, ja, mitunter packte sie allein bei dem Gedanken an ihre Absichten ein schlechtes Gewissen.

Dann kam der Herbst, und wenn der Nachkömmling vom Papierwarenhändler zum siebten Mal den Halbton der Weise »Ein Kuckuck und ein Esel« an derselben Stelle verfehlte, hätte sie ihm die Fingerchen zwischen Tasten und Deckel zurechtquetschen mögen. Karla, ihre Bestefreundin, hatte vor einigen Wochen die Stellung der heimlichen Geliebten aufgekündigt und wand sich nun wie ein zertrennter Wurm, dessen Stücke blindlings zueinanderstreben. Es ging ihr weiß Gott nicht besser als Thekla, die jede Kränkung in Zuwendung, jede Enttäuschung in Gewinn, jede Niederlage zum Sieg umlog. Als es dann nicht mehr zu leugnen war, dass die Blätter wirklich fielen und sie ihre alternde Haut nicht mehr mit Bräune vom Baggerloch tarnen konnte, bekam sie die Einladung, den kulturellen Teil eines Architektenkongresses musikalisch zu umrahmen, wie man ihr schrieb.

So umrahmte sie Anfang Dezember einen ältlichen Kästner-Rezitator, mehrere Jubilare und den Festredner mit Mozart, Schubert und Tänzen von Brahms.

»Lieben Sie Brahms?«, hätte sie ja jemand fragen können, wie vor Jahren: »Lieben Sie Ligeti?«, der Liebste. Aber die Architekten standen mit durchgedrückten Knien, vorgestreckten Bäuchen oder Hintern stramm auf soliden

Sohlen. Handfest, dachte Thekla und sah ihre Musikkollegen vor sich, jeder unsterblich in spe, aber bei Lebzeiten mager.

Später wurde getanzt, sie sammelte vier Adressen und schaute jedem auf die Finger. Leider erwies sich derjenige, welcher über beträchtliche Hölderlin- und Tangokenntnisse verfügte, trotz seiner jungen Jahre als unberingter Familienvater und schied aus. Ein Zweiter, der zwar vorgab, Brahms zu lieben, und dies durch Pfeifen des Themas aus dem ersten Violinkonzert unterstrich, verknutschte sich unter dem Vorwand des Tanzens mit der Verbandssekretärin seine Chancen. Thekla überlegte, während die Kapelle »Auf Wiedersehen« spielte, dass sie sich von ihrem Honorar ein Chanel-Kostüm würde kaufen können, beschloss, dies noch vor Winteranfang zu tun, und schöpfte Mut.

Eine Woche später bekam sie zwei Briefe, beide in schönen Schriftzügen. Der eine enthielt Fotokopien von kurzen Gedichten, Haikus. Ein handgeschriebenes Doppelhaiku mit Widmung verglich sie mit einem Schmetterling im Bienenkleide und bot ihr Geschwisterliebe an; die fotokopierten Verse offenbarten den Verfasser als Liebhaber des eigenen Geschlechts. Im zweiten Brief bat Herr Alfred van Aaken auf Bütten um Verständnis, dass er sich erlaubt habe, ihre Anschrift ausfindig zu machen. Er wolle sie besuchen. Sie erinnerte einen großen, schlanken Mann, dessen gummierte Adresse – ihm waren die Visitenkarten ausgegangen – sie auf die Innenseite ihrer Handtasche geklebt hatte. Dass er nach einer derart flüchtigen Begegnung mehr als dreihundert Kilometer fahren wollte, um sie wiederzusehen, gefiel ihr. In den letzten Jahren hatte sie oft genug »Es geht nicht«, »Ich kann nicht«, »Versteh doch« von ihrem

Liebsten gehört. Was war da zu verstehen? Die Kanzlei gehörte dem Schwiegervater.

Van Aaken kam noch in derselben Woche am Sonntagnachmittag, mit einem Blumenstrauß, den er im Eimer hertransportiert hatte. Sein Haar war schütter, aber gut geschnitten, seine Kleidung wie seine Manieren ein wenig eckig, aber korrekt. Alter Landadel, dachte Thekla, und: Fontane.

Sie tranken Tee, und sie erfuhr in eineinhalb Stunden, dass er seit drei Jahren geschieden und des Alleinseins, wie er sich ausdrückte, müde sei. Unbedingt habe er sie vor seiner Abreise noch einmal sehen müssen, und: »Meine Angestellten sind schon entlassen.« Im März fliege er in die USA, ein halbes Jahr lang wolle er durch das ganze Land fahren. »Wunderbar«, lachte Thekla, »da komme ich mit.« »Tun Sie's doch«, unterbrach er seine Aufzählung von Gebäuden, die er zu besuchen beabsichtigte.

Über Beziehungen hatte Thekla zwei Karten für die »Tosca«-Premiere am nächsten Wochenende bekommen. Ihr Liebster würde da sein, mit der Familie, wie er es nannte, und sie fand an der Vorstellung Alfred van Aakens mit einem Glas Champagner in der Pause an ihrer Seite Gefallen und lud ihn ein.

Am übernächsten Tag brachte ihr die Post ein Päckchen, darin ein »Tosca«-Querschnitt auf CD und ein Zeitungsartikel über einen Mann, der per Rad durch die USA gefahren und dort dem besten selbstgebackenen Kuchen seines Lebens begegnet war. Bester selbstgebackener Kuchen war gelb unterstrichen. Dazu ein Brief, der Zufriedenheit mit dem vergangenen, Vorfreude auf das künftige Wochenende ausdrückte.

Am Premierentag kam Karla schlotternd vor Kälte mit dem Fahrrad vorbei, Thekla zog sich um und aus und an, sie wollte dem gefallen, den sie liebte, nur der kam nicht zu ihr. »Wenn der dich so sieht«, sagte Karla und meinte den, der kam, »ist er hin und weg. Festhalten musst du diesen Mann.« »Ja«, sagte Thekla und dachte doch nur an den, der schon festgehalten war.

Diesmal trug van Aaken einen kleinen Koffer und einen Smoking, dessen Kragen nur ein ganz klein wenig im Nacken abstand. Sie fuhren in seinem Wagen, der mehr kostete, als Thekla in zwei Jahren verdiente, und sie lenkte ihren Blick von seinen mit rötlichen Härchen überzogenen Händen am Steuer auf das seidig schimmernde Wurzelholz. Schaute sie ihn an, konzentrierte sie sich auf physiognomische Details, sah ihm in ein Auge, auf die Oberlippe, die Nasenflügel, schon den ganzen Mund oder gar das ganze Gesicht wahrzunehmen hätte sie der Wirklichkeit zu nahe gebracht.

Ja, sie tranken in der Pause Champagner und promenierten, und plötzlich blieb des Liebsten Rückseite direkt vor ihr stehen. Sekundenlang befürchtete sie, van Aaken könne in der Mitte abknicken und vornüber und auf sie fallen, und sie trank ihr Glas aus, strich, das Gedränge war dicht genug, dem Liebsten fest mit der Faust vom Kreuzbein bis zu den Pobacken und ging aufs Klo.

Im Restaurant am Dom tranken van Aaken und Thekla auf ihre Wünsche, mögen sie in Erfüllung gehen, sagte er, und sie vermied, ihm in beide Augen gleichzeitig zu sehen. Wenn er nicht Speisen kaute, malmte er Luft zwischen den Zähnen und erzeugte, bei geöffneten Lippen, ein feines knirschendes Geräusch. Thekla aß ein Dutzend Sylter Royal und dann noch eines, schluckte die salzigen nackten Körper wie Medizin, aber die wundersame Wirkung, die schon Casanova pries, blieb aus. Kalt und flau lagen ihr die vierundzwanzig glitschigen Leiber im Magen. Draußen begann es zu schneien.

Zu Hause drückte sie van Aaken sein Köfferchen in die Hand, dankte für den schönen Abend und bot der Kerbe zwischen Nase und Kinn Wange rechts, Wange links. Nein, er würde heute nicht mehr zurückfahren, Hotelzimmer seien überall frei, wäre ihr ein gemeinsames Frühstück recht?

»Wie in einer Heiratsanzeige«, sagte sie am nächsten Tag über Gänseleber und Salatherzen. Vorsichtig ging sie dazu über, größere Zusammenhänge seiner Erscheinung ins Auge zu fassen. »Schau ihn dir doch überhaupt erst mal richtig an«, hatte Karla gesagt, die ihn ihr unentwegt pries wie im Lotto die Zusatzzahl. »Und was dir nicht gefällt, deckst du mit ein paar Tausendern zu.« Dabei war van Aaken keineswegs ein Mann, der sich in Tausender hüllen musste, obgleich er davon, wie er deutlich durchblicken ließ, genug besaß. Er passte auf ein Floß im Urwald so gut wie in eine Campari-Reklame; nur in Theklas Herz passte er nicht. »Schlag dir den Kerl aus dem Kopf«, hatte Karla befohlen und den Liebsten gemeint. Da schaute Thekla Herrn van Aaken schnurstracks in beide Augen.

»Wie in einer Heiratsanzeige?«, lachte er und gab ihr recht. »Seltsam, letzte Woche hat ein Freund von mir eine aufgegeben. Sie erscheint am Mittwoch. Stichwort: Alter Adel.« Das wäre doch etwas für Karla, schoss es Thekla durch den Kopf, und sie hoffte, gewinnend zu lächeln, als sie sagte: »Bringen Sie Ihren Freund doch einmal mit.«

Sie verabredeten sich für Silvester. Weihnachten kam ein Brief mit einem Strauß roter Tulpen, einer von vieren übrigens, es sah bei Thekla aus wie Holland im März. Was er leisten könne, um ihre geheimsten Wünsche zu erfüllen, wolle er tun, schrieb er. Na ja, dachte sie.

Mit Karla und Helga bestellte sie beim Italiener einen Tisch für vier Personen, van Aakens Freund war mit den Tests seiner Anzeigenobjekte beschäftigt. Zudem hatten sie das Inserat gelesen – »Vermö. n. unerw.«, der alte Adel wollte seine Gummistöpselfabrik erweitern; also kam Karla, Soziologin, die sich von einer ABM-Stelle zur anderen durchbiss, ohnehin nicht in Frage. Doch als van Aaken dann in der Tür stand, wo ihr Liebster schon seit Tagen nicht mehr gestanden hatte, gefiel Thekla sein italienischer Abendanzug so gut, dass sie unverzüglich ein Tête-à-Tête bei Dinner und Ball im »Excelsior« beschloss, wo van Aaken mit einigen Scheinen ihnen noch einen Platz verschaffte.

Es bedurfte vier Glas Champagners, weißen und roten Weins und siebenerlei Speisen, darunter Schaum von weißen Fischen, bis über den Tisch hinweg beim Dessert ihre Hände zueinanderfanden. »Thekla«, sagte er. »Alfred«, sagte sie und genoss es, vor aller Augen am Arm eines Mannes, der nur arbeitete, weil er wollte, und auch so aussah, auf und ab zu gehen durch die Fluchten der Säle mit ihrer mannshohen Mahagonitäfelung, ihren silbrigen Stuckaturen und Seidentapeten. Halt den Mann fest, hörte sie Karla sagen, und sie drückte seinen Arm im Abendanzug und hoffte bei jedem Schluck auf die Woge, die ihren Liebsten auf und davon spülen würde.

An diesem Abend riss ihr die Sicherheitsnadel vom Glücksschwein ein Loch in das Lagerfeld-Modell, sie verlor einen Ungaro-Schal und ihren einzigen echten Ohrring aus Gold. Sonst nichts. Zwängte ihr van Aaken beim Tango sein Knie zwischen die Schenkel, schwebte ihr das Bild des Liebsten im Kreis seiner Lieben vor Augen; er wollte besinnlich feiern. »Schön und kaffeebraun«, sang ihr van Aaken ins Ohr. Um Mitternacht schwamm ihr Gehirn in Alkohol, statt des Liebsten tauchte ihr Mütterchen auf, klein und krumm stand es vor der Clematis am Haus des Bruders und winkte ihr zu. Draußen nieselte es, als van Aakens Zunge ihr in den Mund fuhr. Lichtgarben platzten am Himmel, wenn die nächste grün ist, wird alles gut. Sie war blau.

Sie gingen wieder hinein, van Aaken stieß weinselig, die an den Nachbartischen warteten bereits darauf, mit einer raschen Bewegung noch einmal Gläser um, dann fuhren sie hinauf in sein Zimmer. Schnell schluckte sie, als er im Bad war, noch zwei Cognacs aus der Minibar, zog sich aus und die Bettdecke ans Kinn, sah Karla missbilligend den Kopf schütteln, schob die Decke knapp unter die Schultern und drehte sich auf den Bauch. Van Aaken, Alfred, gab sich Mühe und sie sich auch, doch als gegen halb drei die Silvestergäste in den Sälen über ihnen in »Adelheid« ausbrachen, einen Gartenzwerg forderten und eine Polonaise stampften, kapitulierte sie mit gezielten spitzen Schreien und einigen glaubhaften Konvulsionen. »Du bist schön«, hatte er ein ums andere Mal hervorgestoßen, »meine kleine Frau«, und dass sie die Seine sei. Theklas Körper troff vor Schweiß. Gegen sieben zog sie sich an und fuhr mit dem Taxi nach Hause. »Ich will es versuchen«, hatte der Liebste gesagt, »versuchen, morgens auf einen Sprung vorbeizukommen.« Also erfand sie für van Aaken eine kranke Mutter, die sie jederzeit, besonders aber am Neujahrsmorgen, erreichen müsse, und versprach, zum Frühstück zurück zu sein.

Die Wohnungstür ließ sich sonderbar leicht öffnen, im Flur brannte Licht, der Dielenschrank stand offen. Auf dem Fußboden lag ein DIN-A4-Blatt mit erregten Schriftzügen, daneben ein zweites kleineres mit grünem amtlichen Aufdruck, darauf handschriftlich: »Ihre Wohnung wurde von uns geöffnet, da Mord oder Selbstmord vermutet wurde. Bei Rückfragen wenden Sie sich bitte an Frau Elch.« Kriminalkommissariat 23; POM Kaltenbahner. »Thekla«, schrieb Karla, das ist Frau Elch, »Thekla, du! Haben uns in größter Sorge die Wohnung aufmachen lassen! Alles gut? Du Bestie! Unser Fest ist aus! Es ist jetzt 23 Uhr 30. Melde dich!« Das tat Thekla sofort, ließ sich von Karlas verschlafener Stimme beschimpfen, die hundert Euro für die Notöffnung hatten die beiden gerade noch zusammengekriegt, dann reichte es nicht einmal mehr für ein Neujahrsbier in der Kneipe um die Ecke. Zur gleichen Zeit hatte van Aaken mindestens dreimal ihren Champagner vom Tisch gekippt.

Thekla duschte und schminkte sich sorgfältig, zog ihre schönste Wäsche an, legte sich ins Bett und wartete. Um halb elf rief der Liebste mit verstohlener Stimme an, er könne nicht los. Er wünschte ihr ein gutes neues Jahr, ja, wirklich, das tat er. Sie fuhr zu van Aaken, legte sich ins Bett, frühstückte, und dann ließ sie sich von ihm die bloßgelegten Nerven reizen, erfolgreich, weil sie kein Herz mehr hatte, das dazwischen schrie. Sein Deo verbreitete einen unausweichlichen Duft nach süß-fauligen Pinienwäldern, er bestellte das Zimmer für eine weitere Nacht. »Meine kleine Frau«, sagte er, und sie zählte die Pagoden auf dem Vorhangstoff. »Zwölf rote, siebzehn blaue«, sagte sie. Und er: »Wie bitte?« »Ach nichts«, sagte sie, seufzte und streckte sich. Meine kleine Frau.

Er erzählte von seinen Pferden und seinen Kindern, von Golf, Tennis und Rotary Club, dass er vor drei Jahren Schützenkönig gewesen sei und nur vier Zimmer im ersten Stockwerk seines Landhauses bewohne. Sitz, sagte er. Daheim sei er der Größte, daher müsse er jetzt raus, Amerika, neue Eindrücke, die weite Welt. »Ein Mann, der mit beinah fünfzig dazu noch den Schwung aufbringt«, hatte Karla gesagt, »kann kein so hoffnungsloser Fall sein. Halt ihn!« Also hielt Thekla ihn noch eine Weile in Amerika. Vor zehn Jahren, dozierte er, hätte man dort investieren sollen, Rendite, Objekte, Bauherrenmodelle.

Thekla schaute ihn an und ließ, wie sie es als Kind in der Kirche mit den Kerzenflammen getan hatte, durch ein leichtes Nachobenkippen der Pupillen die Konturen seines Gesichtes verschwimmen, sah stattdessen das weite Land Walt Whitmans und hörte den Dichter: »Eiland voll süßer Quellen trinkbaren Wassers – Boden und Luft gesund! Eiland der salzigen Küste, Luft und Flut!« Der Piniengeruch van Aakens verlor sich in einer kühlen Brise, die von Miami Beach herüberwehte. Dort sollte die Reise beginnen. Dass er nur noch »unser« und »wir« sagte, kam ihr immer selbstverständlicher vor. Doch sobald sie seines Gesichtes, seiner Stimme, seines Geruchs innewurde, war ihr, als müsste sie sich in Sicherheit bringen vor diesem Mann, der doch, ganz anders als der Liebste, endlich Sicherheit versprach. Nun, da Thekla ihn bereits im ersten ihrer neununddreißiger Jahre gefunden hatte, was hielt sie davon ab, zu sagen: Ja, deine kleine Frau? »Ich muss gehen«, sagte sie, »meine Mutter, du weißt ja.« Flüchtig bedauerte sie, dass nun wieder nichts wurde mit den Ohrringen aus der Boutique, als er das Zimmer wieder abbestellte.

Zu Hause duschte und schruppte sie sich, bis die Haut rot aufquoll, tote Hornschichten, gräuliche Schuppen im Wasser um die Füße standen, im Abfluss verschwanden. Was sonst hatte van Aaken schon berührt?

»Gut«, sagte sie, als der Liebste am Abend fragte: »Wie geht's?« »Es geht«, sagte sie, als Karla fragte: »War's gut?« Erzählte ihr von Herrn van Aakens Amerikaplan, mit einem Wohnmobil und mit ihr, er sei dabei, die Route bis auf den Kilometer genau einzuteilen, kenne bereits jeden Parkplatz und ergänze allabendlich die Liste der Sehenswürdigkeiten in den Rubriken Architektur, Natur, Sonstiges, wobei sich Letzteres vor allem auf Supermärkte beziehe. »Siehst du, wie zuverlässig er ist«, sagte Karla. Was sie verschwieg, wusste Thekla zu ergänzen: Nicht wie dein Liebster. Dem bist du nicht mal 'ne Aktennotiz wert. »Da fährst du mit! Am liebsten würde ich selber fahren!« Die Aussicht, van Aaken mit Hilfe der Freundin verschwinden zu lassen wie hinter einem Paravent, belebte Theklas Phantasie, und die beiden maßen sich eine Amerikareise zu, so randvoll mit Freuden und Abenteuern, dass Thekla schließlich, ginge auch nur die Hälfte dieser herrlichen Pläne in Wirklichkeit auf, den Reisebegleiter in Kauf zu nehmen bereit war. »Komm!«, schmalzte sie einen Tag später ins Telefon, und er setzte sich, wegen des Schneewetters, in den nächsten Zug. »Er kommt«, rief sie Karla an. »Ruf an, wenn er weg ist«, sagte die.

Da van Aaken weit mehr langweilte, wenn er redete, als wenn er nicht redete, drängte sie, kaum dass er da war, ins Bett. Er hielt es für Leidenschaft. Sollte er. Hinter fest geschlossenen Augen kämpfte Thekla gegen den Ansturm von Bildern gehäuteter Hasen, die in der Weihnachtszeit an Fleischerhaken auf einer Stange vorm Feinkostgeschäft gehangen hatten. Über ihnen hustete die ganze Zeit eine Frau, zweiundneunzig musste sie sein, sie war neunundachtzig, als Thekla hier eingezogen war.

Abwechselnd sagte van Aaken: »Du bist schön« und »meine kleine Frau«, und sie sagte »Ja« und »Ja« und zählte die Hasen auf der Stange.

Danach versprach sie, mitzureisen. »Du machst mich glücklich«, sagte er und wollte noch mal von vorne anfangen, da gab sie vor, hungrig zu sein. Beim Italiener trank er Grappa und Bier, sie leerten eine Flasche Chianti, er ergriff ihre Hand, küsste sie, bestellte noch eine Flasche, behielt ihre Hand in der seinen, sah ihr fest in die Augen und fragte: »Kannst du kochen?« Er habe ihrer beider Aufgaben während der Reise genau eingeteilt, er fahre, sie müsse Karten lesen, einkaufen und kochen. »Drei zu eins«, sagte sie. Was es denn sein dürfe: Gebratenes oder Gesottenes, Rebhühner oder Kapaunen. Blinis Demidoff, Cailles en Sarcophage. Dazu ein Amontillado.

Nein, wählerisch sei er nicht, nur frisch müsse alles sein, Tiefgefrorenes oder gar Dosen und Tüten kämen ihm nicht auf den Tisch. Morgens gebe er sich mit einem Maisbrei zufrieden, den sie über Nacht nur einzuweichen nie vergessen dürfe, dagegen müsse das Mittag- und Abendessen, am liebsten nehme er beides warm, sorgfältig komponiert sein, nicht nur was die Speisenfolge, sondern auch ihren Nähr- und Vitaminwert anbetreffe. Er erging sich in Details über Kalorienzufuhr und Diätpläne, Rezepturen für Zucker-, Leber- und Magenkranke, wusste genau, wie viele Minuten Joggen, Schwimmen, Tanzen, Vögeln wie viele Kalorien killen, so lange hatte sie ihn noch nie zusammenhängend reden hören. »Und«, schloss er schließlich, »schmecken muss es!« Einem Hausmädchen habe er, als die Köchin krank war, ihren Kartoffelauflauf vor die Füße geschmissen und ihr die zerbrochene Form vom Lohn abgezogen. »Jawohl!« Er hielt den Kopf wie zum Angriff gesenkt, Stirn, Nase, die Kerbe, das Kinn wirkten, als hätte eine riesige Faust sie zusammengestaucht.

Thekla zog ihre Hand aus der seinen zurück und suchte in ihrem Lederbeutel ausgiebig nach einem Taschentuch. »Jaja, die Ordnung«, sagte er und gab ihr seines. Ihre Nase versank in Irischem Moos.

Auch van Aaken hatte in seiner Gelenktasche gekramt und eine Packung Karten herausgezogen, Fotografien. Schöne Landschaften, dachte Thekla, herrliche Städte! Amerika! Die Fotos zeigten Mahlzeiten. Delikatessen. Auf van Aakens Gesicht stand die pure Freude, die sich von Foto zu Foto strahlender zeigte. Diese Karten, sagte er, trage er immer bei sich. Ein Blick darauf genüge, und er wisse wieder, warum es sich zu leben lohne. Höhnisch grinsten die hochglanzpolierten Leckereien Thekla entgegen, begierig, als wollten sie aus dem Bild ihr direkt in den Hals. Thekla erwiderte, dass auch sie gern gut esse, kalorienarm und gesundheitsbewusst lebe, jetzt aber müde sei und nach Hause wolle.

Noch schlaftrunken gestand sie van Aaken am nächsten Morgen, dass die Vorstellung, ein halbes Jahr lang täglich ein- bis zweimal mehrgängige Mahlzeiten bereiten zu müssen, sie von der Reise zurückschrecken lasse. Doch erregte dieser Zweifel keinesfalls sein Missfallen, sondern seinen Sexualtrieb. Eine Praktik nach der anderen arbeitete er an ihr durch, als wollte er ihr ein für alle Mal demonstrieren, was ihr im Falle einer Weigerung entginge. Einmal klingelte das Telefon, und sie dachte an ihren Liebsten, und da war sie auch schon wieder bereit, zu kochen, zu braten, zu backen, einzuwecken, einzupökeln, zu blanchieren, zu pürieren, zu frittieren. Nur weg.

Also beriet sie mit ihrem Besuch beim Frühstück, was auf dem Parkplatz 154, drei Meilen westlich von Miami, als Vor-, Haupt- und Nachspeise in Frage kommen könnte, und versprach, bis zum nächsten Treffen für die ersten vier Wochen einen ungefähren Speiseplan zu erstellen. Diesmal unterrichtete er sie über seine Vermögensverhältnisse noch ausführlicher als zuvor. Sie schaute in die kahlen Bäume im Hinterhof und dachte: Nie mehr »Ein Kuckuck und ein Esel«. Stellte sich Karla, Helga und Renate vor, ihren alten Freund Peter mit wechselnden Freundinnen und seiner Tochter, wie sie das riesige Haus ihres Mannes umkrempeln und zu dem Ihren machen würde. Pappeln ließ sie rauschen und Wind und Wolken, die Sonne, der Regen, das grüne Gras. In einem Zimmer nichts als ein Flügel für sie allein. Bücher. Der Wald. Wieder legte sie van Aaken nahe, früher zu gehen als geplant, und versprach, sich am nächsten Morgen nach Flügen und Visaanträgen zu erkundigen.

Für Karla beschränkte sich Thekla auf eine Vollzugsmeldung, doch anschließend investierte sie fast eine halbe Stunde in ein Ferngespräch nach Stuttgart, um einer alten Bekannten, deren Kummer mit miesen Kerlen sie kannte, ihre Zukunft in die Ohren zu schmettern wie einen Sieg durch K. o.

Als van Aaken am nächsten Morgen anrief, bat sie ihn, sich später wieder zu melden; sie wolle gerade eine Erzählung im Radio zu Ende hören. Bei seinem zweiten Anruf teilte er ihr mit, ihm sei die gemeinsame Reise wieder und wieder durch den Kopf gegangen. Das Kochen sei seine große Sorge, ja Angst. Ob sie das denn auch ernst nehme. Sie solle da noch einmal in sich hineinhorchen. Er wolle zudem noch einige Adressen, die sein Freund bereits ausgesondert habe, überprüfen. Ihr Gelächter riss Thekla Mund, Nase und Augen auf, schüttelte sie, warf ihr Arme und Beine durcheinander, so lacht man, wenn einem der Teufel wie hundert Säue aus dem Leibe fährt. Ein paarmal hörte sie noch sein »Hallo, hallo, Thekla, bist du noch da?«, dann legte sie auf, rief Karla an, lud sie, immer noch kichernd und prustend, zum Essen ein. »Jaja, du hast recht gehört. Bei mir zu Hause. Bring Helga mit.«

Wie ein Geheimnis hatte der Liebste ihr das Rezept verraten. Wagemut sei das Wichtigste dabei, und sie dachte, wenn's weiter nichts ist. Das hab ich doch alles im Haus. Thekla brachte hundert Gramm Butter und hundert Gramm Zucker zusammen, rührte sechs Eidotter schaumig, splitterte hundert Gramm geschwellte Mandeln, schlug Schnee von vier Eiweiß – da kannst du die andere Hälfte für den Dotterschaum nehmen, hatte der findige Liebste gesagt –, rieb fünf Tafeln bittere Schokolade hinein, rührte alles zusammen. »Nimm«, hatte er gesagt, »eventuell noch dreißig Gramm Mehl.«

Eine Puddingform fehlte, sie rannte zu Karstadt, butterte alsdann die Form gut aus, damit, so der Liebste, gut gestürzt werden kann. Dann mangelte es an einem gehörig großen Topf für das Wasserbad, und sie lief wieder los, und dann endlich stand die Form im heißen Wasser eine Dreiviertelstunde lang. Inzwischen schlug sie Sahne mit Zucker und Vanillezucker, leicht getönt, so der Liebste, es klingelte.

Karla und Helga versuchten zu riechen, was kam, sie tranken Prosecco, und Thekla stellte die Sahne in den, wie der Liebste ihn fachmännisch nannte, Freezer, wo die Schlagmasse fest, aber nicht zu Eis werden durfte.

Der Sturz des Puddings gelang, braun und heiß und fest wölbte er sich mit einem Palmkronenmuster auf der Platte. Thekla teilte das Ganze durch vier und das letzte Viertel noch einmal durch drei, krönte die Portionen mit geeister, gleichwohl geschmeidiger Sahne, und dann tranken sie auf ihr Wohl. »Mohr im Hemd!« Karla leckte sich die Lippen. »Hast du ›Holzfällen‹ gelesen?«

»Ja«, sagte Thekla. »Kenn ich. Wo dieser geschwätzige Burgschauspieler den Mohren herunterwürgt. Zwei Seiten lang. Sowas dauert eben. Aber das Rezept steht da nicht drin.«

Whow

Immer noch spürte Luise in Sommernächten, wenn sich der Duft des späten Flieders mit dem der ersten Rosen mischte, dieses Ziehen in der Brust, das sie in früheren Jahren Sehnsucht genannt hätte, Sehnsucht nach einem Liebsten, nach Mann und Kind, einer Familie. Einen Liebsten für sich allein, für ganze Nächte und ein Frühstück danach und helllichte Tage, für Monate, Jahre und Kind und Haus und Garten, Geborgenheit eben. Ein Traum war es geblieben. Es hatte Nächte gegeben und Umarmungen, sogar am Tage – hinter vorgezogenen Gardinen. Heimliche Liebe, bis dass die Gattin euch scheidet. Die Gattin oder der Überdruss. Nie war sie die Eine, immer die Andere gewesen. Von Jahr zu Jahr hatten die Fliederdüfte weniger gehalten, als sie versprachen, schließlich versprachen sie nichts mehr, riefen nur noch Erinnerungen wach an nicht erfüllte Versprechen.

Fast hätte sie zu Kerzen und Weihrauch, Glocken und Glöckchen, den Verheißungen der Monstranz zurückgefunden, wäre dann nicht ihr Bild von sich zu sehr in die Nähe einer Betschwester gerückt. Mit den Jahren kämmte sie das dunkelbraune, kaum sichtbar gefärbte Haar immer strenger nach hinten, was dem herzförmigen, schmalen Gesicht einen asketischen Anstrich gab und, bevor es zu hager wurde, eine Weile apart aussah. Aber ihre Bereitschaft, ihre

Sehnsucht zu lieben ließ sich nicht einfach umfrisieren und entsorgen wie zu jugendliche Kleider in den Rotkreuzsack.

Gemeinsam mit Christian, dem Bruder, hatte Luise eine Kosmetikfirma geerbt, idyllisch im Schwarzwald gelegen. Ihr Vater, Apotheker und passionierter Kräuterkenner, war seiner Zeit voraus gewesen. Eine Creme auf pflanzlicher Basis und ohne Zusatzstoffe, gleich nach dem Krieg entwickelt, hatte der Familie im Lauf der Jahre ein Vermögen eingebracht. Dieses Produkt war zwar immer noch das Markenzeichen der Firma, doch weitere Präparate, alle den gleichen Reinheitsgeboten verpflichtet, waren hinzugekommen. Dafür hatte der Bruder nach dem Tod des Vaters gesorgt. In Liebesdingen allerdings war er ähnlich erfolglos geblieben wie die Schwester, wenn auch kostspieliger. Die Abfindung an seine Frau ermöglichte dieser nach sieben kinderlosen Ehejahren ein bequemes Leben mit ihrem Liebhaber, was den doppelt Geschädigten von jeder neuen amtlich beglaubigten Bindung fernhielt. Taub für seinen Protest, war Luise, selbst auch wieder einmal um eine Hoffnung ärmer, nach dem Auszug der Schwägerin bei ihm eingezogen. Hatte ihm – ich will ja nur dein Bestes – eine Diät verordnet, das Rauchen verboten, die Viertele gezählt.

Das Beste wollen. Das Glück der anderen als das ihre. Das war Luise in ihren besten Jahren und danach. Geschäfte interessierten sie nicht, Geld verstand sie als Fundament für das Gute. Auf dem Werksgelände wurden nur noch Hilfen aus sozialen Randgruppen eingestellt, Asylanten oder solche, die Asyl beantragt hatten; Menschen, die nach Haftstrafen oder Entziehungskuren wieder Fuß fassen sollten. Allesamt Bausteine im Projekt Gute Taten und kostengünstig dazu. Auch die leerstehenden Betriebswohnungen, vom

Vater noch in den fünfziger Jahren, zur Zeit der Wohnungsknappheit, erbaut, ließ sie wieder herrichten. Jedenfalls teilweise. Im Parterre waren seit langem Pferde untergebracht.
Doch in den oberen Räumen quartierte sie Familien ein,
die, woher auch immer, hatten fliehen müssen. Vor allem
Familien mit Kindern.

Um diese Kinder war es Luise zu tun. Sei es, weil sie nie
welche gehabt hatte, sei es, weil sie hoffte, dass ihre Wohltaten hier die sichtbarsten Früchte tragen konnten. »Durch
Umgang mit Kindern gesundet die Seele«, hatte sie bei
einem russischen Dichter gelesen. Unter dem Dach, das die
Flüchtlinge bei ihr so fest über sich spürten, ließ es Luise an
nichts fehlen. Behaglich eingerichtete Wohn- und Schlafzimmer, eine Kochnische; die Hauptmahlzeiten konnte
man sich in der Betriebsküche holen. Drei Kinderzimmer,
das Inventar, vom Plüschtier bis zur Playstation, dem jeweiligen Alter der Bewohner angepasst. Die Eltern wurden meist auf den Kräuterfeldern eingesetzt, die Kinder in
die benachbarten Schulen aufgenommen, für alle war ein
gründlicher Deutschunterricht organisiert. Sogar die Pferde teilte Luise mit ihren Anbefohlenen, jedenfalls beinahe.
Nicht die Stuten, aber die beiden Ponys durften die Kinder
reiten, wenn sie dafür Özgül, der die Tiere versorgte, zur
Hand gingen.

Dreimal schon hatte Luise von ihren Schützlingen Abschied nehmen müssen, besser, diese von ihr. Denn länger als zwei Jahre wurde diese neue Heimat nicht gewährt.
Dann, so meinte Luise, hätten die Leute gelernt, im fremden Land auf eigenen Beinen zu stehen. Dann war Platz
für neue Schutzbedürftige, neues Glück. Doch gern mochte
niemand diese Idylle verlassen. Besonders die Kinder, vor

allem die älteren, reagierten verstört auf die Verstoßung aus dem »Kräuterhaus«, um das sie in der Umgebung beneidet wurden. Anfangs hatte Christian ihr das vorgehalten; die Flüchtlinge müssten ja nun in kurzer Zeit schon wieder ihre Wurzeln ausreißen. Doch Luise hatte nur ihr spitzes Kinn gereckt und mit »der Herr hat's gegeben, der Herr hat's genommen« das Gespräch, noch bevor es eines werden konnte, abgebrochen.

Christian nahm es hin. Schon als Kind hatte die ältere Schwester alles gewusst und alles besser. Vielleicht auch wissen müssen, nach dem frühen Tod der Mutter. Und so waren seine Versuche, auf die Schwester Einfluss zu nehmen, stets halbherzig gewesen. Denn für Christian war und blieb Luise die einzige Frau, die ihn nie enttäuschen, und für Luise Christian der Mann, der sie nie im Stich lassen würde.

Die Neuen waren angekommen: das Elternpaar, ein halbwüchsiger Junge und ein kleines Mädchen. Mit zwei schäbigen Koffern und Plastiktaschen. Luise, der die Jahre an Fülle genommen, was sie dem Bruder gegeben hatten, flatterte ihnen in ihrem Sommerkleidchen entgegen, erregte Laute von sich gebend wie ein Vogel, der Beute späht. Jedesmal, wenn die Neuen kamen, fühlte sie, wie es heiß in ihr aufstieg; weinen mögen hätte sie über diese Unglücklichen, die aus ihrer Heimat fliehen, alles zurücklassen mussten, nur die nackte Haut und, na ja, die Familie. Luise schluckte. Mitleid hatte etwas Belebendes für sie, ja, sie war stolz, so groß und aufrichtig fühlen zu können. Christian stand auch diesmal unbeteiligt dabei; er fand wenig Gefallen an diesen überschwenglichen Begrüßungen, obwohl er immer wieder beeindruckt war, wie Luise, wenn sie sich erst einmal etwas vorgenommen hatte – und sei es auch nur ein Gefühl –, ihr Vorhaben entschlossen durchführte.

Luise winkte einem kräftigen jungen Mann, und die Flüchtlinge, offenbar Osteuropa, wichen vor seinem breiten zahnweißen Grinsen zurück, als wollte er sie berauben. Der Afrikaner lud die Habe mit der hochmütigen Miene eines Fünf-Sterne-Portiers auf seinen Karren und wartete, bis Luise den Arm der Frau ergriff und die Familie über den Vorplatz durch die Eingangshalle und die langen Flure des Hauptgebäudes hinters Haus geleitete.

Stets wusste Luise es so einzurichten, dass der Einzug der Neuen in die Frühstückspause fiel. Dann saßen die Frauen und Männer des Betriebs an kleinen Tischen in der Sonne und ließen den seltsamen Zug, der sich über die löwenzahnübersäte Wiese zu den Nebengebäuden bewegte, nicht aus den Augen. Luise genoss die Blicke, fühlte sich geschmeichelt wie in jungen Jahren von den Blicken der Männer.

Auf halbem Weg blieb sie stehen, der Trupp hielt an und folgte Luises weitausholenden Gesten in die Landschaft, Wälder, Wälder, als hätte sie jeden Baum selbst gepflanzt. Die Frau nickte ergeben, der Mann knurrte freundlich, die Kinder pufften sich, und Christian sagte, was er jedesmal sagte: dass die Ankömmlinge nicht ein Wort Deutsch verstünden, worauf Luise wie immer zurückgab: »Dann lernen sie es eben jetzt schon!« Schließlich kam die Gruppe bei den Stallungen an. Von weitem, auf der Wiese am Wald, sah man die Pferde. Mit den Ponys waren die beiden Kinder der scheidenden Familie unterwegs, den Berg hinunter an den kleinen Fluss.

Die Frau zog die Nase kraus, als man den Stallungen näher kam, der Mann sah sie streng an und gab ihr verstohlen einen Rippenstoß, den Christian wohl bemerkte und die Kinder auch, die sich nun in gespieltem Abscheu die Nase zuhielten. Luise war schon die Treppe hinaufgehüpft und riss die Tür auf, die »Tür zum Paradies«, wie sie jedesmal mit hoher, aufgeregter Stimme verkündete.

Die Neuankömmlinge schienen für Paradiese nicht mehr die nötige Energie aufbringen zu können. Ausdruckslos starrten sie auf die Bordüre über der Tür im Flur, die in Kreuzstich verkündete: »Was immer Dir der liebe Gott gegeben / daraus sollst Du ein gutes Leben weben.« Licht drang durch die Fenster und warf goldene Rechtecke auf die blankgescheuerten Dielen, auf Koffer und Plastiksäcke, die sich neben dem pinkfarbenen bunten Rucksack und zwei Reisetaschen der Vorbewohner noch ärmlicher ausnahmen.

Luise begrüßte die Neuen auch diesmal mit Sekt und Saft. Der Pfropfen knallte. Die Frau schrak zusammen. Sie sah verbraucht aus wie etwas, das ohne Pflege vor der Zeit gealtert ist, auch die Kinder standen krumm und klein herum, als hätten Wind und Wetter sie zerzaust und zernagt. Das Gesicht des großen, breitschultrigen Mannes, von Pockennarben entstellt, hatte starke, fast grobe Züge.

Unaufhörlich redend, drückte Luise jedem ein Glas in die Hand. Die Miene des Mannes hellte sich auf, als er den Alkohol in der Kehle spürte. Das Gesicht der Frau blieb verdrossen. »Wie heißt du denn?«, beugte sich Luise zu der Kleinen hinunter, hob ihr Kinn zu sich hinauf und reichte ihr ein Glas Orangensaft. Das Mädchen quiekte, riss den Kopf zurück, kleckerte auf den Anorak, worauf ihr die Mutter das Glas entriss und hart auf die Anrichte zurückstellte. Ihr eigenes Getränk hatte sie kaum angerührt. Zu dem Jungen, der den Orangensaft sogar mit einem Schuss Sekt bekommen und das Gemisch in einem Zug heruntergestürzt hatte, sagte sie etwas in ihrer Sprache; die Stimme klang heiser und aufsässig.

Schweigend, fast teilnahmslos folgte die Familie Luise, die ihre Enttäuschung kaum verbergen konnte, von einem Zimmer zum anderen. Nur der Junge machte einmal den Mund auf. Beim Anblick des Computers in seinem Zimmer entfuhr ihm ein höchste Anerkennung zollendes: »Whow!«

Aus der Betriebsküche wehte der Duft von scharf gebratenem Fleisch herüber, von weitem war ein Rasenmäher zu hören. »Ausruhen, ausruhen«, sagte Luise und ließ ihre Handflächen ein paarmal auf und nieder sinken. »Um sechs, sechs«, sie klopfte auf die Uhr. »Essen. Bei mir.«

Luise betrachtete es als einen schönen Brauch, bei jedem Wechsel ihrer Schützlinge »Willkomm und Abschied« zu versöhnen, wie sie es nannte. Die scheidende Familie durfte sich ihr Lieblingsessen bestellen und dieses gemeinsam mit den Nachfolgern im Haus der Geschwister verzehren.

Auch heute hatte der Bruder die Schwester von diesem Vorhaben abzubringen versucht. Geradezu explodiert war er, als sie dieses Zeremoniell eingeführt hatte. Nun ja, für Christians Verhältnisse explodiert, denn wirklich laut werden wollte er nicht, konnte es vielleicht auch nicht mehr nach diesen jahrelangen Therapien, dieser kostspielig antrainierten Gelassenheit. Aber Luise hielt, allen Einwänden zum Trotz, an der Überzeugung fest, mit dieser Zusammenführung der Nationen, wie sie es nannte, ihren Beitrag zur Völkerverständigung zu leisten, sozusagen als Nebenprodukt ihrer guten Taten.

Der Abend verlief wie schon bei früherem »Willkomm und Abschied« in qualvoller Befangenheit. Dass der neu einrückenden Familie über den giftigen Blicken der Vertriebenen der Appetit verging – wer mochte es ihnen verdenken? Christian versuchte, so gut er konnte, die Laune zu heben, aber wie macht man das, wenn dem einen gerade gegeben, was dem anderen genommen wird?

Bei Feigenkompott mit Vanilleeis und Wodka, der scheidende Vater hatte sich diesen Nachtisch gewünscht, schien sogar Luise eine gedrückte Stimmung zu spüren, verließ das Esszimmer und kehrte mit einigen Kleidungsstücken zurück, die noch auf den Bügeln hingen. »Für Sie«, sagte Luise mit schimmerndem Blick zu der scheidenden Frau, die das Geschenk über die Rückenlehne ihres Stuhls legte.

Die abziehende Familie hatte es eilig. Morgen wurden die Eltern früh auf ihren Arbeitsstellen erwartet, und sie mussten den letzten Bus erreichen.

Die Kleider lagen noch da, als auch die Ankömmlinge sich verabschiedeten, und Luise drückte die Sachen mit der gleichen, keinen Widerspruch duldenden Gebärde wie zuvor der Scheidenden der Neuen in die Arme.

Gleich nach der Abfahrt der alten Familie machte sich Luise auf den Weg. Beim Einziehen konnte das Hausmädchen helfen.

Das Haus im Wald hatte Luise allein geerbt; sozusagen für alle Fälle. War sie den Empfängern ihrer guten Taten zu nahe gekommen, suchte sie dort Entspannung. Niemand, außer Christian, wusste davon. Nur einmal hatte Luise, es war am Anfang, und sie musste das rechte Maß ihrer Zuwendungen erst finden, zwei Flüchtlingskinder und einen deutschen Jungen, der ihr nach ein paar Ladendiebstählen zur sozialen Arbeit zugeteilt worden war, ins Waldhaus mitgenommen, wo die drei ihr Holz gehackt hatten. Schon während sie die Jungen bei der Arbeit sah, bereute sie diesen Einbruch in ihr privates Leben. Seither transportierte sie das Holz in Säcken wieder selbst und stapelte die Scheite rund um das Haus.

Wie immer ging Luise das letzte Stück zu Fuß. Die Sonne sank, und die Wipfel der Fichten stachen in den roten Himmel, als stünden sie rauchschwarz in Flammen. Wo es lichter war, schimmerte frischer Farn wie grüne Sterne. Ein Eichelhäher zeterte.

Friedlich lag das Haus in der Abendsonne. Vor den dunklen Fichten leuchtete der geschnitzte Giebel golden bronziert. Luises Vater selbst hatte sich diese Arbeit gemacht. Um das Haus wuchsen hochstämmige Johannisbeersträucher, zwischen denen blaue, rote und silberne Glaskugeln funkelten. Sie sollten Spatzen und Stare verscheuchen, aber Luise wusste es besser: Gute Geister sitzen in den bunten Gehäusen und beschützen das Haus; ihre Strahlen halten böse Geister fern, hatte der Vater erzählt. Die kleine Luise hatte in die Hände geklatscht und die Kugeln lange Jahre mehr geliebt als das Haus.

Luise lächelte, tastete nach dem Schlüssel in der Jackentasche. Wohlig sog sie den strengen Geruch des Waldbodens ein, in den sich ein Hauch sommerwarmer Fichtennadeln mischte. All das Elend auf dieser Welt. Wie gut es tat, Gutes zu tun. Luise steckte den Schlüssel ins Schloss.

Drei Jungen saßen in der Küche und schabten ein paar Büchsen leer. Hielten die Löffel umklammert und sahen Luise aus großen Augen an. Gelbe Erbsen kullerten auf das Schwarzwälder Tischtuch. Mit vorquellenden Augen verschluckte sich ein dicklicher, fast weißhaariger Junge an einem letzten Bissen und schnappte nach Luft. Der Kleinste, dunkelhaarig braunhäutig, trug ein T-Shirt mit Teufelsfratze. Die drei kamen Luise bekannt vor. Woher? Sie hatte kein Gedächtnis für Gesichter und für Fremde schon gar nicht. Wut packte sie. Doch sie hatte gelernt, tief Luft zu holen, und griff, scheinbar gelassen, in ihre Jackentasche.

Die Blechbüchsen polterten zu Boden. Mit einem Satz waren die drei beim Fenster und hinaus. Triumphierend sah Luise ihnen nach. »Kein Anschluss unter dieser Nummer«, versicherte die Automatenstimme ihres Handys. Die Polizei anzurufen wegen dieser Bürschlein wäre Luise nicht in den Sinn gekommen. Mit so etwas wurde sie jederzeit selbst fertig.

Angeekelt räumte Luise die Dosen in den Müll, Bohnen-, Erbsen-, Linseneintopf, Hering in Tomatensoße, Ravioli. Irgendwann musste sie dieses Zeug hierher gebracht haben; die Haltbarkeit war längst abgelaufen. Sorgfältig schaute sie sich um, ob etwas fehlte oder Schaden genommen hatte, doch nicht einmal den Rum, den sie hier für Grog und Tee an kalten Winterabenden bereithielt, hatten die Jungen angerührt. Unverschämte Brut! Luise schnaubte, schlüpfte in die Clogs, die wie immer neben dem Schirm im Flur standen, und machte sich einen starken Kaffee.

Sollte sie den Bruder bitten zu kommen? Nein. Das hier war eine Sache zwischen diesen Dreckfinken, wie sie verächtlich ausstieß, und ihr. Irgendwo war sie den dreien schon einmal begegnet. Spuren gewaltsamen Eindringens gab es nicht. Wie waren die wohl hereingekommen? Nirgends Spuren. Ob die schon öfter hier gewesen waren? Luise schob den Gedanken beiseite und sperrte ab.

Anstatt auf ihrem Platz parkte Luise ihr Auto bei den Wagen der Angestellten. Jemandem zu begegnen, insbesondere Christian mit seinem inquisitorischen Bruderblick, hätte sie womöglich zum Reden gebracht. Sie machte kein Licht. Sah immer wieder hinüber zu den Stallungen, bis auch in den Zimmern der Flüchtlingsfamilie die Lichter ausgingen.

Luise ließ ein paar Tage verstreichen, ehe sie wieder ins Waldhaus fuhr. Den Gedanken, das Schloss austauschen zu lassen, hatte sie verworfen; Christian wäre das nicht entgangen. So hoffte sie, alles im Lot zu finden und alles beim Alten lassen zu können. Von solchen Frechdachsen ließ sie sich nicht auf der Nase herumtanzen.

Das Grün der Blätter, das Schnattern der Vögel, der Wind in den Bäumen: alles wie immer. Sogar das Eichhörnchen turnte in der Fichte beim Haus, rollte den buschigen Schweif und sah Luise mit seinen knopfkleinen Augen listig und lustig an.

Luise schrie auf.

Unter dem goldenen Giebel flammten Hakenkreuze, triefend rot.

Außer sich tastete Luise nach ihrem Handy. Drückte Christians Nummer. Die Mailbox. »Christian? Bitte komm zum Waldhaus! Oder nein. Warte, ich bin gleich wieder zu Hause. Christian? Christian!« Es klang wie Verdammtnochmal!

Ihre Gedanken überstürzten sich. Kein Zweifel, das waren wieder die drei! Jetzt musste sie es melden! Wirklich?

Sie drückte die Wiederholtaste. Nur die Mailbox. Luise rannte zum Auto zurück, schlug einen Umweg ein, parkte bei der Apotheke der Kreisstadt.

Ginge sie zur Polizei, könnte sie den Vorfall kaum geheim halten. Hakenkreuze im Zusammenhang mit ihrer Firma waren nicht gerade eine Werbung. Diese verflixten Bengel.

Vertieft in ihr aufgebrachtes Selbstgespräch, war Luise die Hauptstraße hinunter, an der Polizeiwache, am Tennisplatz vorbei, über die Grünanlagen hinaus aus dem Städtchen gelangt. Sie machte kehrt und ging denselben Weg zurück, ohne einen Entschluss gefasst zu haben. Als sie beim Wasserturm um die Ecke bog, prallte sie mit der entgegenkommenden Person fast zusammen. Sah die Teufelsfratze auf dem T-Shirt und griff zu. »Bleib stehen!« Ihre barsche Stimme ließ den Jungen zusammenzucken. Er wand sich, aber Luise hatte eine harte Hand. »Du bleibst hier. Das wart ihr doch mit den Hakenkreuzen.«

Unter der braunen Gesichtsfarbe wurde der Junge rot.

»Mitkommen!« Den Griff verstärkend, drehte Luise den Jungen an der Schulter in ihre Richtung, als zwänge sie eines der Ponys in die ihr bequeme Gangart.

Das Café war nur ein paar Schritte entfernt, an der Hauptstraße gleich neben der Kirche. Auf dem Platz ging gerade der Markt zu Ende. Es roch nach Flieder, Benzin, Rostbraten und Kaffee. Spatzen balgten sich um ein angebissenes Brötchen. Luises Hand lag auf der Schulter des Jungen, leicht, aber auf der Hut. Sie setzte sich neben ihn, ihr Arm nahezu entspannt über seiner Stuhllehne, und bestellte zwei Eisbecher. Die Augen des Jungen strahlten auf. Nun erst sah Luise, wie mager er war; sein Brustkasten eingesunken, der Teufelskopf auf seinem T-Shirt wie in der Mitte durchgebrochen.

»Schmeckt's?«, fragte Luise schroff.

Der Junge nickte verlegen.

»Und warum Hakenkreuze?«

Der Junge schien die Frage nicht zu verstehen. »Hakenkreuze?«, wiederholte er die Silben mühsam und verständnislos artikulierend. Und noch einmal: »Hak ken kreuz ze?«

»Stell dich nicht so dumm«, brauste Luise auf. »Das, was ihr an mein Haus gemalt habt. Du warst doch dabei, oder?«

Wieder stieg dem Jungen das Blut in die Wangen. Luise ließ den Arm von der Lehne auf seine Schulter gleiten. Der Junge nickte.

»Also, warum?«

»Hakenkreuze«, der Junge wiederholte das Wort, wiederum als verstünde er seine Bedeutung nicht, hinten in der Kehle formte er die Silben: »Ah, diese Dings, diese Zett, Zett.«

»Du wirst doch wohl wissen, was ein Hakenkreuz ist!« Ungeduldig hob Luise ihren Löffel. Pfirsichstückchen fielen auf ihre Bluse; sie merkte es nicht.

»Der Schorschi sagt«, brachte der Junge mühsam heraus, »das ärgert die Deutschen am meisten.«

Luise steckte den Löffel zurück ins Eis, winkte der Bedienung: »Einen Kognak bitte!« Wartete, bis das Mädchen mit dem Becher verschwunden war: »Und weißt du denn nicht, was das Zeichen bedeutet? Das Hakenkreuz?«

Der Junge senkte bekümmert den Kopf wie ein Schüler, der gern die richtige Antwort geben würde, wenn er sie nur wüsste.

»Sechs Millionen Juden sind in diesem Zeichen ermordet worden. Tot. Sechs Millionen!«

»Whow! Sechs Millionen.« Dumpf rollten die Silben aus dem Mund des Jungen. Und noch einmal, als zollte er höchsten Beifall für einen Rekord: »Whow!«

»Sechs Millionen! Tot! Umgebracht!« Luise sah den Jungen fassungslos an. Der schob den Kopf noch tiefer zwischen die Schultern. Mit hastigen Bewegungen schaufelte er die letzten Eisklumpen in den Mund und leckte den breit gewölbten Becher aus.

Luise räusperte sich. »Hast du denn davon nie gehört?«

Der Junge zog die Schultern noch höher.

Der Kognak kam. Luise ließ ihn stehen und suchte den Blick des Jungen. Sein dunkles, struppiges Haar, seine Haltung, angespannt und schlaff zugleich, riefen ein zwiespältiges Gefühl aus Mitleid und Abneigung in ihr hervor. Sie richtete sich auf.

»Du warst doch nicht allein? Oder? Ihr wart doch sicher wieder zu dritt?«

Der Junge hob den Kopf. Nun erst sah Luise, dass er auf dem linken Auge schielte. Schweiß klebte ihm dunkle Haarsträhnen in die Stirn.

»Du kennst mich«, sagte der Junge. »Vor vier Jahren. Ich war im Stallhaus.« Mit dem einen Auge sah er sie herausfordernd an; das andere kreiste über den Kirchturm hinaus, als suchte es etwas, weit weg.

»Die Pferde alle. Ich noch klein.«

Luise schüttelte den Kopf und griff nach dem Kognak.

»Pluto! Lebt noch?«

»Pluto ist tot. Gestürzt. Eine Sehne gerissen. Wir mussten ihn einschläfern.«

Der Junge schloss die Augen, was dem Gesicht einen beinah ebenmäßigen Ausdruck verlieh, hätte es sich nicht gleichzeitig wie zum Weinen verzogen.

»War schönste Zeit in mein Leben.« Die ungewissen Tonlagen des Stimmbruchs klangen rau.

Ein Moped knatterte vorbei, johlend winkte einer vom Sozius der Kellnerin zu.

»Aber das war doch dann gut so!« Luise schlug mit der flachen Hand auf das Tischchen. Unklar stieg das Bild einer vielköpfigen Familie vor ihr auf, doch die Gesichter verschwammen, sobald sie glaubte, eine Nase, einen Mund, ein Augenpaar zusammenfügen zu können.

»Ja«, sagte der Junge. »Aber dann war vorbei.« Er fuhr mit der Hand übern Tisch, bog den Kopf zurück und warf sich ein paar Brösel in den Mund, die von seiner Eiswaffel abgefallen waren.

Luise verschränkte die Arme vor der Brust.

»Nichts ist für immer«, sagte sie. »Daran kann man sich gar nicht früh genug gewöhnen. Wir sind nur Gast auf Erden.« Sie machte eine Pause. Der Kognak, die Aufregung hatten ihre Wangen gefärbt. Gegeben genommen, gekommen gegangen, gewonnen zerronnen – das hatte sie doch selbst oft genug erlebt. Warum saß sie überhaupt hier? Ach ja, die Hakenkreuze. Luise löste die Arme und streckte die Beine. Sie würde den Maler bestellen, diskret, oder noch besser, diese Sache, letzten Endes eine Kinderei, schnell und still aus der Welt schaffen.

»Hör zu«, sagte sie.

Der Junge hob sein schmales braunes Gesicht. Er schien ihr Trotz zu bieten, aber auf eine unterwürfige Art, sah sie gleichzeitig an und an ihr vorbei.

»Wir kaufen jetzt Farbe, da drüben« – Luise deutete die Marktstraße hinunter –, »und bringen die Sache in Ordnung.«

Der Junge folgte ihr, bereitwillig oder doch widerwillig, und ein Lehrling karrte Farbe und Pinsel ans Auto.

Die Fahrt verlief schweigsam. Die Sonne spielte in den Wipfeln, warf wirre Schatten auf die schmale Straße, die an den Rändern steil abfiel. Luise zog den locker aus dem Fenster hängenden Ellenbogen ein und fasste das Lenkrad mit beiden Händen. Der Junge hatte sich nicht angeschnallt und seinen Namen nur widerwillig herausgepresst, ein heiseres Mischa oder Mirco, irgendetwas mit M.

Plötzlich stieß der Junge einen Schrei aus. Luise trat auf die Bremse: ein Reh, ein Hase? Sah aber nur ein Eichhörnchen an einem der Fichtenstämme emporhuschen. Sie wollte schon wieder anfahren, als sie die Rauchsäule erblickte. Dünn und grau stieg sie über den sonnenroten Wipfeln senkrecht ins Abendlicht, ruhig und gerade blieb sie ein Stück weit stehen, ehe sie sich, ein zarter Flaum, in den wolkenlosen Himmel verlor. Hatten diese dreisten Kerle jetzt sogar den Kamin angemacht? Luise gab Gas.

»Sind sie das wieder, deine … deine Freunde?«, herrschte sie den Jungen an. »Na warte!«

Der Junge sank noch weiter zusammen. Die Teufelsfratze auf seiner Brust war jetzt fast unsichtbar.

Ein mit langen Baumstämmen beladener Lkw kam entgegen. Der Junge rutschte tiefer, offenbar, um die Rauchsäule besser zu sehen. Sie war breiter und dunkler geworden, auch Funken waren jetzt zu erkennen.

»Schnell!«, schrie Luise. »Schnell, schnell!« Doch es blieb ihr nichts übrig, als das Auto geduldig um die spitzen Kurven der schmalen Straßen bergauf zu lenken, bergauf und wieder ein Stück hinab, dem Haus entgegen, dem Rauch entgegen.

»Um Gottes willen!« Luise stürzte aus dem Wagen, packte den Jungen beim Arm, doch der hatte es selbst eilig, dem Feuer näher zu kommen, das schon zu hören und zu riechen war.

»Schnell«, rief Luise wieder, »schnell, schnell! Siehst du's denn nicht! Hörst du's denn nicht!«

Zischend, knatternd zogen die geschichteten Scheite hinter den lodernden Johannisbeersträuchern einen purpurnen Feuerzaun um das Haus. Wie aus rotem Glas erbaut stand es da, Balken, Wände, Sparren, durchsichtig glühend, übersät mit goldenen Flocken.

Dann schlugen die Flammen aus dem Fenster, der Dachstuhl stürzte ein. Eine schmale, feurig rote Brandspur führte vom Haus schräg über die Lichtung in den Wald.

Wie vom Blitz getroffen blieb der Junge stehen und starrte zu den beiden Gestalten hinüber, die zwischen den Fichten standen und sich kaum von den Stämmen abhoben, graufarben wie das Gras, wo das Feuer schon durchgezogen war.

»Whow!«, hörte Luise die Stimme des Jungen. Mit einem lässigen Ruck schüttelte er ihre kraftlose Hand von der Schulter und machte sich mit ruhigen, langen Schritten auf den Weg zu den beiden am Waldrand. Drehte sich noch einmal um und winkte, ein erstes und letztes Winken, wie von einem Ozeanriesen, der, immer breitere Wasser zurücklassend, sich von Luise entfernte.

Welle

Der Sommer war dahin, der Herbst vergangen. Ich war mit dir keinen Schritt weitergekommen. Noch immer gingen wir nicht Hand in Hand aus dem Hörsaal oder aus dem Kino, wo er sie am Ende doch immer, wenn schon nicht heiratet, so doch wenigstens küsst.

Wie schön du warst! So sah Siegfried aus, mein Kinderheld auf den Sanella-Bildchen. Wie klug du warst. Deine Fragen im Seminar wie Pfefferminze und leises Knallen von Bubblegum. Ich immer ein bisschen wie auf Zehenspitzen vor dir. Ach, wie wir lachen konnten! Ach, wie wir spotten konnten!

Weißt du noch, wie du einmal meine Hand in deine nahmst und daraus vorgelesen hast: fünf Kinder und einen Mann, der Förster ist, und deine Hand in meiner sagte wahr.

Fünf Kinder, und dass du durch Wald und Flur ... Und ich? Mich immer enger verhäkelnd in dich.

Das war im Sommer. Manchmal streiften sich unsere nackten Arme im Vorübergehen.

Jetzt war es Winter, kalt, Herrenbesuche nur bis zehn und auf den Zimmern gar nicht in meinem katholischen Studentinnenwohnheim. Zu dir nach Hause hattest du mich nie gebeten. Doch ungebeten umschwebe ich dein Mobiliar, Besteck, Geschirr. Dein Kissen.

Jetzt, wo die Vögel längst in festen Nestern, Käfer in warmer Erde und jede Larve artgerecht verpuppt, wo jeder wusste, wo er hingehört, mit wem zusammen er schlafend, träumend, denkend, redend den Winter warm verströmen lassen kann wie Mai, des Trosts der Bücher länger nicht bedürftig, jetzt musste es doch einmal weitergehen.

Es war nach einem Nietzsche-Seminar. Novemberwind. Du legtest mir deinen Schal um meinen Hals. Die Bäume kaum noch bunt verkleidet, aus dunklen Wolken eine Sonnensträhne. Dein Schal verheißungsvoll wie ein Versprechen, dass ich ganz Hals war, ganz glückseliger Nacken.

Weißt du es noch …? Möwenscharen kreisten, kreischten, drehten blitzend ab: Wenn sich die große auf den Pfahl beim Bootshaus setzt, dann wag ich's.

Wie dieser Vogel aufflog von der Pappel und stracks auf den Pfahl!

Da blieb ich stehen, trat dir in den Weg. Es war ganz wie im Kino, nur war es so, als wäre ich der Mann: Ich hob die Arme hoch, fast bis um deinen Nacken, und du nahmst sie herunter, hieltest meine eine Hand in deiner fest. Wir gingen weiter.

Du sagtest nichts und pflücktest mir eine der zerzausten Rosen. Ein paar Blätter liegen noch heute gepresst in meinem Hölderlin.

Welle heißt die Skulptur. Zwei nackte Männerkörper, ineinander verschränkt.

Da bliebst du steh'n.

Du legtest deinen Arm um mich und zogst mich näher an das mannshohe Erz.

Es geht nicht, sagtest du. Deine Augen trotzig und traurig.

Eisig wurde es in dieser Nacht, Schnee fiel, und ich streute den Vögeln am Morgen Krumen.

Ich behielt deinen Schal. Du zogst nach diesem Semester in eine andere Stadt.

Anfangs schriebst du mir hin und wieder eine Karte. Und viele Winter wärmte mich dein Schal um meinen Hals.

Kein Förster kam und keine kleinen Kinder. Trost gab es, klar, wie man's so macht, mit Büchern, Arbeit, viel Musik, mit Männern, und immer wieder Segel neu gesetzt, doch nie mehr gab es pfahlverhexte Möwen.

Gelegentlich hab ich von dir gelesen. Dann sah ich dich am Rande einer Klippe stehen, ein heiliger Sebastian, nackt und durchbohrt von Pfeilen, strahlend schön.

Gut zwanzig Jahre später sah ich dich wieder in der Stadt der Möwen. Ein Kongress. Und wieder Nietzsche.

Und endlich, endlich lagen wir uns in den Armen! Du fühltest dich so dünn und flüchtig an, so preisgegeben jeder Rippenbogen unterm feinen Anzug. Wie gerne hätt' ich dich in eine Höhle weggeschleppt und aufgepäppelt.

Wir machten uns auf unseren altvertrauten Weg am Fluss entlang. Der Himmel diesmal sommerblau. Und wie vor vielen Jahren flitzten die Sätze zwischen unseren Köpfen so frisch gesalzen und gepfeffert hin und her.

So vieles, was jetzt nicht mehr wichtig war.

Ich legte einen Arm um dich und einen um den Mann aus Kupfer und aus Zinn.

Es geht doch, sagte ich, und du gabst mir den ersten Kuss. Auf meine Stirn.

Du fuhrst am nächsten Tag nach Griechenland und versprachst, den Winter in unserer Stadt der Möwen zu verbringen. Dann hätten wir sie endlich, unsere Zeit. Viel nachzuholen.

Ich trug die zweite Rose, Sommerrose, von dir heim in einen Horizont vorfreudigen Erinnerns.

Und wieder kamen Karten, winziges Gekritzel. Hymnen an grüne Tümpel Frösche Kröten Wein Tang Sonne Oliven Käse Tamarisken Sykomoren Fledermäuse. Das Meer.

Ich schnüffle, schriebst du, jedem Lüftchen hinterher, bin ganz verrückt nach Gerüchen.

Nicht riefst du im Oktober an, nicht im November. Laut Auskunft deine Nummer stillgelegt. Kein neuer Eintrag. Nun gut, du warst in Griechenland geblieben und würdest dich schon melden.

Ich schlug die Zeitung in der Ubahn auf.

Dein Name im Kulturteil zwischen Stern und Kreuz und schwarzem Rand. Nach kurzer schwerer Krankheit. Die Krankheit ein Getuschel hinter vorgehaltener Hand, noch ohne Gala, ohne Benefizkonzerte.

Am Abend schlich ich zu dem Mann aus Erz und legte ihm die Arme um den Hals und meine Stirn an seine.

Die Motte

Wer aber an gebrochenem Herzen stirbt, der muss einmal im Jahr zurück auf die Erde und seinem Tod auf den Grund gehen. Einen Tag und eine Nacht dürfen wir in Tiergestalt nahe dem geliebten Menschen verweilen. Daher diese vielen Hunde mit dem treuen Blick, die schmeichlerische Katze, das starke Pferd. Ich flog als Motte zu ihm.

Es war einer jener seltenen Abende im Frühling, an denen die Stadt duftet wie ein Dorfplatz unter den Linden. Ich fand mich in der Kerze einer Kastanie vor seinem Haus, und die Blüte vibrierte unter meinen dünnen Beinchen. Mich labte ihr Duft, denn ich gehörte, da ich mit meiner Liebe keinem geschadet hatte, nicht zu einer dieser schädlichen Mottenarten, die sich durch Filz, Pelze und Pullover fressen müssen. Nein, ich genoss meinen hochentwickelten Geruchssinn, und meine fransigen Flügel zitterten nicht nur, weil der Wind vom nahen Fluss die Blüten bewegte und mich mit ihnen.

Von der Kastanie aus konnte ich in seinen Garten sehen, groß und gepflegt hinterm Haus. Viel Rasen, eine Trauerweide, Flieder, Jasmin; das musste der Baum sein, von dem er mir einmal im Herbst einen Apfel mitgebracht hatte. Wo später im Jahr die Rosen blühen würden, färbten jetzt noch Tulpen die Beete, gelbrote Kelche, als brächen Flammen aus den Stängeln. Zwei mit Platten belegte Wege bildeten zwischen Rabatten ein helles sauberes Kreuz.

Ich hatte mir immer einen Garten gewünscht; vielleicht hätten mich der strenge Geruch umgegrabener Erde, die zuverlässige Rundung einer Saatkartoffel oder einer Steckzwiebel, das Verziehen der Setzlinge, ja, das Unkrautjäten und geduldige Bewässern vor dem Schlimmsten bewahrt.

Dann aber rauschten die Bäume auf diese Art, die die Nacht ankündigt, dumpf und schwer, und nun, da nach einer langen Weile lichter Dämmerung, die sein Haus umhüllt hatte wie eine Liebkosung, die Dunkelheit rasch einfiel, war es an der Zeit, durch die weit geöffneten Fenster ins Innere seines Hauses zu fliegen. Schwarz bewegte sich seine Gestalt im Lampenlicht hinter den Fenstern.

Und jetzt stieg auch noch der Mond auf überm Haus und verspann mit seinen Strahlen Erde und Firmament. Der Garten erstarrte. Reglos standen die Blumen wie in einer riesigen Kugel aus Glas, einmal hatte mir mein Liebster solch einen Briefbeschwerer geschenkt. Selbst die Pappeln am Ufer schienen versteinert, festgefroren jede Bewegung in diesem außerirdischen Licht, das ich schon so gut kannte, das Licht der eisigen Ewigkeit.

Eine Brise vom Fluss, ich ließ mich fallen, tragen, die Gardinen bauschten auf, und ich stieß an die glatte weiße Fläche einer Tischplatte. Gleich roch ich die köstliche Speise und kroch dem Teller entgegen. Immer wieder fuhr ich den Saugrüssel in die Reste, konnte nicht ablassen von diesem soßigen Porzellan, wand meine fadenförmigen Fühler um kleine Kotelettknochen, wich vor der lippenstiftbeschmierten Serviette zurück und schmiegte mich in die seine, Leinen mit eingesticktem Monogramm.

Ich musste das Speisezimmer langsam erkunden. Meine Facettenaugen waren zwar ungewöhnlich groß, doch den Umriss, die Formen im Ganzen wahrzunehmen fiel mir schwer. Ich erkannte Gemälde und Gobelins auf einer Seidentapete, Möbel aus kostbaren Hölzern, blühende Teppiche, überall Blumen in erlesenen Arrangements, einmal hatte er mir eine abgeknickte Blüte, verschraubt in einer Seifendose, zugesteckt.

Und da habe ich geglaubt, er würde aufstehen von diesem Tisch mit diesem Damast, den Teller aus chinesischem Porzellan zurückschieben, dieses Silber aus der Hand legen, den bequemen Stuhl nach hinten rücken, aufstehen, über das Blumenmeer wandeln, hinausgehen, diese Palisandertür hinter sich schließen und von meinem Zwiebelmuster essen.

Seine Frau war schon im Nachtgewand, blauer Satin, über und über mit Falken im Sturzflug bestickt, und mir fielen meine verwaschenen, ausgeleierten Frottéschlafanzüge ein. Ich ahnte ihre Figur, kannte sie aus meinen Lebzeiten und hatte sie gerade auf dem Titel des »Stadt-Magazins« erspäht. Das Foto zeigte sie in des Liebsten Arm bei einem dieser Wohltätigkeitsbälle, tief dekolletiert und lächelnd auf diese blonde, mit Herkunft, Vermögen und Ehemann bewaffnete Art.

Dann begannen meine schwachen hinteren Beine zu zittern, ich roch ihn, noch ehe ich ihn hereinkommen sah, in dieses Zimmer, wo schon lange niemand mehr auf etwas gewartet hatte, außer auf den Schlaf.

Mühsam hielt ich zwischen zwei Falten mein Gleichgewicht auf einem freien Fleck der Gardinenstange im dunkelsten Winkel des Raumes. Dort wollte ich verharren und mich an seinem Anblick sättigen. Seine hastigen Bewegungen, mit denen er die Schnürriemen aufriss, die Strümpfe, die Hose auszog, dann Hemd und Krawatte, seinen nackten Körper, der mich wieder und wieder zugedeckt hatte, begraben, dachte ich jetzt, sein Gesicht, das, wenn er schlief, den Ausdruck eines gekränkten Babys annahm. Einmal hatte er sich in meinen Armen auf die Seite gedreht, dass sein Fuß zwischen die meinen zu liegen kam und ich ganz weich und warm geworden war vor Hingabe und Zärtlichkeit.

Mein Tod, das sah ich, hatte ihm den Frieden gebracht, aber um einen hohen Preis! Sein Gesicht war in sich zusammengesunken, als hätten die Knochen alle Stützkraft verloren, sein Mund, der sich in der Liebe stets so wunderbar mit Blut gefüllt und gestrafft hatte, hing schlaff und stand ein wenig offen, in dreifachen Falten lag ihm das Kinn auf der Brust, die dünn von seinem Bauch, der sich über den Magen wölbte, abstach. Als er den Slip auszog, klatschte sein bläulich rotes Geschlecht mit einem leisen Geräusch auf die Schenkel, an deren Innenseiten gelbe, schlecht durchblutete, schlabbrige Haut hing, um Waden und Schienbein Aderngestrüpp.

Um das alles deutlich zu sehen, hatte ich meinen Winkel verlassen müssen. Was dem Licht, entgegen meiner Mottennatur, nicht geglückt war, mich aus meinem Versteck zu locken, gelang dem Liebsten sogleich. Aber ihr Zimmer grenzte an das seine, und sie sah mich und schrie mit entblößten, feucht glänzenden Zähnen: »Eine Motte!«, griff zwischen klirrende Tiegel auf dem Frisiertisch nach ihrer Bürste und schwang sie gegen ihn und mich. »Schlag sie tot!«

Er schaute auf von seiner Hose, die er gerade über den stummen Diener hängte, und blickte teilnahmslos in Richtung der Frau und an ihr vorbei.

»Lass nur, ich mach das schon.« Seine Stimme, matt wie die ganze Gestalt, hatte ihre tiefen Töne verloren.

Sie aber umkreiste ihn, die Bürste im gestreckten Arm, und kreischte: »Schlag sie tot! Schlag sie tot! Schlag sie tot!«

Ich saß längst wieder in meinem Winkel.

»Es ist doch nur eine Motte«, sagte er. »Warum regst du dich so auf?«

»Nur eine Motte? Nur! Du weißt nicht, wovon du sprichst. Sind die Kleiderschränke geschlossen? Alle?«

Ich konnte ihre Aufregung verstehen. Bei der Wahl der Heidekönigin wurde sie fast in jedem Jahr zur bestangezogenen Frau der Stadt gekürt.

Sie fegte die Wände entlang, rüttelte an den Knäufen der Türen, fand alles dicht, strich sich über die Stirn, murmelte etwas von einer Erfrischung und: »Wenn ich zurückkomme, ist das Vieh verschwunden, verstanden? Und pass auf die Tapete auf!«

Die Tür fiel hinter ihr ins Schloss, ich verließ mein Versteck und breitete meine Flügel aus, wie ich früher die Arme ausgebreitet hatte, um ihn zu umfangen. Ich flog direkt zu ihm.

Er sah mich kommen und hielt ganz still. Ja, er streckte sogar die Hand aus, wie es Kinder tun aus Neugier und alte Leute aus Einsamkeit, wenn in den Parkanlagen die erste Sonne scheint und Schmetterlinge und Marienkäfer fliegen. Ja wirklich, er streckte die Hand aus, die ein wenig zitterte und aufgedunsen abstand von dem dünn gewordenen Arm. Meine Beine knickten mir weg, als ich mich in der Mulde der Innenfläche behutsam niederließ. Wunderbar warm und trocken waren die geschickten Hände meines Liebsten gewesen. Diese Hand war feucht und kalt, und sie konnte sich jederzeit schließen und mich zerquetschen.

Er bewegte sich aber nicht, und ich kroch zum Gelenk, liebkoste ihn dabei mit meinen fransigen Flügeln und machte auf seiner Pulsader halt, die mich hob und senkte, und ich dachte: Jetzt wiegt mich sein Blut. Ich umflatterte ihn von Kopf bis Fuß ganz nah, streifte ihn immer wieder mit meinen Flügeln, er genoss die sachte Berührung, reckte sich ihr entgegen, wie wohlig hatte sich sein Körper in meinen Händen bewegt.

Er schaute auf mich mit dem bebenden Lächeln alter Leute, und seine Augen zwinkerten und sonderten in den Winkeln und an den Rändern Flüssigkeit ab. Auch sein Geruch war nicht mehr der eines starken, gesunden Mannes, ein säuerlicher Apfelgeruch stach unter den Achselhöhlen hervor, zwischen den Beinen roch er nach Seife, nur im Nacken fand ich noch den vertrauten Duft.

Im Erdgeschoss klappte die Tür, er fuhr zusammen, ich taumelte. Und dann sprach er mit mir, mit der Motte. »Warte«, sagte er, »hab keine Angst.« Er wedelte mich an die Wand, ergriff das Glas, das neben der Flasche Wasser für die Nacht stand, und stülpte es über mich. Geschickt schob er das »Stadt-Magazin« zwischen Glasrand und Wand. Ich war gefangen. Vorsichtig trug er mich ans Fenster, doch dann machte er kehrt, ging aus dem Zimmer, die Treppe hinunter, sperrte die Haustür auf, öffnete sie, alles mit einer Hand, die andere balancierte mich in dem Glas, und dann hob er das Glas hoch.

»Mach, dass du fortkommst«, sagte er. »Lass dich hier nie wieder blicken!«

Ich blieb aber sitzen, und er musste die Hand und das Papier viele Male schütteln. Die Nacht war noch lang, und ich wusste, ich würde wiederkommen, denn wir sind erst erlöst, wenn wir aufhören, unser Unglück zu lieben.

Eine einfache Geschichte

Zugegeben: Anfangs ließ ich am Ende zwei der fünf Personen, von denen Sie gleich hören werden, in eine Glasscheibe laufen. Warum, werden Sie erfahren, wie Sie noch manches erfahren werden, wenn Sie dieser Geschichte folgen, dieser Geschichte, die eigentlich nicht eine Geschichte ist, sondern viele, genauer, eine Geschichte mit einem Anfang, einem Weg, aber vielen möglichen Ausgängen, ganz wie im richtigen Leben. Oder? Wer Ihnen hier eine Geschichte ans Herz legen will? Wenn Sie es sind, die dies lesen, bin ich es, der erzählt, oder? Und woher soll ich wissen, wer Sie sind? Also, ist doch egal, wer Ihnen diese Geschichte erzählt. Keine Angst, ich halte gleich den Mund, mische mich erst gegen Ende wieder ein, die Geschichte erzählt sich sozusagen von selbst:

Schon seit über zwanzig Jahren wohnte Lisa in ihrem Viertel. Verfallende Fassaden, bröckelnder Stuck, dazwischen die windigen Bauten der fünfziger Jahre, Plakate an Bauzäunen, Kneipenreklame, kein Haus ohne Graffiti, zerbeulte Dosen, Hundekot, Fetzen Papier. Wir werden zusammen alt, spottete sie, schöner aber leider nicht. Lisa mochte ihre Straße nicht missen, auch wenn Besucher sich mit hochgezogenen Brauen umsahen, als stünden sie in der

Bronx. Manche hatten selbst einmal hier gelebt, doch sie waren in bessere Stadtteile gezogen, wo man um die Ecke zum Italiener geht oder zum Japaner, Frauen Kopftücher nur bei Wind und Wetter tragen. Die geblieben waren, grüßten einander, auch ohne sich näher zu kennen.

Lisa sprang die letzten Stufen aus dem U-Bahnhof hinauf, reckte und dehnte sich, blinzelte in die warme Maisonne. Sechzehn Jungen und Mädchen in der letzten Stunde mit Napoleon vor Moskau bei der Sache zu halten hatte sie in eine gereizte Erschöpfung versetzt. Immer weiter hörte sie sich reden, Zahlen, Daten, Gesten, Gesichter, Schauplätze vom Kriegsgeschehen bis ins Lehrerzimmer, alles, was ihr durch den Kopf ging, plapperte durcheinander. Auch nach fast einem Vierteljahrhundert als Lehrerin brachen die Satzfetzen auf dem Heimweg mitunter regelrecht über sie herein. Sie musste dann sorgfältig einen Fuß vor den anderen setzen, bis sich die Wörter wieder in Reih und Glied bequemten.

Auch in eine andere Sprache zu schlüpfen, selbst mühsam in einer fremden Sprache zu stottern, war ein wohlerprobtes Mittel, der Silbenflut Einhalt zu gebieten. An der Ecke würde sie bei Mehmet einen Döner kaufen, früher hatte sie hier Gyros bei Janis und noch früher Currywurst bei Paulchen gegessen. Sie vermisste die Würste. Mehmet hatte ihr versprochen, im Winter wieder welche zu haben. »Nurrr für Lisa«, hatte er, die Bartspitzen zwirbelnd, geschnurrt und sie wie immer artig »Teşekkürler, danke vielmals« gesagt. Weiter unten, nahe der Johanniskirche, hatte vor einem halben Jahr ein Landsmann eröffnet, ein dritter richtete sich gerade einen Steinwurf von seiner Ecke auf der anderen Straßenseite ein. Service gegen Konkurrenz.

Der Weg zum Supermarkt für Wein und Milch war kurz. Ein Moped knatterte durch die enge Seitenstraße, Papier stob auf, es roch nach schlecht gelüfteten Betten. Lisa ging schneller, schaute vom schmutzigen Pflaster die Häuserwände empor, blättriger Putz, hinter gelb verrauchten Spitzengardinen bunte Lampiongirlanden, Gondeln, Plastikblumen in bauchigen Messingvasen. Auf einem Mauervorsprung turtelte ein Taubenpaar. Ob Richard geschrieben hatte? Lisa hatte ihn im letzten Jahr auf Schloss Elmau kennengelernt, im Seminar um die »Zukunft unseres Planeten«. Beide unterstützten Greenpeace, mit Geld und auch mal persönlich. Er hatte sie, sie ihn besucht, doch Richard blieb seiner Internistenpraxis in München, Lisa ihrer Schule in Hamburg treu, und bei allen Sehnsuchtsbeteuerungen war sie insgeheim mit diesen gelegentlichen Treffen, täglichen Telefongesprächen, den SMS und E-Mails zufrieden. Richard konnte reden und zuhören auch.

Das fehlte ihr jetzt sehr. Richard war für ein Jahr in Kalkutta. Seine ersten E-Mails hatten die Zustände dort so verzweifelt geschildert, dass Lisa sogar ein bisschen Geld für die Krankenstation des Freundes überwiesen hatte. Dann aber waren die Mails kürzer geworden: »darüber müssen wir reden«, oder: »das lässt sich nicht mit Worten ausdrücken«, hatte Richard immer häufiger geschrieben, was wohl dasselbe meinte. Mehr Geld zu schicken, hatte er ihr fast schroff verboten. »Man möchte mit dem Donnerkeil dazwischenfahren«, so der friedsame Arzt, »um die Parias aus ihrer Dumpfheit zu rütteln. Der Reichtum der Reichen ist unvorstellbar, und sie halten unsere Hilfsbereitschaft für naiv.« Lisa antwortete schockiert. Daraufhin hatte Richard meist nur noch von Büchern geschrieben, die er, wieder zu

Hause, lesen wolle. Mit jeder Mail schien er ein Stück weiter fortzureisen, in die Vergangenheit. Die kurzen Notizen hatten ihre Kraft, Nähe und Gegenwart herzustellen, beinahe verloren. Nun hatte ihm Lisa vor Wochen einen richtigen Brief geschrieben, mit der Hand und auf Papier und wie sehr sie sich auf seine Rückkehr freue.

Fast wäre sie über den Tomaten ausgerutscht, die ihr plötzlich unter den Schuh rollten. Eine plumpe, schwarzverhüllte Frau, den Kopf mit dem fest geknüpften Tuch ängstlich nach allen Seiten ruckend, hockte auf dem Bürgersteig und versuchte, Lebensmittel in eine Plastiktüte zu klauben.

Nun könnte ich mich hier schon einschalten und Sie mit der Frage belästigen: Was hätten Sie an Lisas Stelle getan? Tu ich aber nicht, denn ich hab ja versprochen: Die Geschichte erzählt sich von selbst.

Lisa war mit einem Sprung neben ihr: »Kann ich helfen? Was ist passiert?« Die Frau machte eine Handbewegung: »Weg, weg, nix passiert, alles gutt.«

Die Tüte war nicht gerissen. Sie war aufgeschlitzt, auf jeder Seite saubere Schnitte.

In der schmalen Straße war niemand zu sehen. Nur ein alter Mann lehnte seinen Oberkörper auf einem Kissen aus dem Fenster und reckte sein Gesicht mit blöde geöffnetem Mund in die Sonne. Eine schwarze Brille bedeckte seine Augen.

»Warten Sie«, Lisa holte ein Netz aus ihrer Aktentasche, Schweinsleder mit der Patina vieler Dienstjahre, geformt von Disziplin und Pflichterfüllung. Beruhigend klopfte sie der Frau auf die Schulter. Die wich zurück, strauchelte und wäre rücklings hingeschlagen, hätte Lisa sie nicht aufgefangen. Die Frau roch nach ranzigem Öl und frischem Knoblauch.

»Geht's wieder?« Lisa ließ die Frau los, bückte sich und griff nach einem Laib Brot, sah ihre kurze kräftige Hand mit dem ovalen Mondstein und am kleinen Finger Richards Lapislazuli. Daneben, wie aus dem Nichts, Stiefel. Eckig abgenähte Kappen, schwarz mit weißen Senkeln, parallel geschnürt, zweifach zur Schlaufe geschlungen. Lisa wollte sich aufrichten, aber eine Hand im Nacken hielt sie unten, bei den Stiefeln, von denen sich nun einer langsam hob und noch langsamer senkte, scharf neben Lisas Hand, die den Brotlaib umklammerte, hinab auf den Eierkarton. Es knirschte. Lisa schrie, ließ das Brot los; die Hand, die sie eben noch nach unten gedrückt hatte, riss sie hoch, stieß sie weg.

Eine Frau rief etwas aus dem Fenster, eine zweite schrie zurück, aufgebracht, schrill. Lisa schüttelte sich, stolperte vorwärts, wischte sich die Schulter, wo die Hand sie gepackt hatte, weg mit dem Dreck.

Im Supermarkt, vom Wein zur Milch hastend, sah sie keinem ins Gesicht.

»Netz vergessen?«, lächelte die Kassiererin und griff nach einer Plastiktüte, doch Lisa riss ihr die Flaschen aus der Hand und verstaute sie in der Aktentasche. »Ist doch gratis«, murrte die Kassiererin verdutzt. »Für Sie doch umsonst.« Grußlos stürzte Lisa davon. Die Kassiererin sah ihr verärgert hinterher, ehe der nächste Kunde zur Eile trieb.

Für das kurze Stück nach Hause wählte Lisa nun eine breite, belebte Straße, vorbei an Läden, Kneipen, Kiosken und einer verödeten Tankstelle. Ein Videoshop würde einziehen, hatte Mehmet erleichtert erzählt, keine Konkurrenz.

Bei den Zapfsäulen hinter dem Bauwagen sprangen sie hervor, sperrten sie mit ihren Körpern ein. Ein grobgenarbtes Lederstück dicht vor Augen, konnte Lisa einzig die Schnürstiefel, khakifarbene Hosenbeine, schwarze und blaue Jeans erkennen.

»He!«, protestierte sie, zog die Aktentasche vor die Brust und versuchte einen Schritt vorwärts.

Bierdunst waberte auf. Gelächter. Speicheltropfen ausweichend, warf Lisa den Kopf nach hinten, stieß gegen Hartes, Glattes, wieder Leder. Eine Hand packte ihre Schulter. Aus den Augenwinkeln sah sie abgekaute Nägel, grobe Finger, rissige Haut.

»Lasst mich raus hier.« Lisas Stimme klang gepresst, aber beherrscht. »Was wollt ihr?«

Eine schweißige Hand legte sich von hinten auf ihren Mund. Lisa würgte, die Hand roch nach Tabak, Metall und Fisch. Die Tasche vor der Brust, Kopf zwischen den Schultern, den Rücken gekrümmt, stak Lisa in einem Verhau aus Fleisch und Knochen, sah nichts als stumpfe Metallknöpfe auf einem abgesteppten Lederstück, roch den beißenden Schweiß aufgeregter Männerkörper, hörte Autoreifen auf Asphalt, hastige, kurze Frauenschritte, ein Bus stoppte, fuhr an, Hundegekläff, Kindergeschrei, in der Ferne heulte ein Martinshorn. Vertraute Geräusche, sonst kaum wahrgenommen, drangen wie durch einen Verstärker an ihr Ohr.

»Idioten«, schrie ein Radfahrer klingelnd. »Hier ist Radweg! Macht eure dusseligen Spielchen woanders!«

Etwas stieß Lisa hart in die Rippen, riss die Tasche aus ihren Armen. Einer, der Größte, trat ein wenig zurück, die drei anderen rückten noch näher, ein Messer sprang auf. Es klirrte. Um Lisa wurde es wieder hell. Aus der aufgeschlitzten Tasche schlängelten sich rote und weiße Rinnsale. Ein gutes Stück weiter schlenderten vier stämmige Gestalten mit wiegenden Schritten davon, ohne Eile, junge Müßiggänger.

Die tropfende Tasche weit von sich gespreizt, lief Lisa nach Hause. Eine Nachbarin rief, Lisa keuchte an ihr vorbei, die Treppe hinauf ins Bad, nur weg von der Straße, der Tasche. Aufatmend setzte sie den nässenden Balg in die Wanne, schruppte sich die Hände und suchte im Spiegel nach den vertrauten Zügen der alten Lisa, Lisa vor einer Stunde. War sie das wirklich, diese Frau mit den hennaroten Haaren, den baumelnden Ohrringen, passend zum Mondsteinreif an der Hand, der Hand neben dem Eierkarton, neben dem Stiefel. Von dieser verschreckten Person wandte Lisa sich ab, als sähe sie etwas Unanständiges, ein Bild, das nichts zu schaffen haben durfte mit ihr.

Noch immer raste ein Insekt, das hinauszulassen sie am Morgen keine Zeit gefunden hatte, verwirrt und wütend gegen die Scheibe. Lisa riss das Fenster auf, der Wind fuhr in warmen Wirbeln durchs Zimmer, das Insekt verfing sich in den Vorhangfalten. »Hau ab!«, fauchte sie, fuchtelte die Wespe aus dem Stoff und ließ sich in einen Sessel fallen, der sie wie eine warme Mulde umgab. Vor nahezu dreißig Jahren hatte sie dieses Möbel mit Uwe vom Sperrmüll aufgelesen, den ganzen Weg auf der Demo – für Willy Brandt, gegen das Misstrauensvotum – mitgeschleppt in ihr erstes gemeinsames Zuhause. Zweimal hatten sie zusammen den

Sessel neu bezogen; nach der Scheidung hatte sie ihn zum Überziehen weggegeben, obwohl es noch nicht nötig gewesen wäre.

Lisa wühlte sich in den weichen höhlengrünen Samt, starrte auf die Raufasertapete zwischen einem Holzschnitt von Grieshaber und einem verblichenen Plakat mit Angela Davis. Darunter die silbergerahmte Mahnung, die Richard ihr zum Abschied geschenkt hatte: »Gehe ruhig und gelassen durch Lärm und Hast.«

In der Küche röstete sie Toast, schlug zwei Eier in die Pfanne und warf alles weg. Goss sich Wasser ein und drückte das kühle Glas an die Stirn. Seit Uwe ausgezogen war, hatte sie keine harten Sachen mehr im Haus, und Wein kaufte sie nur noch flaschenweise.

Lisa stand auf und spähte seitlich vom Vorhang auf die Straße. Ihre Freunde hatten recht. Das Viertel verkam immer mehr. Maisonne fiel durch die Scheiben. Lisa fröstelte. Sie griff zum Telefon.

Jenny, Freundin aus Studienzeiten, war leicht zu erreichen. Sie hatte ihren Job als Lehrerin quittiert und an der Seite ihres Mannes zufrieden in den Tag gelebt, bis der ihren Platz neu besetzte. Lösegeld: eine Boutique.

»Um Himmels willen!«, rief Jenny, kaum dass Lisa zu reden begonnen hatte. »Ist dir auch nichts passiert? Was erzählst du da? Wie hörst du dich an? Klingst ja wie im Fernsehen. Komm doch vorbei!« Dann, als die Freundin zögerte: »Nein, bleib im Haus. Ich komme zu dir.«

Wann immer es ihr passte, hängte Jenny das Schild »Geschlossen« ins Schaufenster, ihr Mann musste sowieso monatlich zweitausend Euro und die Miete überweisen.

Es klingelte. Lisa zuckte zusammen. Im Spion sah sie Jennys Gesicht, grotesk verzerrt. Hastig zog sie die Freundin herein.

»Hab ich dir nicht oft genug gesagt, das hier ist keine Gegend mehr für dich«, platzte Jenny heraus, stutzte, als sie Lisas Gesicht sah, schloss sie in die Arme und tätschelte ihr den Rücken.

»Aber darum geht es doch jetzt nicht.« Lisa machte sich frei, ging in die Küche, füllte Wasser in den Kocher.

»Lass mal«, sagte Jenny, »ich hab was Besseres«, stellte eine Flasche auf den Tisch und setzte sich auf den Stuhl am Herd. Hier, unter Gewürzregalen und Kräutersträußen, irdenen Krügen aus Griechenland und der Toskana hatte Lisa so oft und immer wieder von ihrer Scheidung gesprochen, bis das Unglück verbraucht, die Schmerzen in den Wörtern aufgegangen, der Mann zerredet war, geschreddert.

»Darum geht es wirklich nicht«, Lisa zog ihre Beine in den Schneidersitz und nahm einen Schluck. »Ich hab mich kleinkriegen lassen. Hörst du? In einem Augenblick. Ein Stiefel neben meiner Hand, und mit meiner Nächstenliebe war es vorbei. Ich bin aufgesprungen und gelaufen.«

»Wieso? Ich denke, die haben dich weggestoßen?«

»Ist doch egal. Nein, nicht egal. Ich war ja froh, dass sie mich weggestoßen haben. Was glaubst du, wie froh ich war, dass der Stiefel auf den Eiern stand und nicht auf meiner Hand.«

»Direkt human, was?«

»Du hast gut reden.«

»Und du hast keinen Grund, dich anzuklagen. Was hättest du denn machen sollen? Die hätten doch alles zu Brei getrampelt und euch beide dazu.«

»Trotzdem …«

»Trotzdem, was?«

»Wenn ich nur mit ihnen geredet hätte. Wenn sie nur mit sich hätten reden lassen. Aber die hatten nur eins im Kopf: mich kleinkriegen. Und das war's.«

»Reden, reden! Du hast wirklich nichts dazugelernt. Reden gegen Stiefel auf Eierkartons. Ja, ja. Ich weiß, ich weiß: Menschen sind nur grausam, weil sie unglücklich sind, und sie sind unglücklich, weil sie schlecht behandelt wurden, lieblose Eltern, verständnislose Lehrer, mieser Job oder gar keiner. Das haben wir doch intus!«

»Ja«, fiel Lisa der Freundin, deren Spott überhörend, ins Wort, »daran glaube ich immer noch. Sie s i n d grausam, weil sie unglücklich sind, sie w u r d e n roh erzogen und haben zu wenig Freundlichkeit in ihrem Leben erfahren.«

»Ach, du mit deiner Freundlichkeit! Deiner Theorie! Jetzt traust du dich noch nicht einmal mehr auf die Straße! Pah!« Jenny goss nach, dass es spritzte. Lisa sagte nichts. Gedankenverloren zog sie mit dem Zeigefinger Kreise und Schlaufen durch die Tropfen und sah die Freundin so lange an, bis diese die Augen niederschlug. Lisa glaubte an die Person hinter der Person, glaubte auch nach vielen Jahren als Lehrerin noch an das Zauberwort, das die Welt zum Singen bringt, nicht nur im Gedicht. Einen Menschen lesen wie ein Buch. Keinem der vier Stiefelträger hatte sie auch nur für Sekunden in die Augen sehen können.

Lisa stand auf und schaute auf die Freundin herab wie auf ihre Kinder in der Schule: »Wer von zu Hause nichts anderes kennt als Gewalt, der verwechselt am Ende sogar Gewalt mit Liebe. Wie oft fühlen sich Kinder erst ernst genommen, wenn sie zurechtgewiesen oder sogar geschlagen werden! Das ertragen sie immer noch besser, als überhaupt nicht beachtet zu sein.«

Jenny schnaufte verächtlich. Lisa brach ab. Hoffnungslos, gegen Jennys Sarkasmus anzukommen.

Die trank einen letzten Schluck, stellte das Glas hart auf den Tisch und erhob sich auch. »Schon wieder am Predigen? Na, dann geht's dir ja schon besser. Und jetzt auf zur Polizei.«

»Polizei?« Lisa setzte sich. »Und was soll ich da erzählen? Die Aktentasche ist das Einzige. Wirklich gesehen habe ich ja nur vier Paar Schnürstiefel. Und eine Hand mit abgekauten Fingernägeln. Die denken doch, die Alte spinnt.«

Jenny seufzte. Nun sah sie auf die Freundin herab: »Vielleicht hast du recht. Für die wird's erst interessant, wenn's Tote gibt oder wenigstens einen kleinen Brandsatz mit Sachschaden. Die richtige große Liebesgewalt.« Ironisch verzog Jenny ihren schmalen, blassgeschminkten Mund, zupfte die Manschette ihrer Bluse aus dem Ärmel und griff nach ihrer Handtasche: »Ich muss los, die Sörensen kommt nach sechs noch ins Geschäft, die braucht was Neues fürs Derby. Apropos Neues, gibt's Neues von Richard?«

Lisa zuckte die Achseln, nichts Neues. Zwei Monate noch, und Richard würde wieder in Deutschland sein, pünktlich zu den Sommerferien. Dass sie auf einen Brief wartete, behielt sie für sich. Von gutgemeinten Ratschlägen hatte sie für heute genug.

An dieser Stelle könnte ich die Deutsch- und Geschichtslehrerin in einem inneren Monolog das Geschehene an sich vorbeiziehen lassen, sie überlegen lassen, was sie richtig oder falsch gemacht oder hätte besser machen können. Ich verschone Sie mit derlei Gutgemeintem, möchte nicht in den Verdacht geraten, ich wisse nicht, dass gut gemeint das Gegenteil von Kunst ist – selbst, wenn ich es einer Lehrerin in den Mund lege.

Stattdessen ging ich hinunter zum Briefkasten – was, wohlgemerkt!, nicht zu der einfachen Geschichte, die ich gerade erzähle, gehört. Nur eine Karte von Jens, meinem Neffen: das Fußballstadion von Manchester United.

Kaum hatte ich mich wieder meiner Lisa zugewandt, klingelte das Telefon. Ob ich einen Augenblick Zeit habe, fragte die Schwägerin mit aufgebrachter Stimme.

»Na klar«, sagte ich. Ich war dankbar für die Ablenkung, und Kölner Augenblicke kommen selten vor einer halben Stunde zu Ende.

»Sitzt du?«, fragte die Stimme aus dem Hörer.

Ich machte es mir in meinem grünen Sessel – grün, nein, zu verwirrend, Lisas Sessel ist grün –, in meinem Sessel also machte ich es mir bequem. »Schieß los«, sagte ich, »übrigens, von Jens ist heute eine Karte gekommen.«

Schnauben aus dem Hörer, so laut, dass ich ihn gegen die Gardinen hielt. »Die muss er noch in Köln abgeschickt haben. Die sind nämlich schon alle wieder hier. Von wegen Klassenfahrt.«

Ich drehte die Karte um. Die Briefmarke: Paul Lincke statt Queen Mum.

»Und weißt du, warum?« Schon am ersten Abend im Jugendhotel, so die Schwägerin, hatten englische Schüler die deutschen als Nazischweine beschimpft. Mit Mühe konnten Lehrer und Personal Handgreiflichkeiten verhindern. Am nächsten Tag jedoch hätten die englischen den deutschen Jungen aufgelauert, sie angerempelt wie am Abend zuvor und auf sie eingeprügelt. Sogar die Lehrer, die dazwischen gegangen seien, kriegten was ab. Jens verstehe die Welt nicht mehr. Seit der ersten Klasse in Englisch eine Eins, nichts im Kopf als sein Anglistikstudium. Und seine Freundschaft für die Engländer. Er als Einziger habe das Wort »tick« überhaupt verstanden, »Naziticks«, »Nazizecken«, hätten die Engländer immer wieder gerufen. Völlig verstört reagiere der Junge auf alle Erklärungsversuche mit immer den gleichen Worten: »Aber sie wollten kein Wort mit uns reden. Wir sind doch keine Nazis. Wenn sie uns nur einen Augenblick zugehört hätten.« Ein Deutscher habe einen Zahn verloren, der englische Lehrer brauche eine neue Brille.

Die Stimme der Schwägerin flutete in langen Wellen an mein Ohr. Ich dachte an Lisa. Wie sie sich wohl fühlte? »Sie fühlte sich elend, müde. Nur noch schlafen, Decke übern Kopf bis der Albtraum vorbei war«, so ähnlich würde ich es schreiben.

»… freundlich sein«, hörte ich die Stimme der Schwägerin, »verständnisvoll. So haben wir Jens erzogen. Und wozu das Ganze? Damit ein paar englische Rowdys kommen und das alles kaputt machen. Hallo, hallo, bist du noch da?«

»Ich, ich …«, stotterte ich. »Ausnahme«, stieß ich hervor, etwas Besseres fiel mir nicht ein, »das war eine Ausnahme, musst du ihm sagen. Nur eine Ausnahme. Und Ausnahmen«, versuchte ich zu scherzen, »bestätigen die Regel.« Ich hörte mich reden wie auf einer Party, wenn ich irgendeinem Trottel den Unterschied zwischen »Worte« und »Wörter« erkläre und doch weiß, dass alle Liebesmüh umsonst ist. Zunge, Lippen, Zähne unbeteiligte Sprechwerkzeuge. Reden, um zu reden.

Aber meine Schwägerin hat ein feines Ohr. »Hör mal, wo bist du mit deinen Gedanken?«, fragte sie spitz und hängte bald ein.

Lisa hatte ich während meiner Pause vor den Fernseher gesetzt. Aus der »Tagesschau« erfuhr sie von einem Massaker in Afrika, einer Geiselnahme im Irak, nahezu hundert Toten bei einem Hurrikan auf Florida. In einem Dorf am Niederrhein war ein älteres Ehepaar in seinem Haus erschossen worden. Das Frühsommerwetter dauerte an.

Ich ließ Lisa die hellblaue, silbern bestickte Bluse überstreifen, von Richard aus Indien; sie zog die Lippen nach, tuschte die Wimpern und ging, ohne sich auch nur einmal umzusehen, die wenigen Schritte zu Mehmets Imbiss. Es war heiß dort und laut, überfüllt, türkische Männer jeden Alters saßen vor Teegläsern und Mokkatassen, ein paar Punks tranken Bier aus der Dose, Gesa war da mit ihrem Freund, dem Kunstschreiner, hier im Viertel konnten sie sich eine Werkstatt leisten. Auch die jungen Leute aus dem Computerladen nickten Lisa zu und steckten dann wieder die Köpfe zusammen, eine neue Software wollten sie entwickeln, Homepages für jedermann im Handumdrehen, das große Geld und dann ab auf die Insel.

Lisa hatte weder Hunger noch Durst. Sie setzte sich zu Mark und Maik, den Brüdern, die erst um Ostern im Viertel aufgetaucht waren und auf der Brücke am Jungfernstieg ihre Gedichte verkauften. Vor kurzem hatte sie ihnen hundert Kopien gemacht und sie nur mit Mühe zurückhalten können, ihr die Blätter, jedes einzeln, namentlich zu widmen. Mit ihren dichten Bärten und der wettergegerbten Haut sahen sie einander zum Verwechseln ähnlich.

»Hör zu«, sagte Maik, vermutlich der Ältere, in seinem dunklen Gekräusel zeigten sich erste weiße Fäden. Umständlich kramte er ein Blatt aus der Weste, schmuddelig wie alles, was er am Leib trug. »Die alte Frau in der U-Bahn«, las er und sah Lisa prüfend an. Immer neue Geschichten kramten die beiden auf die Frage, woher sie denn kämen, vor. Mal war der Vater ein Saufbold gewesen und hatte die Mutter mit vier kleinen Kindern sitzenlassen; mal im Heim aufgewachsen kannten sie weder Vater noch Mutter; dann wieder waren sie von zu Hause abgehauen, weil der Onkel sie missbraucht und der Vater dafür kassiert hatte. Anfangs hatte Lisa jeder Geschichte zugehört; hatte versucht, den Brüdern Arbeit oder wenigstens eine Unterkunft zu verschaffen, und nur zögernd und widerwillig hingenommen, dass die so und nicht anders leben wollten. Nur respektiert werden wollten sie. Sie und ihre Gedichte. Schnappschüsse aus dem Alltag, oft scharf beobachtet, mitunter sentimental. Genau hinsehen sollten sie, riet Lisa, kleine Ereignisse führten zu den großen. Pro Gedicht fünfzig Cent, das Dutzend für zwei Euro. Eine Tafel »Frisch eingetroffen« zeigte jedes neue Dichtwerk an. Das Geschäft lief gut, Stammkunden gab es auch schon.

MEIN KIND

Eine alte Frau in der Ubahn
Sie sprach mit sich selbst
Keiner hörte zu
Sie sprach mit sich selbst
und lachte immer
Warum Leute so sprechen

mein Kind, willst du wissen
Wenn Menschen allein sind
sprechen sie mit sich selbst
Viele Menschen meinst du
mein Kind, waren da in der Ubahn
Wenn Menschen nicht zuhören
sind sie nicht da
Dann muss die alte Frau
immer lachen immer plappern
nur mit sich selbst
damit sie nicht anfängt
zu weinen
mein Kind, so wie du
wenn du Angst hast
allein im Dunkeln.

Hätte sie nur mit den Rowdys reden können! Schließlich, was war denn schon geschehen? Sechs Eier, Milch und eine Flasche waren zu Bruch gegangen. Die alte Frau, die Stiefel, die Tasche.

Lisa musste eine und noch eine Tablette nehmen, ehe sie Schlaf fand. Nachts schreckte sie hoch, die Decke kalt, verschwitzt, der Geruch von Stiefelleder war ihr in die Nase gefahren, Leder und Staub, fischige billige Eier, schleimig in zerstampfter Pappe.

Alles war wie gerade geschehen, als Lisa am nächsten Morgen die Aktentasche in der Badewanne sah. Herzklopfen, fliegende Glieder. Sollte sie sich krankmelden? Doch dann warf sie die fleckig getrockneten Bücher in einen Bastbeutel und ging zur U-Bahn.

Fast inbrünstig konzentrierte sie sich auf den Unterricht,

genoss das Frage-und-Antwort-Spiel im Leistungskurs Deutsch, wo es um Schillers Satz »Bestimme dich aus dir selbst!« und die »Pflicht zur Selbstveredelung« ging, und ließ zwei Stunden später den Sklavenaufstand des Spartakus so lebendig werden, dass die Klasse beinah das Pausenzeichen überhörte. Im Lehrerzimmer machte Lisa von dem Gedicht der Brüder wieder Kopien und verkaufte etliche an Kollegen.

Wie immer nahm sie eine spätere U-Bahn, die Schüler waren dann schon fort. Zufrieden machte sie es sich auf ihrem Fensterplatz bequem. Im Wagen nur noch eine Frau mit Kinderwagen, ein alter Mann, dem die Nase auf den verfilzten Pullover tropfte, und zwei ältere, gut gekleidete Frauen, die miteinander tuschelten und den Alten voller Abscheu musterten. Schließlich griff die Stattlichere der beiden in die Handtasche, stand auf und drückte dem verdutzten Mann ein Tempotaschentuch in die Hand: »Nase putzen!« Der führte das Taschentuch an die Augen und begann zu sabbern. Die Frauen wandten sich ab.

Lisa tastete nach den Kopien in der Tasche. Sie würde neuen Rotwein kaufen und Maik und Mark zu einem Glas einladen.

Als sie ausstieg, standen sie da, als wollten sie einsteigen. Vielleicht war alles nur Zufall, und sie hatten wirklich einsteigen wollen, doch nun schlossen sie Lisa wie gestern zwischen ihre Körper, drängten sie zur Treppe, zum Ausgang, rissen an ihrem Beutel. »Aktentasche, wo ist die Aktentasche?«, glaubte sie zu hören, oder zischten sie ihr nur ss-Laute in die Ohren, Laute, die wie Scheiße klangen, oder war es ihr Name, den sie herausrülpsten? Dann waren sie fort, ein Spuk in Springerstiefeln.

Keine Sorge: Ich unterbreche die einfache Geschichte hier nur, um Ihnen zu berichten, dass mich Jens einen Tag nach meinem Gespräch mit seiner Mutter anrief und mir seine Geschichte selbst erzählte. Er würde sie noch oft erzählen müssen, ehe er davon loskäme, die Geschichte von ihm loskäme und zu einem Lehrstück würde, das man noch seinen Enkeln erzählt. »Schreib ihnen«, riet ich ihm, »schreib ihnen einen Brief. Dem, an den du dich am besten erinnerst, dem, der dir am meisten Angst gemacht hat, dem, auf den du die größte Wut hattest. Schreib ihnen alles, was du ihnen nicht sagen konntest. Eure Fäuste dürfen nicht das letzte Wort behalten. Wir dürfen nicht aufhören, miteinander zu reden – und wenn es erst mal nur auf dem Papier ist. Sicher hat dein Lehrer die Adresse, und dann schickt den Brief an die englische Klasse. Lass alle unterschreiben.«

»Cool«, bedankte sich Jens, »ich schick dir eine Kopie.«

So ungefähr lief das ab zwischen Jens und mir, und ich fühlte mich moralisch auf höchster Höhe, goss mir nun auch ein Glas Rotwein ein und setzte mich wieder an meinen Laptop. Warum sollte Lisa jetzt nicht das Gleiche tun?

Wenn sie schon nicht mit mir reden wollen, sollte ich ihnen schreiben, dachte Lisa, und bei nächster Gelegenheit den Brief in die Hand drücken. Sie schob die Aufsätze des Leistungskurses Philosophie beiseite – »Die Welt als Wille und Vorstellung« –, brühte einen Tee und klappte das Notebook auf. Sie schrieb bis spät in die Nacht, unterbrach nicht einmal für die »Tagesschau«. Wog jedes Wort, kehrte jeden Satz in sein Gegenteil, seit ihrer zweiten Lehrerprüfung hatte sie so nie wieder geschrieben, nicht einmal, als Uwe nicht mehr hatte reden wollen und sie endlose Briefe verfasste, unwiderlegbare Argumente, warum es besser für ihn sei, bei ihr zu bleiben. Ganz falsch, hatte der Psychologe später gesagt, von Ihren Gefühlen müssen Sie reden, nicht von denen, die der andere haben sollte.

Was sie hörten, sähen, dächten, wollte sie wissen, was ihnen schmecke und ihnen das Liebste sei. Die Welt mit ihren Augen sehen. Verstehen. Lisa, die Lehrerin. Zehn Seiten warf der Drucker von der ersten Fassung aus; kurz vor Mitternacht war es nur noch eine, und Lisa ging schlafen, erschöpft und zufrieden.

Sie kamen nicht am nächsten und nicht am Tag danach. Lisa begann zu warten. Einmal lief sie beim Bahnhof einer Ballonjacke mit Totenkopf hinterher, zupfte den Träger beim Ärmel. Der zeigte ihr ein blasses, pockennarbiges Gesicht, knurrte: »Zieh Leine, Alte«, und Lisa stammelte eine Entschuldigung.

Hier muss ich wieder unterbrechen, denn es verstreicht einige Zeit in meiner einfachen Geschichte. Was tun? Eine Liebesgeschichte ließe sich erzählen, etwa von meiner Freundin, sie ist und bleibt eine Spielernatur, immer mit vollem Einsatz. Sicher würde Sie die Geschichte von ihr und dem Neuen, der diesmal für sie der Einzige war, weit mehr erfreuen als der Bericht über eine Lehrerin und ein Grüppchen rechter Rabauken. Und Freude machen – sagt Thomas Mann –, Freude machen soll eine Geschichte. Liebe beginnt in Gärten und Parks, wenn die Sonne die weiten Wiesen und sandigen Wege verlassen hat, der Geruch des Schattens vom Boden aufsteigt und das erste trockene Laub unter den paarweisen Füßen raschelt. Solche Sätze wärmen wie ein Schluck Tokayer. Aus meiner einfachen Geschichte riecht es bestenfalls nach Bier. Aber es wäre der Freundin sicher nicht recht, träte ich hier breit, was sie mir unter vier Augen anvertraute. Bitte gedulden Sie sich also, bis es mit der einfachen Geschichte weitergeht. Auf dem Papier: jetzt.

Fast zwei Wochen hatte Lisa den Brief in ihrer neuen Aktentasche mit sich herumgetragen, als sie hinter der Litfaßsäule beim U-Bahnausgang auftauchten, sie umschlossen und ihr die Mappe wieder entreißen wollten. Lisa, wie sie es sich viele Male vorgestellt hatte, hielt fest und zwang ihre Stimme zur Ruhe: »Ich hab was. In der Tasche. Für euch. Bitte!«

Wortlos drängten die vier Lisa an den Rand eines Grünstreifens, der Lange riss ihr die Tasche aus der Hand und kippte den Inhalt zwischen die Büsche.

»Der Brief!«, rief sie. »Der Brief«, sie hielt ihn hoch über den Kopf. »Für euch!« Vier Hände schnappten nach dem Papier.

»Was ist denn hier los?«, näherte sich ein Mann in der Uniform der Verkehrsbetriebe. Verstört sah Lisa auf. Die vier waren schon die Treppe zur U-Bahn hinunter.

»Nichts«, sagte sie, die letzten Hefte verstauend, »ein Missverständnis.«

Noch am selben Abend flog der Stein durchs Fenster, umwickelt mit Lisas Brief. »Fotze«, quer über das Blatt geschmiert. Dazu eines von Maiks und Marks Gedichten, das neue, von der alten Frau in der U-Bahn. Von oben bis unten mit »Scheiße« bekritzelt. Lisa, beim Anblick ihres Briefes von Trauer und Wut gepackt, bekam jetzt Angst um die Brüder. Sie hatte die beiden in ihrem Brief erwähnt: auch am Rand der Gesellschaft könne man anständig leben.

Sie verklebte das Loch mit ein paar Lagen Frischhaltefolie und lief zu Mehmet. Maik und Mark saßen an einem der wackligen Tische und ließen sich feiern. Lisa wurde mit Hallo empfangen, die Brüder rückten zusammen. Ihre Geschichte strahlte mit jeder Wiederholung heldenhafter. Kurz nach zwölf seien vier Kerle aufgetaucht, wie aus dem Nichts, hätten das Tischchen mit den Gedichten umgekippt, ein paar Bogen gegrapscht, lautlos alles, blitzschnell und ohne ein Wort. Baseballschläger hätten sie gehabt, aber nur der Längste hätte auf den Tisch gedroschen, ehe die vier davongesprungen seien. Die zerstreuten Blätter hätten empörte Passanten mit ihnen aufgelesen, sogar abgekauft.

»Nach einer halben Stunde war die ganze Edition weg«, brüstete sich Maik, »mehr als hundert Euro, wenn das kein Stundenlohn ist.« Die Männer in Mehmets Imbiss lachten, als wären die böse Tat und das gute Ende ihnen selbst widerfahren. Lisa umarmte die Brüder, einen nach dem anderen und wieder von vorn. Wie sie ausgesehen hätten, die vier, wurde sie nicht müde zu fragen, vor allem ihre Gesichter.

»Willst du einen Steckbrief herausgeben?«, spottete Maik, alles sei viel zu schnell gegangen. Am besten könne er sich an die Hand mit dem Baseballschläger erinnern: die Finger über und über mit Ringen bestückt.

Anderntags sah Lisa nach der Schule beim Glaser vorbei, auch ein Stammgast bei Mehmet. Er versprach, die Scheibe noch am Abend einzusetzen, wenn Lisa das Glas gleich mitnehme; er müsse dann von der Baustelle nicht noch einmal in die Werkstatt. Sorgfältig klebte er Wellpappe um die Kanten und wickelte das Ganze noch mal in Packpapier.

Seit Tagen war es sommerlich warm, die wenigen Fußgänger schlichen im Schatten der Häuserwände. Längst mied Lisa die schmale Straße nicht mehr, wo sie den Stiefelträgern zum ersten Mal begegnet war, und nahm diese Abkürzung auch heute. Jetzt, in der Mittagszeit, waren die Fenster geschlossen, Vorhänge zugezogen, Rollläden runtergelassen. An einer Satellitenschüssel baumelte ein zerrissener Papierdrachen, die dünnen Holzstäbe klapperten gegen die Mauer. Die Straße war menschenleer.

Lisa hörte das Schmatzen der Stiefelsohlen auf dem weichen Asphalt zu spät. Eine feuchte Hand stülpte sich hinterrücks über ihr Gesicht, drückte ihren Kopf zurück und presste ihn zwischen Brustkorb und Oberarm. Erst beim Tritt vors Schienbein brach Lisa aus ihrer Erstarrung, ließ die Aktentasche los, packte die Scheibe mit beiden Händen, kippte sie schräg und rammte sie, ihren Körper in einer Drehung nach hinten reißend, dem Angreifer entgegen, fühlte weichen Widerstand und wie der Widerstand nachgab, als sie dem Weichen näher kam, mit der Scheibe näher kam, wie das Messer dem Brot näher kommt, wenn es hineinfährt. Einer schrie auf, vor Lisas Augen wurde es wieder hell, ihr Mund wieder frei.

»Reden!«, rief sie. »Ihr müsst doch endlich mit mir reden!« Etwas riss an ihren Händen, Glas brach, klirrte, die Scheibe wunderbar leicht, ein Körper sackte vor ihr zusammen, Hartes, Gezacktes mit sich niederreißend, Scharfes, das an Lisas Beinen entlangschnitt. Sie sprang zurück, hörte sich aufheulen, hörte ein Aufheulen, zweistimmiges Heulen, eine Hand streckte sich nach der ihren, jemand trat in ihre Kniekehlen. Lisa ging zu Boden und sah nun ein Gesicht, das dem ihren näher kam, verzogen, als wolle es weinen. Die Augen des Jungen waren rotgeädert, wehrlose

Augen voller Furcht und Erschrecken. Jeder las das eigene Entsetzen in den Augen des anderen.

Die Geräusche um Lisa erstarben, sie wollte sprechen, doch die Worte würgten sie wie in einem Albtraum. Und ehe der Tritt ihren Kopf traf, sie nach vorn warf in das gezackte Glas aus den Eingeweiden des anderen, hörte sie sich lallen: »Reden«, dann machte der Stiefel sie stumm.

Als ich die Geschichte nach Wochen wieder las, meldete sich mein Alter Ego: Weiter als deine Figuren bist du nicht gekommen. Genauso sprachlos wie sie. Die richtige fesche Grausamkeit, Auftakt für einen Samstagabendkrimi. Die Welt ist schlecht und du im Einklang mit dem missgelaunten Pessimismus, der sich als intellektuell ausgibt. Angst, was? Vor Sentimentalität? Dem Vorwurf der heilen Welt? Bloß keine Perspektive. Von einem guten Ende ganz zu schweigen. Ich denke, es ging dir ums Reden, miteinander Reden. Können die überhaupt reden? Was kommt dabei heraus, wenn die anfangen zu reden?

Okay, okay. Ich versuch's noch mal. Also: Lisa kommt aus der Kneipe und …

Zu Hause nahm Lisa den Stein und die verschmierten Bögen noch einmal aus dem Papierkorb, glättete die Zettel, studierte die wirren, ungelenken Krakel, als gälte es, ein Orakel alltagstauglich zu machen.

Entschuldigung, fast hätte ich's vergessen: Inzwischen war da auch eine E-Mail von Jens: euphorisch. Er hatte einen Brief aus Manchester bekommen mit einer neuen Einladung.

Lisa hatte die Botschaft übersehen. »St. Georg«, las sie, »Park, elf Uhr.« Lisa kannte den schäbigen Fleck vor der Kirche, ein paar Klettergerüste standen dort herum, eine Wippe, ein verdreckter Sandkasten; Kinder spielten da längst nicht mehr. Der Platz war ein Treffpunkt für Leute, denen alles egal, alles längst in die Brüche gegangen war, arme Teufel an der Flasche oder Nadel.

Lisa sah auf die Uhr: Mit dem Fahrrad konnte sie es noch schaffen. Ruhig atmen, befahl sie sich und versuchte, während sie hier einem Linksabbieger, dort einem entgegenkommenden Radfahrer auswich, sich die Begegnung vorzustellen, Sätze zurechtzulegen, so wie sie es als Referendarin getan hatte, bevor der Schulrat kam.

Sie stellte ihr Fahrrad am Bahnhof ab, wo zwei Taxifahrer um einen Fahrgast stritten. Bei jedem Schritt, den sie auf den Park zuging, verstärkte sich dieses erwartungsvolle, forschende Lächeln, das ihr eigen war, wenn sie dem besten Schüler eine besonders verzwickte Frage stellte und sich in Gewissheit einer guten Antwort schon im Voraus freute.

Anders als gewöhnlich, wenn sich auf den Bänken hohläugige, fiebrige Nachtgestalten drängten, war heute niemand zu sehen. Der Platz von Abfällen übersät, Papierfetzen und Plastikbecher, Zigarettenschachteln, Stücke von Autoreifen, eine verbogene Sandale. Die schmächtigen Kastanien hatten das kümmerliche Aussehen der Umgebung angenommen.

Ihre Schatten tauchten aus dem Licht der Straßenlaterne, platzten zwischen die Stangen vom Klettergerüst. Lisa fühlte ihr Lächeln bröckeln. Ihre Augen klammerten sich an eine Tüte, die ein Lüftchen in den Zweigen einer abgeblühten Forsythie sacht bewegte.

Die vier standen dicht beieinander, so dicht, dass sich ihre Schultern brüderlich berührten. Blieben reglos stehen und zwangen Lisa, auf sie zuzugehen.

»Angst, Mutti?« Eine näselnde, hochmütige Stimme. Lisa konnte nicht ausmachen, zu wem sie gehörte. Sie tat ein paar Schritte vorwärts. Ja, Angst. Und dazu noch die Sorge, man könne ihr diese Angst nicht nur ansehen oder anhören, sogar riechen, fürchtete sie, könne man ihre Angst.

»Ja«, sagte Lisa. Jetzt konnte sie jedem ins Gesicht sehen. In die Augen. Niemals sollst du bösen Hunden in die Augen sehen, hörte sie die Stimme der Mutter. Lisa hielt den Augenpaaren stand. Kaum herausgebracht hatte sie dieses Ja, obwohl die Gestalten aus der Nähe ihre düstere Magie verloren. Vier junge Männer, Jünglinge hätte man sie in einem früheren Jahrhundert genannt, einzeln kaum von anderen ihres Alters zu unterscheiden. Ziemlich dick der eine, die aschblonden Strähnen aus der Stirn gekämmt; zwei andere kräftig und eher untersetzt. Schmuddelige Häkelmützen, die Lisa an erste Handarbeitsstunden erinnerten. Jacken, die sie schon gerochen und getastet hatte, billiges Leder, Reißverschlüsse und Nieten. An dem hoch aufgeschossenen, bleichen Typen erkannte Lisa den schwarzen Plastikblouson wieder, dessen Brust als Gegenstück zum Totenkopf im Rücken zwei gestickte Gerippe schmückten, Fingerskelette, die einander entgegenstrebten wie zu einem Händedruck. Das Gesicht, viel zu ernst für sein Alter, da konnte man Lisa nichts vormachen, war blass und mager. Nicht krank, aber elend sah der Junge aus, so, als sei er krank gewesen und jetzt nur noch wütend, nie wieder ganz gesund zu werden. Knapp über den Brauen wuchs dunkelschwarzes, fettiges Haar.

»Angst?«, wiederholte er und lachte, rostige Kehllaute, die jäh abbrachen. Leicht zur Seite gekrümmt, klopfte er nachlässig mit einem Baseballschläger gegen den Stiefel. Metall blitzte auf, als er die Rechte auf die Knochenhand legte, Zacken, Strahlen, kantig geschliffenes Glas; vier beringte Finger, gefährliche Waffen.

Lisa nickte. Je mehr die vier von ihrer Spukhaftigkeit verloren, desto wirklicher und gewöhnlicher, aber auch bedrohlicher wurden sie. Sie waren keine Zeitungsmeldung, keine Figuren in einer Statistik »Unsere Jugend«. Diese Kerle waren leibhaftig, und die Gefahr, die von ihnen ausging, war es auch. Hier war nichts vorhersehbar. Unberechenbar jeder Einzelne. Kein Psychodrama mit verteilten Rollen.

»Dann hau doch ab«, nuschelte der Lange. Jetzt erst bemerkte Lisa die Narbe zwischen Nase und Oberlippe, die sich zu kurz und zerklüftet straff über die Zähne spannte. Sobald er den Mund aufmachte, zuckte die Lippe unter die Nase und entblößte zwei lange Zähne im Kieferfleisch.

Auch die anderen klopften nun mit ihren Baseballschlägern gegen die Stiefel, es klang aufsässig, wild in dieser rhythmischen Einigkeit. In jeder Faser ihres Körpers spürte Lisa den widersprüchlichen Impuls: Flucht oder bleiben und reden. Ein Bein zuckte nach vorn, ihre Schulter nach hinten, ein merkwürdiges Zittern lief durch ihren Körper, was der Lange mit einem vorderzähnigen Grinsen quittierte, das Lisa an die Schokoladenhasen ihrer Kindheit erinnerte.

»Wette verloren!«, mischte sich nun der Dicke ein. »Siehst du, sie ist gekommen!« Seine Stimme röhrte aus der Masse Fleisches wie die eines alten Mannes; er schnaufte voller Genugtuung, verzog die fetten Wangen zu einer breiten

Grimasse und reckte aus der wabbligen Haut dem Langen sein Kinn entgegen; breitbeinig, den Arm mit dem Baseballschläger in die Hüfte gestemmt, stand er zwischen den Untersetzten, die ihr Trommeln einstellten und nun die Schläger locker hängen ließen. Nur der des Langen pochte noch gegen das Stiefelleder, ein Geräusch, das sich so allein nun harmlos, beinah kläglich ausnahm. Gespannt sahen die beiden ihn an.

»Ja, verloren!«, bekräftigte der Kleinere mit einer Stimme wie zerkratztes Eisenblech. Lisa hatte ihn für einen starken Kerl gehalten. Jetzt sah sie, unter der klobigen Lederjacke hielt sich ein ausgezehrter Körper nur mühsam aufrecht. Auch der andere machte nun den Mund auf, schluckte, verschluckte sich. Der Lange war schneller: »Verpiss dich, Alte«, wiederholte er mit schwerer Zunge; die Zischlaute durch den weiten Spalt seiner Schneidezähne machten seine Worte fast unverständlich.

»He«, brachte der andere heraus, der jetzt mit seinem Anlauf fertig geworden war. »Hehe. Soso ab aber nicht, du du.«

Lisa sah in an. »Können wir nicht reden?«, flüsterte sie gepresst.

»Scheiße quatschen, was?« Oberlippe, Schneidezähne, Zunge des Langen verbanden sich zu einer näselnden, nässenden Gießkanne, die feinen Speichelregen verstäubte. »Zieh Leine, Tussi.«

Nur nicht mit der Hand ins Gesicht, dachte Lisa.

»Lass sie doch!« Der Dicke griff in die Jackentasche, fingerte nach einer Zigarette, ein Feuerzeug klickte. Lisa, Nichtraucherin schon seit einiger Zeit, sog jetzt den Geruch, der ihr sonst zuwider war, begierig ein: »Kann ich auch eine haben?«

Wortlos griff der Dicke nach der Schachtel, wortlos zwang ihm der Lange den Arm hinunter. Der schüttelte die klammernde Hand ab, kehrte sich mit einer schroffen Bewegung weg und ließ – eine beinah elegante Drehung aus der Hüfte heraus – seinen Baseballschläger wie aus Versehen vor das Schienbein des Langen krachen.

Lisa sah, wie der das Gesicht schmerzhaft verzog und doch tat, als sei alles in Ordnung.

Dann sauste der Schläger des Dicken gegen die Stange vom Klettergerüst. Ein bösartiger, lang nachhallender Knall. Der Lange, gleich neben der Stange, machte einen Satz zur Seite.

Umständlich drückte der Dicke die kaum gerauchte Zigarette mit der Stiefelsohle aus und schob sie vom festgetretenen Sand in die Sträucher. Lachte auf, ein keuchendes, freudloses Bellen, das ebenso abrupt wieder abbrach.

Noch einmal klackte sein Schläger gegen das Klettergerüst: »Wette verloren, Alter. Und jetzt soll sie reden. I c h hab die Wette gewonnen.« Er sah die beiden anderen an. »W i r haben die Wette gewonnen. Das Sagen haben jetzt wir. Sie soll reden!«

»Reden? Wie quatschst du mit mir?« Der Lange, fast einen Kopf größer als die anderen, richtete sich auf und trat auf den Dicken zu. Der verteidigte breitbeinig seinen Platz. Unschlüssig, abwartend sahen die andern zu.

»Hört mal«, Lisas Stimme gewann Festigkeit »Wir sollten wirklich reden. Das wolltet ihr doch auch. Hier! Habt ihr doch selbst geschrieben.« Ihre Hand mit dem Stein und der Nachricht war ruhig. Fast körperlich spürte sie das Bröckeln der Gruppe. »Kommt, wir gehen rüber ins Gnosa. Ich lad euch ein.«

Das beifällige Murmeln der Häkelmützen ging im Wutschnauben des Langen unter. »Könnt dir so passen! Ihr haltet jetzt die Schnauze! Alle! Und du haust ab. Kapiert?«

»Hauscht ab, kapiert?«, äffte der Dicke den Langen nach. »Du hast hier gar nichts mehr zu sagen. Wenn einer die Schnausche hälsch, dann du!«

»Hier kann jeder sagen, was er will!«, stieß die kratzende Stimme der Häkelmütze hervor, wie ein Schüler, der allen Mut für eine kühne Antwort zusammenrafft.

»Und und und ge he he hen auch!«, stieß sein Kumpel nicht minder erregt hervor. Lisa sah, wie die beiden ihre Baseballschläger umklammerten.

»Ich geh dann schon mal«, sagte sie, rührte sich aber nicht von der Stelle, fühlte, wie der Lange jeder falschen Bewegung von ihr entgegenwitterte. »Also dann.«

»Ihr bleibt hier!«, kommandierte der Lange.

Lisa trat auf den Langen zu, der ihr den Weg zu versperren suchte, »Hau ab!« zischte, aber zwischen ihm und den Turnstangen genau soviel Platz ließ, dass Lisa sich vorbeischieben konnte, ihn fast berührte. Aus den Augenwinkeln sah sie, wie die beiden Häkelmützen den Blick des Dicken suchten, der Anstalten machte, ihr zu folgen. Hinter ihr stiegen die erbitterten Stimmen der vier in den Nachthimmel. Das geübte Ohr der Lehrerin konnte sie schon auseinanderhalten. Dann krachte es. Ein Aufschrei. Schreie. Geschrei.

In der Straße war es hell, Licht von Kneipen, Cafés und Läden, Leute schlenderten in Gruppen, hin und wieder ein Mann allein, eine Frau in silbern leuchtenden, engen Hosen. Vor einem Schaufenster blieb Lisa stehen, schaute in die Auslage, Bücher, die leichte glückliche Leben verhießen.

In der Scheibe suchte sie ihr Spiegelbild, schnitt sich eine Grimasse und noch eine, probierte ein Gesicht nach dem anderen. Schnippte mit dem Daumen gegen das Glas und ging weiter.

Im Gnosa bestellte sie Bier und Korn und noch einen, merkte, dass sie noch immer das Gesicht verzog.

Kurz vor Mitternacht, nach dem dritten Korn, zahlte sie und ging.

Ich ging auch. Einmal um die Alster. Sollte ich hier Schluss machen und die fünf ihrem Schicksal überlassen? Der Phantasie ihrer Leser? Die aus meiner Geschichte ihre Geschichte machen, sie weiter um- und überschreiben können. Lesen, als hielte man eine Flamme an einen bereitwilligen Docht. Geschichten mit einem offenen Ende lassen einen so schnell nicht los. Mich auch nicht. Erzählen ist Schicksal spielen.

Unter »Lokales« berichtete das »Morgenblatt« am nächsten Tag von Jugendlichen, die nach einer Schlägerei ins St.-Georg-Krankenhaus eingeliefert worden seien. Lisa war mit Korrekturen beschäftigt und warf diesen Teil der Zeitung ungelesen beiseite.

War ich jetzt zufrieden? Offenbar nicht, die Geschichte wollte weiter.

Unter »Vermischtes« las Lisa am nächsten Morgen in der Zeitung von Jugendlichen, die nach einer Schlägerei ins St.-Georg-Krankenhaus eingeliefert worden seien. Einer sei schwer verletzt.

Machte sie sich etwas vor, als sie nach der Schule nicht ihre U-Bahn nach Hause nahm, vielmehr, wie aus Versehen, in eine Linie stieg, die vor dem Krankenhaus hielt? An der Rezeption zu erfahren, wo der Verletzte lag, war einfach, niemand behinderte sie auf dem Weg zur Station in das Zimmer. Es war der Lange. Fast unkenntlich unter den Bandagen, hing er an Schläuchen und Kanülen. Endlich hatte er auch einen Namen: Martin Kopper, sagte das Schild am Fußende des Bettes.

Eine Schwester steckte den Kopf durch die Tür: »Sind Sie die Mutter? Gut, dass mal einer nach dem Jungen sieht.«

Martin Kopper hatte die Augen geschlossen. Unter seinen Verbänden und Sonden war er in diesem geschundenen Zustand so unantastbar wie auf der Straße. Er atmete leicht, scheinbar mühelos, kaum hörbar.

»He«, sagte sie und beugte sich ihm entgegen: »Wenn du wach wirst, reden wir aber miteinander.« Dann saß sie, reglos wie der Kranke, neben seinem Bett.

Wie lange sie so gesessen hatte, wusste sie nicht, musste wohl auch weggedämmert sein, als ein Geheul sie aufschreckte, unheimlich, unmenschlich. Lisa sprang hoch, sah sich um; doch das Heulen wühlte sich aus dem Brustkorb des Jungen im Bett, heulte sich die Luftröhre hoch in den Rachen, ging über in ein Schnaufen, Pusten, das die Wangen unter dem Mull aufblies und zusammenzog, ein unbarmherzig keuchender Blasebalg. Eine Schwester stürzte herein. Wieder die Frage: »Sind Sie die Mutter?« Die Schwester drückte die Tasten ihres Notrufgeräts. Die Atemzüge wurden kürzer, stärker, dann schwächer, nur noch ein winselndes Pfeifen durch die Lücken zwischen den entblößten langen Vorderzähnen. Die kurze Oberlippe jetzt fest unter die Kanülen aus den Nasenlöchern gepresst. Weit offen die Augen.

Hastige Schritte, Stimmen auf dem Flur. Der Arzt riss die Tür auf. Lisa drückte sich an ihm vorbei, rannte blindlings den Gang entlang, ins Freie.

Zufrieden? Nein. Warum rannte Lisa jedesmal weg? Warum wollte sie die Geschichte einfach nicht zu einem guten Ende bringen? Aber ich tat ja auch nichts dazu. Wirkt das Tabu einer »Moral von der Geschicht'« wirklich so lähmend auf die Phantasie?

Ich setzte Lisa noch einmal an Martin Koppers Bett.

Martin Kopper hatte die Augen geschlossen. Lisa hätte ihn gern berührt, aber er schien unter seinen Verbänden und Sonden so unantastbar in seinem zerschundenen Zustand wie auf der Straße. Er atmete leicht, scheinbar mühelos, kaum hörbar. Die Luft war stickig, doch ein Fenster aufzumachen wagte Lisa nicht. Sie trug den Stuhl ums Bett herum, dorthin, wo eine Hand Martins beinah frei auf der Bettdecke lag. Die Kanüle steckte oberhalb des Handgelenks auf der Innenseite des Arms. Die abgekauten Nägel zeigten zur Decke; seine Ringe hatte man ihm abgenommen. Vorsichtig schob Lisa ihre Hand unter die des Jungen.

Eine Schwester steckte den Kopf durch die Tür: »Sind Sie die Mutter? Gut, dass mal einer nach dem Jungen sieht. Das Schlimmste ist überstanden.«

Martins Atemzüge wurden unruhiger, seine Füße streckten sich, er schlug die Augen auf. Schließlich sah er Lisa. Sein Blick schreckte zurück, kam wieder, Erkennen weitete die Pupillen. Martin ächzte, suchte seine Oberlippe über die Zähne zu ziehen. Lisa legte einen Finger auf die Lippen. »Nicht reden«, formte ihr Mund lautlos. Martin ließ die Augen wieder zufallen. Seine Hand in der Rechten Lisas zuckte ein wenig. Lisa beugte sich noch weiter vor und wölbte ihre Linke über die beiden Hände, als besiegele sie einen Pakt.

Ich unterbreche noch einmal: Hätten Sie lieber gelesen, Lisa wäre zur Polizei gegangen? Hätte sich die Jungen gemeinsam mit Mehmet und seinen Freunden vorgeknöpft? Oder sie wäre zu Richard nach Indien geflogen? Oder was?

Glauben Sie mir, Tania Blixen hat recht: »Wenn du erst weißt, wie die Dinge wirklich sind, kannst du keine Geschichte mehr aus ihnen machen.«

Wilhelm und die Musik

Schon in den ersten Lebensmonaten Wilhelms, ja, gleich nach seiner Geburt, machten sich erstaunliche Eigenheiten bemerkbar.

Schwenkte man eine Rassel vor seinem runden Kinderkopf, jauchzte er nicht wie andere Kinder vor Freude laut auf und grapschte nach dem seltsam verlockenden Gebilde, nein, er kreischte wutentbrannt, lief krebsrot an und mühte sich, mit seinen Säuglingsfäusten das Deckbett über die Ohren zu ziehen. Versuchte die Mutter, ihn in den Schlaf zu singen, schrie Wilhelm sie nieder. Und als die Schwestern einmal nach Kleinkinderart aus voller Kehle juchzend auf ihn zustürzten, verschluckte sich Wilhelm an seinem Gebrüll derart, dass man um sein Leben fürchtete. Daraufhin zu äußerster Vorsicht im Umgang mit dem Bruder ermahnt, verloren die Schwestern jegliches Interesse an dem Neuzugang, so dass der Vorfall sich nicht wiederholte. Und da zudem diese Eigentümlichkeiten Wilhelms Entwicklung nicht beeinträchtigten – er bekam pünktlich Zähne und stellte sich zu gegebener Zeit auf eigene Beine –, nahm man sie ohne Bedenken hin, früher Ausdruck einer starken Persönlichkeit.

Erst als Wilhelm sich bestenfalls Mama, hamham, seltener Papa oder Aa abringen ließ und sich weiterhin allen

Geräuschen, seien sie von Tieren, Menschen oder Geräten erzeugt, abhold zeigte, begann man um seinen Geisteszustand zu fürchten.

Ärzte und Therapeuten waren ratlos, wies doch Wilhelm alle altersgemäßen Reflexe und Reaktionen auf, und so mahnten sie die Eltern zu Geduld und vertrösteten sie auf später. Mit Recht. Es geschah in der U-Bahn, dass eine Frau in mittleren Jahren mit pädagogischem Haarschnitt und Baskenmütze eine spitze Tüte aus der Tasche zog. Wilhelm saß ihr mit Mutter und Freund Hans, der ebenfalls gerade seinen dritten Geburtstag gefeiert hatte, gegenüber.

»Nun«, sagte die Dame. »Wer von euch möchte denn ein Bonbon haben, schöne weiche Karamellbonbons.«

»Ich«, sagte Hans.

»Und wie sagt man, wenn man etwas möchte?«, forschte die Dame weiter.

»Bitte«, sagte Hans.

»Da nimm«, sagte die Dame und hielt Hans die Tüte hin.

»Danke«, sagte Hans.

»So, danke sagen kannst du auch. Da darfst du dir noch eines nehmen. Und du«, wandte sie sich an Wilhelm, »möchtest du keinen Bonbon haben?«

Wilhelm streckte die Hand aus.

Die Dame zog ihre zurück: »Nun, und wie sagt man?«

Wilhelms Mutter war schon rosa im Gesicht, als sie, ihren Ohren kaum trauend, ein deutliches »Bitte!« aus dem Munde ihres Sohnes vernahm, dem ein ebenso klares »Danke!« und ein zufriedenes Schmatzgeräusch folgten. Wilhelm war vom Nutzen der Sprache für das Leben überzeugt.

Doch blieb er, was man ein stilles, ja hintersinniges Kind nennt. So, wie er sich der Sprache bemächtigt hatte, im

Stillen, geschahen im Stillen viele andere Dinge auch, die Kinder sonst zum Prahlen oder Großtun verleiten. Er war etwa zehn, als er unterm Weihnachtsbaum Eltern und Geschwister mit einem perfekt, wenn auch recht verhalten geblasenen »Stille Nacht, heilige Nacht« auf der Blockflöte überraschte und sich nicht abringen ließ, wo um Himmels willen er dieses Instrument zu beherrschen gelernt hatte. Seine Antwort, er habe die Flöte gefunden und sich das Spielen selbst beigebracht, fasste man als dreiste Lüge auf, und in jeder anderen Familie wäre es an diesem Heiligen Abend zu einer lautstarken Auseinandersetzung gekommen, hätte Wilhelm nicht, wie immer, wenn die Außenwelt ihn bedrängte, sich in Stille gehüllt wie in einen Mantel, der ihn unangreifbar machte, unantastbar für jedwedes Ungemach.

Wilhelm lernte leicht, war aber, wie die Mutter zu sagen pflegte, faul wie die Sünde, obwohl diese doch eher emsig ihre Sache betreibt. Wenn es aber stimmt, dass Müßiggang aller Laster Anfang ist, dann war Wilhelm ein überaus lasterhafter Knabe. Spielten Wilhelms Freunde Tennis, Squash oder Fußball, gingen sie zum Schwimmen oder Skifahren, zog Wilhelm es vor, nicht mitzutun.

Anfangs hatten seine Eltern ihn zu mehr Bewegung und Kameradschaft gedrängt, aber nachdem er einmal auf einer Bergwanderung einem Schulfreund, der mit einem gekonnten Jodler die Gipfelstille der Gletscherwelt zerspellt hatte, fast ein Ohr abgerissen hätte, als er ihm den Mund zuhalten wollte, waren sie überzeugt, dass man dem Jungen, er war damals etwa vierzehn, seinen Willen lassen sollte, zumal er in der Schule recht gute Noten erhielt. Was einem Wunder gleichkam. Ganze Nachmittage, in den Ferien gar ganze Tage, verbrachte Wilhelm in seinem Zimmer und tat anscheinend nichts. Betrat ein Familienmitglied, mit der nötigen Vorsicht, sein Reich, schien er dies nicht wahrzunehmen. Er saß oder lag da, scheinbar untätig und dennoch in irgendetwas vertieft, mit irgendetwas beschäftigt, das offenbar seine ganze Person erforderte, denn nur selten machte er einen entspannten, gelösten Eindruck. Anfangs hatte er, um eine Tätigkeit vorzutäuschen, Kopfhörer aufgesetzt, doch nachdem der über soviel Zeitverschwendung erboste Vater sie ihm eines Nachmittags heruntergerissen, an die eigenen Ohren gehalten und nichts, aber auch gar nichts gehört hatte, gab Wilhelm die Maskerade des Musikliebhabers auf.

Einmal, da war er schon älter und seine Freunde sammelten ihre ersten Erfahrungen mit Mädchen, kam seine Mutter abends leise in sein Zimmer und fand ihren Sohn, wie sie ihn noch nie gesehen hatte, ja, wie sie noch keinen Menschen je zuvor gesehen hatte. Sein Gesicht, zur Decke gereckt, spiegelte einen Zustand äußerster entrückter Glückseligkeit. Im Zimmer war es still. Aber Wilhelm schien zu lauschen mit der ganzen Kraft seines Wesens, und dann sagte er: »Ja«, seine Stimme bebend vor Inbrunst.

»Wilhelm«, rief die Mutter, »um Gottes willen! Was ist los?« Wilhelm fuhr zusammen, starrte die Mutter an wie eine Fremde, dann wandte er sich ab und griff mit den Armen ins Leere: »Nein, nein!«, schrie er. »Bleib! Du musst hierbleiben. Du kannst doch jetzt nicht gehen! Doch jetzt nicht!«

»Wilhelm, so komm doch zu dir!« Kaum wagte die Mutter, den Sohn, der sich auf dem Bett zusammenkrümmte, zu berühren.

»Mutter«, sagte der, aus einem schweren Traum auftauchend. »Mutter, wie lange bist du schon hier? Ich habe dich nicht gehört.« Sein festes Jungengesicht war weich vor Traurigkeit.

Die Mutter nahm ihn in die Arme: »Du musst mehr unter Menschen, Wilhelm«, sagte sie.

Aber Wilhelm schüttelte nur den Kopf und lächelte still.

So gingen die Jahre dahin, Wilhelm machte sein Abitur und studierte Bibliothekswissenschaften und Germanistik. Er sah gut, wenn auch ein wenig altmodisch aus, so, wie man junge Lords aus englischen Vorkriegsfilmen kennt, und war von einer stillen Liebenswürdigkeit, die besonders den eher konservativen Kommilitoninnen durchaus gefiel. Es fehlte dann auch nicht an emanzipierten Einladungen, die Wilhelm alle mit geduldiger Höflichkeit ausschlug; männliche Angebote lehnte er auf die gleiche sanfte Weise ab.

Dann sah man ihn mit einer zierlichen Blondine, deren stilles Wesen zu ihren aufgeregten, ausgreifenden Gesten in einem merkwürdigen Gegensatz stand, bis man feststellte, dass sie zu den Taubstummen zählte. Wilhelm lernte ihre Sprache rasch, und eine Weile konnte man sie häufig fernab vom Lärm der Stadt ineinander versunken auf einer der Bänke bei den Teichen treffen, wo kaum ein Vogelschrei die Stille störte. Auch Wilhelms Mutter war's zufrieden, wenn ihr auch das Missgeschick, wie sie es nannte, der zukünftigen Schwiegertochter anfangs unheimlich gewesen war. Umso größer war ihre Enttäuschung, als Wilhelm ihr, kurz vor der zu Pfingsten angesetzten Verlobung, mitteilte, die Freundin habe die Verbindung gelöst. Er sei ihr zu still. Danach sah man das blonde Mädchen im Theater, in Kinos und Hard-Rock-Konzerten, in Discos mit Hip-Hop und Rap, lachend und gestikulierend, wie alle anderen auch.

Wilhelm aber wusste nun endlich, wo er hingehörte. Er gehörte der Stille. Liebte sie und wusste sich wiedergeliebt. Seit Kindertagen, wie er sich nun eingestand. Bei ihr war er zu Haus. Sie hörte ihm zu, wenn er sich aus dem Geschnatter der Hörsäle und Cafeterias in die eigenen vier Wände gerettet hatte, eine Wohnung mit Blick ins Grüne eines Kirchhofs, die ihm, das erkannte er nun, niemand anderes zugespielt hatte als seine Geliebte, die Stille. Sie war kühl, und sie war heiß, wie er es gerade brauchte; blond oder braun, füllig und schlank, ganz wie er es sich erträumte; leidenschaftlich und praktisch, alles zu seiner Zeit, und was das Beste war, sie verstand ihn ohne Worte. Wilhelm machte sein Diplom, und dann gingen sie ihre feste Bindung ein.

Sie wählten dafür einen schneekalten Wintertag, die Stille liebte den Schnee, liebte es, dem Fallen der Flocken zu lauschen, die sie zärtlich »meine kleinen Verwandten« nannte. Zur Hochzeit überraschte Wilhelm sie mit dem gesamten »Ring des Nibelungen« und dazu noch mit »Tristan und Isolde«. Stunde um Stunde kreisten die CDs um sich selbst. Stumm. Wilhelm hatte seine Lautsprecher längst der Stille dargebracht. Nun schenkte er ihr seine Musik, schwelgte mit ihr in Tonlosigkeit, versank in köstlicher Lautlosigkeit, genoss alle Wonnen der Stille.

Dennoch hätte Wilhelm die Hochzeitsreise beinah nicht überlebt. Sie waren nach Ägypten geflogen, hatten in Luxor einen Jeep und die dazugehörige Ausrüstung gemietet, um in sieben Tagen die Wüste zu durchqueren. Nicht dass Wilhelm, ein blasshaariger, hellhäutiger Typ, die Hitze allzu sehr zugesetzt hätte, dagegen hatte er sich gut geschützt.

Es war die Stille, die Wilhelm überwältigte. Zum ersten Mal ahnte er, auf wen er sich eingelassen, wem er sich anverlobt, verschrieben hatte mit Leib und Seele. Hier war nicht das zarte Fräulein aus seinen vertrauten vier Wänden. Hier, zwischen Sand und Sonne, dämmerte ihm, dass er die Stille bislang nur tropfenweise gekostet hatte. Nicht in der lieblichen Ruhe blühender Alpen oder verschneiter Wälder, noch in der hoheitlichen Abgeschiedenheit der Gletscherfelder, hier, in der Wüste, in der Nähe des Todes, war die Stille zu Haus. Vor ihrer Unendlichkeit, ihrer Macht, vor der Gewalt und Herrschaft einer Göttin erschauderte er. Und er begriff, dass sein Gelöbnis, bis dass der Tod euch scheidet, für die Stille nicht zählte; erst nach seinem Tod würde er ihr ganz gehören.

Die Stille aber fand wenig Gefallen an einem Gatten, der vor ihr zitterte. Gleich nach der ersten Nacht, als Wilhelm sich von seiner geliebten Stille nicht wie gewöhnlich umarmt und geborgen fühlte, ihn vielmehr die kalte schwarze Stille einer Wüstennacht in ihre Tiefe riss und wieder emporschleuderte, kehrten sie zurück nach Luxor, wo die Stille wieder das Wesen annahm, das Wilhelm vertraut war. Einen ganzen Tag lang trieb er sich, entgegen seiner Gewohnheit, auf den lautesten Straßen und Plätzen der Stadt herum, und die Stille barg sich an seiner Brust und schluchzte und bettelte um Ruhe. In dieser Nacht feierten sie ihre Hochzeit zum zweiten Mal. Sie hatten einander erkannt.

Das Paar führte ein ruhiges, zurückgezogenes Leben. Wilhelm mochte seine Arbeit, Bibliothekar der Zentralbücherei, wo ihm sogar ein eigenes Zimmer zugewiesen worden war. Dort saß er von morgens neun bis nachmittags um fünf, las und entschied in kurzen Gutachten, welche Bücher in seinem Bereich, der schönen Literatur, anzuschaffen seien. Die Einkäufe für den kleinen Haushalt besorgte er auf dem Heimweg, er war, wie seine Frau, ein genügsamer Kostgänger. Zu Hause traf er alles, wie er es morgens verlassen hatte. Er war ein ordnungsliebendes Wesen, genau wie seine Frau, die ihn Abend für Abend an der Tür empfing, das heißt, sie empfing ihn h i n t e r der Tür, da den Nachbarn sein verzücktes Getue beim Öffnen der Haustür nur unnötigen Anlass zum Tuscheln gegeben hatte. Auch winkte sie ihm morgens nicht mehr hinterher, da Wilhelms Kusshändchenwerfen in leere Fensterscheiben ebenfalls befremdet kommentiert worden war. Hinter der Tür aber umfing sie ihn Tag für Tag mit ihrer stillen Hingabe, barg ihn in ihrem Raum außerhalb der Zeit, die Zeit stand still, wenn der Tee aus der Kanne mit silbernem Klingen in die Tassen fiel, das Besteck gedämpft auf den Teller traf. Die Stille liebte die leisen Geräusche, die der geliebte Mann erzeugte, wusste sie doch, dass diese kleinen Makel ihre Reize nur noch unterstrichen.

In den Armen der Stille wurde Wilhelm täglich neu geboren, alterte nicht, blieb ein Mann in den besten Jahren. Da die Stille Zugang hatte zu allem, was menschlichen Ohren gemeinhin entgeht, erfuhr er vieles, was Sterblichen sonst verschlossen bleibt. Bald war sein Rat nicht nur in fachlichen Angelegenheiten gefragt. Wilhelm wusste Meinungsverschiedenheiten zwischen Kollegen so gut zu schlichten wie Gehaltserhöhungen zu erstreiten; er beriet den Personaldirektor bei Einstellungsfragen und kochte der Abteilungsleiterin Sachbuch nach deren erstem Besuch beim Scheidungsanwalt einen Tee. Wusste er nicht sofort zu helfen, bot er an, die Sache zu überschlafen. Zu Hause betrachtete er die Angelegenheit von allen Seiten und in aller Stille, dann schlief er in ihren Armen wohlberaten bis zum Morgen.

So gingen die Jahre ins Land, bis Sparmaßnahmen in der Kultur dazu führten, dass Bibliothek und Mediothek zusammengelegt und mit dem Ausscheiden des Abteilungsleiters klassische Musik dessen Ressort einem anderen angegliedert werden sollte. Natürlich kam dafür nur der tüchtige, beliebte Wilhelm in Betracht. Er war der Einzige, dem niemand die damit verbundene Gehaltserhöhung neidete. Wilhelm zögerte lange. Erst als man ihn nicht mehr für bescheiden, sondern für eingebildet hielt, sagte er um des lieben Friedens willen zu.

Hoch über den Dächern der Stadt auf dem Stockwerk der leitenden Angestellten bekam Wilhelm ein größeres Zimmer; Plattenspieler, CD-Player und zwei unscheinbare Boxen mit gewaltiger Power wurden installiert. Anfangs glaubte er den neuen Aufgaben auch ohne den Gebrauch dieser Geräte nachkommen zu können. Er wusste in der Musikliteratur Bescheid, wertete die Kritiker der großen Zeitungen aus, doch schließlich ließ es sein Verantwortungsgefühl nicht länger zu, Einkäufe von CDs zu empfehlen, die er nie gehört hatte. Als er dann zum ersten Mal seit mehr als zwanzig Jahren eine Einspielung auflegte, tat er es mit der Miene eines Mannes, den die Pflicht ruft. Das Stück eines avantgardistischen Komponisten war von einer Kleinstadt aus dem Holsteinischen gefördert worden, die Aufführung hatte ein öffentlich-rechtlicher Sender finanziert. Wilhelm hielt stand wie ein Soldat, der dem Vaterland dient, und wie der Kämpfer im Schützengraben sich nach seiner Heimat sehnt, sehnte er sich nach seiner Stille. Mit dem Getöse schwoll seine Sehnsucht, und es fehlte nur wenig, er hätte pflichtvergessen die Hände auf die Ohren gepresst. In dieser Nacht, in den Armen der Stille, wusste er wieder, dass er der glücklichste aller Männer war.

Bis einmal – er hatte gerade die Bemühungen eines Nono-Epigonen überstanden und packte seine Habseligkeiten, um nach Hause zu gehen – aus einem Stapel Werbematerials eine CD herausglitt, ihm vor die Füße. Er hob sie auf, es war keine neue Einspielung, und er konnte sich nicht erklären, wie sie dorthin gelangt sein mochte. Es waren die »Goldberg-Variationen« mit Glenn Gould.

Wie am Abend seiner Vermählung mit der Stille fiel Schnee. Diesmal aber nicht weich und ruhig, wüste Wirbel tobten gegen die Scheiben, kalte weiße Sterne wollten eindringen in diesen Raum und dazwischenfahren, als Wilhelm mit derselben Verzückung, mit der er damals in Stille versank, der Musik erlag.

Zu Hause umfing ihn die Stille wie immer. Und schwieg. Sie schwieg auch an den folgenden Tagen, wenn Wilhelm, die Ohren voller Musik, sich zu Tisch setzte, mit Messer und Gabel hantierte und den Kandis in die Tassen knallen ließ, dass es die Stille schmerzte. Nicht mehr miteinander schwiegen sie; jeder schwieg für sich allein. Bis ihn, da lag er nach einer Umarmung, die wie immer dem liebevoll-eingespielten, ein wenig mechanischen Ritual einer langen Ehe gefolgt war, im Halbschlaf neben seiner Stille, diese ihn wach rüttelte. Wilhelm hatte, in Gedanken, im Traum vor sich hin gebrummt: »Schlummert ein ihr matten Augen.«

»Fallet sanft und selig zu«, fauchte die Stille. »Wilhelm, was fällt dir ein? Du singst! Du hörst Musik Leugne nichts! Ich weiß es seit Wochen. Aber ich dachte doch, dass du dein Verhältnis mit dieser Person nicht ins Haus trägst. Dieser Person, die nichts in ihrem angemalten Kopf hat als ihre eingebildete Ewigkeit, die sie doch nie, niemals erreichen wird, und wenn sie sich noch so auftakelt mit ihrem Getöse. Musik und Ewigkeit! Dass ich nicht lache!« Und die Stille lachte. Ihr Lachen füllte den Raum mit ungeheurer Stille, prallte von den Wänden, sprang Wilhelm an, drang auf ihn ein, durch ihn hindurch, verschlungen und ausgespien, zerschlagen und zerrissen wurde er von der Stille, bis sie von ihm abließ und es so still um ihn war, dass in seinen Ohren nur noch ein paar Töne aus der Ewigkeit herüberklirrten, wie sie sonst allein die Sterbenden hören.

In der Zentralbibliothek erkannte man Wilhelm am nächsten Tag kaum wieder. Über Nacht sah er aus, wie es seinem Alter entsprach. Plötzlich erinnerte man sich, dass er kurz vor der Rente stand. Auch legte er nun immer häufiger eine Hand hinter das Ohr, das er dem Sprechenden zuwandte, wobei er ihm gespannt auf die Lippen schaute. Immer lauter drehte er seine Boxen auf, bis sich die Kollegen beschwerten. Ihre Bitten, die Lautstärke zu drosseln, wies er barsch zurück. Mit seiner Jugendlichkeit schien er auch seine freundliche Lebensart eingebüßt zu haben. Niemand trauerte ihm nach, als er kurze Zeit später wegen völliger Taubheit vorzeitig pensioniert wurde.

Kollegen, die ihn von Zeit zu Zeit besuchen, berichten, Wilhelm sei wieder ganz der Alte, ja glücklicher noch und zufriedener denn je zuvor. Abend für Abend, so die Nach-

barn, könne man Wilhelm hinter dem erleuchteten Wohn-
zimmerfenster sehen. Mit seinen weit ausgreifenden Gesten
und wilden Kopfbewegungen sehe er aus wie ein Dirigent
vor einem großen Orchester. Auch versäume er nie, sich am
Schluss zu verneigen und mit einer roten Rose in der Stille
des Raumes zu verschwinden.

Fasan auf besondere Art

Kochen«, sagte Pia und biss versonnen in einen Reformhauskeks, »kochen möchte ich auch mal für dich.«

»Ende der Woche vielleicht«, meinte der Liebste, »am Montag kommt meine Frau zurück. Aber bei dir«, hatte er noch hinzugefügt und damit das Essen gemeint.

Ein glorreicher Himmel wölbte sich über der Stadt, türmte Wolken wie Siegesbanner, als Pia am anderen Morgen loslief in die Bücherei um die Ecke. »Kochbücher?« Das Mädchen an der Ausleihe zupfte seinen Anhänger, Kreis mit Kreuz nach unten: »Für Sie?«

»Ja, warum nicht«, erwiderte Pia, »es muss doch nicht immer Kaviar sein.«

Die Bibliothekarin rollte die Augen hinter den Brillengläsern und legte mit abschätzigen Stempelschlägen ein Buch nach dem anderen zur Seite.

»Und die beiden noch.« Der Roman »Das Herz ist ein einsamer Jäger« schien das Mädchen milder zu stimmen, doch erst das Heben und Senken ihres spitzen Kinns über »Wie verseucht ist unsere Nahrung?« signalisierte, dass Pia ihrem Ruf als emanzipierte Junglehrerin gerecht geworden war.

»Sie planen wohl ein Projekt?«, fragte das Mädchen versöhnlich.

»Nein«, sagte Pia, »ein Menu«, versenkte die theoretische Basis in zwei Plastiktüten und wies »Die Kritik der Mahlzeit von Neandertal bis heute« vergnügt zurück.

»Frollein, schmeckt es bei Ihnen?«, das waren die älteren Herren. »He, Alte, wir haben Hunger«, das waren die Jungen. »Hm, Wiener Küche, also wissen Sie … da müssen Sie … und vor allem Schmalz«, das waren die mittleren Jahrgänge. Das Schwimmbad quoll über. Die knackigen Fotos der Speisen und ihre Betrachterin erweckten in den Männern, die mit Würstchen, Popcorn, Eis am Stiel vom Kiosk kamen, altersgemäße Gelüste. Als zum zweiten Mal das Eis eines Kindes, dessen Vater mit gierigem Blick Pia über die Schulter ins Wienerische sah, auf die Salzburger Nockerln tropfte, packte sie zusammen und ging nach Hause.

»Wo warst du so lange?«, fragte der Liebste. »Jaja, ich weiß. Es sind Ferien, aber …«

»Im Schwimmbad«, sagte Pia. »Und was hast du gemacht?«

Stöhnen durchs Telefon. Seit einem halben Jahr war der Liebste pensioniert; er hatte die Schule, an der Pia unterrichtete, geleitet, was er, wie er immer wieder durchblicken ließ, von Haus aus nicht nötig gehabt hätte. Sein Bruder hatte die Strumpffabrik vom Vater übernommen und ihn nach dem Examen ausgezahlt. Er war gern Lehrer gewesen, vielleicht auch, weil er es nicht hatte sein müssen.

»Ach, hab ich dir das nicht erzählt? Heute Abend kommen Gäste zu uns. Zu mir, wollte ich sagen. Ich habe ein paar Leute eingeladen, die meine Frau partout nicht ausstehen kann. Du verstehst.«

Einladungen zum Essen im Haus des Liebsten waren über die Grenzen der Kleinstadt hinaus berühmt. »Das letzte Mal, ich hab's dir doch erzählt, hat sogar die Gräfin von der Burg nach einem Rezept, was war es noch, ach ja, für die gefüllte Wildtaube, gefragt. Diesmal werde ich sie mit einem ›Dialog von Fischen aus dem Mittelmeer‹ verblüffen.« Während sich der Mann am Telefon in Schilderungen von Dorade, Loup de mer und Seezungenfilets erging, »aber um Himmels willen die Soße nicht über die Fische, nur ein leichter Spiegel von Schleim auf dem Teller, die Struktur, du verstehst«, während er von Wurzelsud und Kalbsköpfen redete, deren Augen gesondert gekocht und gesalzen nur mit Himalaja-Korn, glitt Pias Blick aus dem Fenster und weiter, durch die Vorgärten über die Straße, die Wellen von Rasen, Büschen und Bäumen hinter seinem Haus, glitt über die Terrasse durch die Portieren, schweifte über Gobelins und Gemälde, die an den Wänden des Speisezimmers in eine kenntnisreiche Ordnung gebracht waren. In den Volieren kreischten Papageien.

»Hörst du mir überhaupt zu?«

»Der Papagei«, sagte Pia.

»Papagei?«, wiederholte er. »Ich spreche von Hirnwürstchen auf Blätterteig.«

»Sag ich doch.«

Pia schlug das letzte der acht Kochbücher zu. Es war die Küche aus Wien. Des Liebsten Vorfahren mütterlicherseits stammten aus österreichischem Landadel, ihr Besitz in Wolhynien an der Grenze zu Russland war nach dem Ersten Weltkrieg verloren gegangen. Einmal hatte er Pia ein Foto gezeigt, »Das ist meine Mutter«, und den Vater mit dem Daumen zugehalten. Sie war eine schöne Frau, mit einer strengen Stirn und einem leichtsinnigen Mund. »Das hat sie von dir«, hatte er lachend gesagt.

Komplizierten Speisen, so das Vorwort zu den fünfhundert Rezepten und achtundvierzig Farbtafeln, sei der Wiener von jeher abgeneigt gewesen, warum sich quälen, wenn schon Kaiserin Maria Theresia schlichte Hausmannskost »aufgemascherlten« Speisen vorgezogen hatte. Hinter volkstümlichen Namen, versprach das Kochbuch, verstecke sich ein kaiserlicher Inhalt.

Es dämmerte. Der Jasminstrauch vorm Fenster trieb zum zweiten Mal; vereinzelte Blütenbüschel stachen grell in die weiche graue Luft. Suppe, schrieb Pia auf das erste Blatt, der Dünnste ist der Liebste nicht, also klare Rindssuppe à fünfzig Kalorien, na ja, das Rezept ging über eineinhalb Seiten, trotzdem macht solch eine Suppe nicht viel her. Oglio-Suppe klang weit hintergründiger, dauerte aber sieben bis acht Stunden, was soll's, bis dass der Tod euch scheidet dauert länger. Fünfundsechzig Kalorien.

Die Amsel im Garten stimmte ein Jubilee an, »Salve tu, Domine«, eine Elster kreischte dazwischen, aus den Häusern gegenüber das Lachen einer Frau. Vorspeisen. Kraftaspik für Kranke – ein Huhn, zwei Kalbsfüße, eineinhalb Pfund Wadschinken, Leber, Weißwein – hat er nicht nötig. Aber Wiener Haussulz mit Schweinsschwarte, Haxen, Stelze, Zunge, Kalbskopf, das war's. Feinen Hummersalat oder Kaviar in Eiern serviert gibt es überall auf der Welt, hingegen Pofesen von geräuchertem Lachs oder Hirnstrudel oder …

Das Telefon klingelte.

»Du, ich wollt dir nur sagen, ich denk an dich, der Erfolg ist umwerfend, die Gräfin nimmt von jedem Gericht drei- bis viermal. Nur ein Häppchen, ach ich wünschte, du könntest dabei sein.«

»Ich bin in fünf Minuten da«, sagte Pia, und der Liebste lachte und sagte: »Bis morgen. Wie immer.«

»Ja«, sagte Pia, »Hauptgericht.«

»Wie bitte?«

»Nach den Vorspeisen folgt das Hauptgericht«, dozierte Pia, »Fisch oder Fleisch oder beides.«

»Ja«, sagte er, »aber bei mir gibt es immer nur Kleinigkeiten. Und jetzt muss ich mich wieder um die Gäste kümmern.«

Pia ging zu Fische, Frösche, Krustentiere über und beschloss schlicht, pro Person acht lebende Krebse in Kümmel zu Tode zu kochen und mit Petersilie zu garnieren. Der Fasan auf besondere Art würde ihre Geistesgegenwart in einem Ausmaß erfordern, das keine Experimente im Vorfeld zuließ. Leider musste der Vogel zu dieser Jahreszeit seinen Weg vom Acker auf den Teller über die Tiefkühltruhe eines Feinkostladens nehmen, ebenso wie die beiden Schnepfen, mit denen sie den Vogel auszustopfen hatte. Zwei große Trüffeln mussten aufgetrieben werden.

Pia las das Rezept vom Fasanen, der sich zersetzt, von den Schnepfen, die zweigeteilt, ihrem Fleische, den Innereien, von der Brotrinde, die alles hält, was quillt, vom Brotschnitt für den quellenden Saft, von Trüffeln, Sardellen und Speck daran, las es so oft, bis es jeden Sinn verlor und in Musik überging, Poesie … und legt bittere Orangen herum. Siebenhundertfünf Kalorien.

Breit und grinsend lag der Hörer auf dem Telefon: Siehst du, er kommt nicht, er ruft nicht mal an. Das grüne Plastikgehäuse verströmte blanken Hohn. Pia streckte ihm die Zunge raus, knallte das Buch zu: Nachtisch gestrichen.

Draußen war es jetzt finster, die richtige Farbe für des Liebsten Fußweg zu ihr. Pia öffnete ein Fenster; das Zimmer ging auf einen von Mietshäusern lückenlos umschlossenen Innenhof, der ein unregelmäßiges Rechteck bildete und mit dichtem Gras, einer Ligusterhecke, Apfel-, Birnen-, Pflaumenbäumen bewachsen war. Die Vögel schliefen. In der Mansarde gegenüber brannte noch Licht. Das Mädchen dort fiel einmal am Tag am offenen Fenster in wilde Verrenkungen, die so jäh abbrachen, wie sie begannen. Jetzt ging auch dort das Licht aus. Es war längst nach Mitternacht. Pia putzte die Zähne, bis das Zahnfleisch blutete. Das Telefon klingelte. Müde sei er, sagte der Liebste und mit gesenkter Stimme, die Gräfin immer noch da, ein Rezept nach dem anderen lasse sie sich von ihm erläutern, nein, er könne das Mahl jetzt auf keinen Fall unterbrechen. »Ich weiß, du verstehst mich«, schmeichelte er, »du bist doch nicht meine Frau, mein Schatz.« »Nein, das bin ich nicht«, erwiderte Pia mit einer Stimme, glatt, dass man darauf ausrutschen konnte. »Schlaf gut!«

»Sechzehn Krebse?« Die Fischfrau lachte über beide Pausbacken. »Gut, dass Sie's heute schon sagen. Morgen sind die auf jeden Fall hier. Sie haben wohl Gäste oder gar einen Gast?« Pia mochte die appetitliche, immer gutgelaunte Person; mitunter kaufte sie hier ihr einsames Matjesfilet oder ein Stückchen Schillerlocke nur, um sich von der quirligen Stimme aufheitern zu lassen.

»Haben wir noch einen schönen Wunsch für heute?«

Auf die Verlockung des »schön« fiel Pia auch heute herein und verlangte eine Fischfrikadelle, die sie gleich folgsam verspeiste. Im Feinkostgeschäft erkundigte sie sich nach Schnepfen, Trüffeln, Fasan, man versprach, alles bereitzuhalten.

Pia schlief schlecht in dieser Nacht. Um zwei ging das Telefon, niemand dran, und der Liebste sprang mit den Worten »meine Frau« aus ihrem Bett und davon. Als dralle Bäuerin mit wettergegerbtem Gesicht und straff zurückgekämmten Haaren kam er im Traum zurück, setzte sich zu Pia in die Küche und aß Kirschen aus einer Schüssel, die zwischen ihnen stand. Die reifen, saftigen Früchte schmeckten beiden, sie stopften sich voll. Der Saft lief aus den Mundwinkeln. »Du darfst nicht mehr essen«, sagte die Bäuerin lachend, griff aber nicht ein. Plötzlich räusperte sich ein drittes Wesen am Tisch, ein ausgebleichtes, schimmerndes weibliches Gespenst. Pia wachte auf und fühlte sich hintergangen.

Der Himmel am Einkaufsmorgen funkelte wie an den Tagen zuvor. Pia zog sich sorgfältig an, helle Farben und ein rotes Band ins Haar, wie eine Schwangere achtete sie darauf, den Blick auf schönen Dingen und freundlichen Gesichtern verweilen zu lassen, von Anfang an sollte dieses Essen durchtränkt sein mit Liebe und Zärtlichkeit.

Der erste Geldautomat streikte, der zweite war leer, der dritte endlich gab raus, zweihundert Euro. Pia vermied, so gut es ging, Besuche bei der Bank. Ihr Minus stieg stetig. Das Gehalt der Lehrerin mit halber Stundenzahl reichte gerade, wäre da nicht ihr Verlangen nach teuren Kleidern gewesen. Fummel, hatte der Liebste ganz zu Beginn ihr bestes Selbstgenähtes genannt. Das war vor zwei Jahren gewesen, seither kaufte sie französische und italienische Designermode, morgen Abend Escada; es hatte den Rest ihres Bankkredits verschlungen.

Seit der Scheidung kochte sie nur noch selten für andere. Gerichte für sich allein mussten in einem angemesse-
nen Verhältnis von Zubereitungszeit und Verspeisedauer
stehen.

»Sie haben wohl Gäste?« Die Gemüsefrau lachte fast wie
die Fischfrau am Tag zuvor, aber hier überwog matronen-
hafte Neugier, und Pia beschränkte sich auf ein gemurmel-
tes Na ja, nachdem sie Bohnen aus Kenia, Brokkoli aus Italien, Tomaten aus Andalusien und Gurken aus Holland
hatte vor sich auftürmen lassen. Seidendünne Erbsenscho-
ten »wie Butter auf der Zunge«, sagte die Gemüsefrau und
leckte sich die Lippen. Dazu eine Netzmelone aus Israel,
Äpfel aus Neuseeland, Blaubeeren aus Polen, Pfirsiche aus
Griechenland, Wurzelwerk für die Oglio-Suppe. Petersilie,
Bohnenkraut, Dill, Basilikum, Rosmarin und Koriander,
frische Bündel, kleine Töpfchen, schrumpelige Perlen. Der
Jutesack wog schwer, als ihr die Frau »Einen schönen Tag,
einen schönen Abend!« hinterherrief.

Der Wind trieb die Wolken am Himmel auseinander,
blies Pia in die Augen, weit offene Augen, zog sie doch auf
hoher See um Kap Hoorn, durch die Wüste ins Mohrenland,
feilschte in den Basaren um Öle und Spezereien; Pia hätte
das All geplündert für des Liebsten Magens Wohl.

Sie trug die Sachen nach Hause, schaffte Platz in der
Kühlbox und im Schrank, die Post war schon da, sie warf
kaum einen Blick darauf und lief wieder los.

Den Metzger kannte sie kaum. 250 Gramm Speck,
100 Gramm Rindsleber, 300 Gramm Rindsknochen brachten ihn nicht aus der Fassung, aber die Milz.

»Frau«, heulte er durch die Tür, »die Dame wünscht
Milz.«

»Was? Milch?«, tutete es aus dem Hinterhalt.

»Milz!«, schrie der Mann.

»Was?«, schrie die Frau, die Vokale wurden immer länger, schriller die Milz, dumpfer das Was, bis Mann und Frau in der Tür mit Milz und Was zusammenstießen.

Nach einer Weile kehrte die Frau mit einem Etwas zurück, das malvenfarben durch eine weißlich angelaufene Klarsichthülle schwabbelte. Eine ondulierte Dame, deren Dackel vor der Tür unablässig kläffte, gaffte, als hätte Pia dem Metzger einen unsittlichen Antrag gemacht.

»Milz«, sagte ein altes Mütterchen, »also zu meiner Zeit immer, und die Rindsknochen müssen blutig sein, da hat das Frollein recht.«

Im Geflügelladen verblüffte sie mit dem Wunsch nach einem Huhn. »Ein ganzes?«, fragte die Verkäuferin, deren rosige Hände schon nach einem Schenkelchen griffen, einem Brüstchen, bisschen Ragout.

»Ein ganzes«, sagte Pia, »und ein großes.«

»Sie erwarten wohl …«

»Gäste!«, sagten Pia und die Verkäuferin gleichzeitig, lachend.

»Genau gesagt, einen Gast«, korrigierte Pia, eine winzige Rache für die zahllosen Andeutungen, in denen die pummelige Person jedesmal schwelgte, wenn im Kegelklub, natürlich gemischt, wieder mal alle neune gefallen waren.

»Einen Gast«, die Verkäuferin patschte mit geübter Hand den Hühnerpopo. »Dann muss aber auch was Ordentliches dran sein! Na denn. Viel Glück.«

Nur Carlchen Hose, der Weinhändler, blieb gelassen. Hier kaufte Pia ihren Apfelwein, manchmal einen Württemberger Roten oder einen Piccolo Hausmarke. Heute verlangte sie Roederer Cristal. Hose brummte »Oho!« und schrieb die restlichen hundert Euro an.

Den tiefgefrorenen Fasan legte Pia auf das Fensterbrett in die Sonne, das Rezept wünschte ihn in einem Zustand kurz vorm Zersetzen, das musste bis morgen geschafft sein. Gegen die von allen Seiten heranschwirrenden Fliegen bedeckte sie das Tier mit einem Tuch.

»Soll ich kommen?«, rief abends der Liebste an. Minuten später stand er vor der Tür. Pia drückte das Tier in den Schuhschrank im Flur.

»Wie riecht es bei dir?« Der Mann reckte seine Nase in die warme Dämmerung. »So roch es früher bei meiner Großmutter um Weihnachten auf dem Dachboden, wo die Hasen hingen und die Fasanen, die der Pächter geschossen hatte. Seltsam«, er schnupperte wieder, »so einen Geruch vergisst man nicht.«

Pia zog ihn weiter, und dann roch er nur noch ihr Haar, das er so gern, ihren Kopf nach hinten biegend, um seine Hand schlang. Während er in der Erinnerung noch einmal den gestrigen Abend genoss – die erlesenen Speisen, exquisiten Getränke, das Entzücken der Gäste –, genoss er zugleich die Hingabe der Geliebten, die, als sei sie nie im Leben Einkaufstaschen schleppend, Vokabeln abhörend, Hefte korrigierend, Wäsche waschend, Zimmer putzend umhergehetzt, im weiten Voilerock neben seinen Freizeitschuhen zwischen seinen gespreizten Beinen kauerte, den Kopf auf seinem Oberschenkel in den Nacken gelegt.

Die Möwen schrien wie Katzen, es klang erbost durch den schwülen Sommerabend, als zürnten die Vögel dem Wetter, das diese trägen Flügelschläge, dieses müde Segeln über sie verhängt hatte. Auf dem Weg ins Bett mussten sie wieder vorbei am Fasan, wieder reckte der Liebste die Nase. »Es ist nichts«, sagte sie, »nur der Schuhschrank, komm.« Es stank.

Jedesmal seufzte er nach dem Akt wie einer, dem es geschmeckt hat, schlief wie nach einer guten Mahlzeit ein. Pia wand sich aus seinen Armen, trug den Fasan in den Keller, wo der Moder sich mit der Schwüle vermischte. In die lappige Halshaut, die schlaff vom Hals des Vogels herabhing, schob sie die Rose, die der Liebste ihr aus dem Garten abgeknickt hatte. Voll erblüht winkte sie aus dem wächsernen Balg, ein frivoles Versprechen.

Pia setzte sich auf eine Umzugskiste, die ihr Geschiedener noch immer nicht abgeholt hatte, und sog die Gerüche ein, vom alten Gummiboot, dem Metall des Werkzeugkastens. Über allem Fasanendunst und Rosenduft. Von ihrem ersten selbstverdienten Geld, Pralinenpacken für fünfzig Pfennig die Stunde, hatte sie der Mutter gelbe Rosen zum Geburtstag gekauft und, damit er frisch blieb, den Strauß auf den Steinboden im Keller gelegt. Am nächsten Morgen hatten alle Rosen die Köpfe hängen lassen, schluchzend war sie zur Mutter gelaufen. Pia rieb sich noch immer die Wange, wenn sie an den harten, trockenen Schlag dachte, das harte, trockene Lachen der Mutter, das wie das Bellen eines zurückgepfiffenen Hundes klang; alles war hart und trocken gewesen an ihr, die Worte und ihr Schweigen, ihre Strafen und ihre karge Zärtlichkeit. Selten war die Mutter erzürnter gewesen als über diese verdorbenen Rosen, hatte ihnen vor Pias Augen mit verzweifelter Lust erst die Köpfe abgerissen, dann die Stängel hin- und hergeknickt, dass sie in wildem Zickzack durcheinanderstachen, und dabei geschrien: eine Mark fünfzig, drei Mark, vier Mark fünfzig, sechs Mark. Der Strauß hatte aus zehn Blüten bestanden, und die Mutter hatte bis fünfzehn Mark geschrien. Die Reste hatte sie auf den Mist hinterm Hühnerstall geworfen und noch nach Jahren in der Nachbarschaft und auf Familienfesten die Geschichte von der Tochter erzählt, die zu dämlich gewesen sei, einen Strauß Rosen ins Wasser zu stellen.

»Wo warst du?«, fragte der Liebste, als Pia zurückkam. »Bei den wilden Rosen«, sagte sie, und er nahm sie noch einmal unter seinen Leib, ehe er aufstand und ging.

Pias Wohnung glich einem überbordenden Antiquariat, in das sich versehentlich ein paar Möbelstücke des täglichen Bedarfs eingenistet hatten. Bevor sie begonnen hatte, ihr Geld für Kleider zu verbrauchen, hatte sie sich eine solide Bibliothek angeschafft, mit Lexika und Nachschlagewerken, vor allem aber mit Gesamtausgaben von Dichtern und Philosophen. Im Zimmer zur Straße führte durch kniehoch gehäufte Zeitungen, Zeitschriften und Bücherstapel ein Pfad von der Tür zum Fenster mit einer Abzweigung zu einem Esstisch aus Kiefernholz, an dem mittels zweier Einlageplatten acht Personen Platz finden konnten. Er war noch nie benutzt worden.

Nur das winzige Schlafzimmer strahlte mit weißen Wänden und einem alten chinesischen Seidenteppich. Den hatte ihr eine Frau geschenkt, die ihr vielleicht das Leben verdankte. Pia hatte ihr bei einem Asthmaanfall nachts den Arzt geholt. Lieber hatte sie während des Studiums von Zeit zu Zeit ihre Schreibmaschine versetzt, als den Teppich verkauft. Sein Blau verströmte einen kühlen Trost, und seine goldgewirkten Sterne hatten ihr wieder und wieder mit rauer Zärtlichkeit die Fingerkuppen gestreichelt. »Lass ihn schätzen«, hatte der Liebste, der etwas von wertvollen

Dingen verstand, mehr als einmal geraten, doch Pia genoss nicht nur den Gegenstand, sondern auch den Gedanken, diese Insel des Luxus ihr eigen zu nennen.

Daneben, im Zimmer zum Hof, versammelten sich ihre engsten Freunde, verlässlich in Reih und Glied vom Fußboden bis an die Decke, mit einer Leiter war jeder jederzeit für sie da. Wie die Bücher aussahen, interessierte die Besitzerin nicht, zwischen einem Taschenbuch von der Zwetajewa aus der Remittendenkiste, einer kostbaren Ausgabe Walters von der Vogelweide oder der abgegriffenen Erstausgabe eines Gedichtbandes von Benn galt kein Unterschied außer ihrer alphabetischen Reihenfolge. Diese demokratische Unterbringung verlieh den Wänden ein geradezu libertinärzigeunerhaftes Aussehen, das sich durch zahllose Zeitungsausschnitte ins konspirativ Aufsässige steigerte.

Vom Schreibtisch aus konnte Pia den alten Birnbaum studieren, sein verwittertes Geäst, das unentschlossene SchwarzGrün seines Stamms, seine grindige Borke, selbst im Sommer sah er mit seinem spärlichen Laub wie ein getarnter Winterbaum aus.

Im Sessel an der Wand gegenüber hatte auch der Liebste anfangs gesessen, wie jeder, der sie besuchte. Das Sofa gehörte Pia. Jetzt war eines der beiden Polster zerknautscht und platt gedrückt von des Liebsten Rücken, und in den Sessel hatte sie schon lange niemanden mehr gebeten.

Der Fasan briet in der Röhre, die Suppe köchelte schon seit Stunden, als Pia sich an die letzten Vorkehrungen machte.

Nie hatte sie mit dem Liebsten an einem Tisch gesessen, bei Kerzenlicht und feinem Leinen, das Zittern kostbaren Porzellans unter schwerem Besteck, ein Piano vielleicht, oder im Sommer am Holztisch auf Bänken im Schimmer bunter Glühbirnen, die der Wind an langen Drähten zwischen den Bäumen schaukelt.

Sessel und Couchtisch schob Pia in den Flur, um Platz für den Tisch aus dem Nebenzimmer zu schaffen. Sie stemmte das Möbel, so hoch sie konnte, doch reichten die Zeitungen höher, sie kippte ihn schräg und schleifte ihn, wobei sie die Papierfurt als Rutsche nutzte, zur Tür. Alle Fenster standen offen, um die Ballung aus Sonnen- und Herdglut durch Zugluft erträglich zu machen. Aus den Innenflächen ihrer Hände, deren kühle Trockenheit auf des Liebsten Stirn stets so willkommen war, brach der Schweiß, nasse Spuren hinterlassend auf dem glatten Holz, das Pia nicht länger halten konnte. Verkantet blieb der Tisch in der Türöffnung stecken. In weichlichen Schwaden schlug ihr die Suppe entgegen, aus dem Ofen zischte süßlich und dumpf der Fasan, das Telefon klingelte, Pias linker Fuß blieb in der Schublade stecken, ihr rechter rutschte zwischen Zeitungsstapel und Tisch, das Schürzenband verhedderte sich an der Türklinke, sie zerrte, ging in die Knie, das linke sauste auf eine Kante. Das Telefon war still. Möwen und Elstern schüttelten sich vor Lachen. Pia zog sich Gummihandschuhe über, packte zu und bugsierte endlich den Tisch in das Zimmer zum Hof.

Die Knie hochgezogen unters Kinn, hockte sie auf dem Fußboden wie ein Kind, legte den Kopf auf die verschränkten Unterarme und presste den gekrümmten, schweißnassen Rücken an das kantige, kühle Holz des Tischbeins. Etwas zum Anlehnen, Halt und Haltung.

Die Luft war satt und dick von Hitze und Gerüchen, Pia wurde das Atmen schwer wie nach einem überreichlichen Essen. Mit Bewegungen, als befände sie sich auf dem Grund des Meeres, goss sie Wasser zur Brühe, schnupperte ins Herdinnere. Kein Ekel mehr; ein fremder, aber feiner, vornehmer Duft gewann die Oberhand.

Schon gestern hatte Pia die feine Decke aus dem Koffer vom Dachboden geholt, wo sie ein paar Dinge von zu Hause aufbewahrte. Das Tuch kam aus Amerika; dorthin hatte es eine der zahlreichen Schwestern ihrer Großmutter an der Seite eines abenteuerlustigen Werkzeugmachers verschlagen. Vom überseeischen Wohlstand des Paares kündete außer Fotos dicker Kinder und schwerer Automobile ebendiese Decke. Immer wieder hatte die kleine Pia dieses Gespinst der Großmutter abgeschwatzt, um sich in dem zarten Gewebe, den schimmernden Spitzen als Bräutchen zu verkleiden. Bei ihrer Heirat hatte sie das Tuch dann wirklich als Tischdecke benutzt und danach nie wieder.

Pia faltete den Stoff, der eine ausladende Festtafel hätte bedecken können, bis er wie ein molliges Steppbett auf der Tischplatte lag. Die Teller wankten, die Gläser schwankten, bösartig trumpfte über den Spitzen das Edelstahlbesteck aus dem Konkurs eines Cousins.

Im Hausflur ging eine Tür, die Fenster flogen, im raschen Zugwind schlugen die vielfach gefalteten Zipfel der Decke wie matte Flügel kranker Vögel, ein Glas kippte langsam zur Seite, stieß lieblich sirrend mit dem Tellerrand an und zersprang.

Pia rieb sich die Augen, schüttelte den Kopf, als könnte sie sich so eine Wirklichkeit zurechtrütteln, die zu ihren Bildern passte.

Entschlossen räumte sie die Papiere vom Schreibtisch in die Schublade – es würde Tage dauern, bis sie die Blätter wieder geordnet hätte –, verteilte die Blumen in drei hohe

Vasen, ein Sträußchen Vergissmeinnicht stellte sie neben den Kerzenleuchter. Süß und stark duftete der Phlox gegen Rindsknochen, Huhn, Fasan.

Das Zimmer hatte einen erschöpften Ausdruck angenommen. Der Schreibtisch im Verbund mit dem Tapetentisch strafte den Esstisch Lügen, die Blumen suchten sich durchzusetzen gegen die Bücher, die plustrige Decke bedrängte den grünlich verfärbten Teppich. Die neuen Dinge drangen gegen die alten vor wie Eroberer, aber die alten verteidigten ihr Terrain, machten Tisch und Decke, Blumen und Kerzen zu lächerlichen Requisiten einer misslungenen Inszenierung.

Pia legte das Besteck in den Kasten, räumte Gläser und Servietten in den Schrank zurück, faltete die Tischdecke auseinander, legte sie sich über Kopf und Schultern, trat vor den Spiegel im Flur, schaute in ihr von Hitze und Anstrengung bleiches Gesicht, neigte den Kopf zur Seite und sagte: »Ja.« Sie sagte es viele Male in immer anderen Betonungen, verschämtes Lispeln und Kommandoton, zögerndes Fragen und zischende Wut. Sie schleppte den Tisch zurück in den Flur, Holz splitterte, packte die Platte und kippte ihn über die Zeitungsstapel ins Zimmer zur Straße, ließ ihn dort liegen wie einen Käfer, der auf dem Rücken stirbt.

Das Telefon ging. Der Liebste: »Wo warst du; ich habe vorhin schon einmal angerufen. Ich wollte nur sagen, ich komme eine Stunde später, falls du ein Soufflé planst, du verstehst. Die Gräfin holt sich noch ein Rezept ab.«

»Macht doch gar nichts«, entgegnete Pia, »die paar Kleinigkeiten für uns sind im Handumdrehen fertig.«

»Na, ich bin gespannt«, sagte der Liebste ein wenig kühl und hängte ein.

Die Suppe hatte genau die Farbe und Konsistenz, um, so der Vorschlag des Kochbuchs, in kleinen Tassen auf Bällen und Abendgesellschaften gereicht zu werden. Pia goss sie wie Putzwasser ins Klo, spülte wieder und wieder, stieß mit der Bürste durch die Fettaugen nach Hühnerteilen und Rindsknochen, die im Kloknie hängengeblieben waren, bis nur noch ein letzter Milzrest lila auf dem Spülwasser schwamm.

Köstlicher als die Suppe duftete der Fasan, schmeichelte sich durch die Nase ins Hirn, ließ ihr das Wasser im Mund zusammenlaufen. Er sah ganz wie auf dem Foto im Kochbuch aus, lag da, nicht mit der feisten Aufdringlichkeit eines Gänsebratens, vielmehr in einer Dezenz, die Brotschnitt und Trüffeln dazu noch mit einem Hauch von Geheimnis umgaben.

Komm Herr Jesus, sei unser Gast, fiel ihr ein, dieses Tischgebet, das sie aus der Schule mitgebracht und gegen ein viel längeres der Großmutter durchgesetzt hatte, und segne, was du uns bescheret hast. Pia zog den Vogel aus dem Ofen, sah ihn verständnislos an. Lange. Betrachtete das zugerichtete Tier wie einen Gegenstand, den man aus einer anderen Lebenszeit mitgeschleppt hat, viele Jahre hindurch, und von dem man nun nicht mehr weiß, warum der hierher gekommen ist.

Pia griff mit beiden Händen zu, krallte sich in die Flanken, die krosse Haut zerplatzte, Saft spritzte, das mürbe Fleisch riss, grub sich ihr unter die Nägel, spreizte das Horn von den Fingerkuppen. Durch den Hintern griff sie in die Füllung, heiß, der Schmerz tat gut, es schmatzte zwischen ihren Fingern, die Knöchelchen krachten, die Knochen, raus damit, ab damit, rein in den Müll. Aus Gebein und

Fülle, Fleisch und Haut, den Trüffeln, dem Brotschnitt, den bitteren Orangen knetete Pia einen Brei, der quoll durch die Finger, ringelte sich, als habe sie in eine Dose Würmer gegriffen. Ihre Hände zwei gefräßige Köter, die sich umeinander balgten – was haben die auf ihrem Küchentisch verloren – was machen die in dieser Masse aus glühend gefülltem Fleisch. Mit einem Ruck zog Pia die brennenden Hände an sich wie aus einem Fangeisen. Die Bohnen aus Kenia, die Himbeeren aus Griechenland, die Melone aus Israel, alles landete im Mülleimer vorm Haus.

Rote hochhackige Schuhe zum neuen Kleid, das sie grün und eng umschloss, die Schultern frei, duftete Pia nach teurem Müßiggang, als der Liebste klingelte mit dem gewohnten selbstbewussten Druck. Kühl und schön, fast ein wenig gelangweilt trat sie beiseite, um ein Wesen einzulassen, das aus einer anderen Galaxis kam. Es hatte eine Golfkappe tief ins Gesicht gezogen, wie es der Liebste zur Tarnung zu tun pflegte. Vor dem Geschlecht stießen die Taschen des Pullis zusammen, dort beulten sich Schlüssel, Papiere, ein Beutel mit Münzen, es klingelte leise bei jedem Schritt. Weihnachtsläuten hatten sie das immer genannt und Das Christkind kommt. Das Wesen schwitzte und schnupperte, drückte Pia drei Rosen, die kurz hinterm Stängel geköpft waren, in die Hände, brandrot vom heißen Fleisch des Vogels. Parfum und Badeöle hatten den Geruch von Suppe und Geflügel fast übertüncht, nur aus der Küche drangen noch schale Ahnungen an Bratfett und verkochtes Huhn.

»Nichts«, sagte Pia auf die Frage, was es denn Gutes gebe. »Ich dachte, wir gehen essen.«

Das Wesen starrte sie aus den Augen des Liebsten an.

»Du weißt, dass das nicht geht«, sagte das Wesen mit der Stimme des Liebsten, »ich kann doch nicht«, so, als hätte er keine Beine, um sie zu einem Gasthaustisch zu bewegen.

Pia kannte den Tonfall. Weinerlich, ungeduldig: »Das weißt du doch. Es geht nicht.« Er rieb die Knöchel bei gebleckten Lippen über die Schneidezähne, ein lüsterner Wolf, den die Peitsche längst zur Räson gebracht hat. In diesem Körper, dachte Pia, schlingert nun der Liebste herum, wie ein dreijähriges Kind, das im Kaufhaus die Mama verloren hat und nicht weiß, wo es hingehört. Sein Gesicht schien sich aus vielen unterschiedlichen Fotos zusammenzusetzen, jedes um Anpassung ans andere bemüht, immer gegeneinander verschoben, miteinander im Streit.

»Ja, also dann«, sagte Pia, sie standen noch immer im Flur, da, wo am Abend zuvor der Fasan aus dem Schuhschrank gestunken hatte.

»Darf ich nicht weitergehen?«, fragte das Wesen und griff nach Pias Schulter. »Wie schön du bist. Ich habe ohnehin schon gegessen. Die Gräfin bestand darauf, mich zu einer Kleinigkeit ins Poirot einzuladen. Meine Süße du.« Seine Hand schloss sich fester um Pias Nacken, sein Mund kam näher und roch nach Zerkautem und Aufgestoßenem. Als er sie küsste, schloss Pia die Augen wie immer, und als sie die Augen öffnete, streifte sie die Arme des Wesens ab wie ein Badelaken. »Ja, du hast recht, Kochen kann die Wirklichkeit verwandeln.«

Das Wesen räumte die Schlüssel, die Münzen, den Ausweis vorm Geschlechtsteil aus dem Weg, legte sie zu Rittersporn und Gladiolen. Die Blumen wegzuwerfen hatte Pia nicht fertiggebracht.

»Neu?«, fragte er und zog am Reißverschluss, begierig, dass die Seide unten ein wenig einriss. »Ohne gefällst du mir besser.«

Sie schliefen miteinander wie immer, nur einmal schraken sie hoch, da sprang ein Fenster auf vom Wind, der Wind knallte es wieder zu.

Er ging in der Nacht, den Golfschal hochgezogen bis zum Mund, es war noch immer warm und schwül.

Als die Tür hinter dem Wesen zufiel, trat Pia ans Fenster zum Hof, aber nur so weit, dass sie draußen den Garten, die Nacht wie ein Bild in einem Rahmen betrachten konnte, ein atmendes Stillleben mit schlafenden Vögeln. Unschlüssig, ob sie nun am Ausgang dieses Abends Gefallen finden sollte oder nicht, und noch nicht ganz sicher, dass sie überlebt hatte.

Fakten

Keine fünf Minuten braucht meine Frau, und sie weiß von ihrem Gegenüber, was sie wissen will. Nichts, was mich besonders interessieren würde, verheiratet, solo, geschieden, Kinder oder keine, Beruf, Eigenheim oder zur Miete, gesund oder krank. An diesem Ort freilich erübrigte sich die letzte Frage, denn krank waren hier alle, oder doch krank gewesen, allesamt auf demselben Weg, dem der guten Besserung.

Mein Herzinfarkt hatte mich getroffen wie eine Beleidigung, mich, Anfang vierzig, Einkäufer in der papierverarbeitenden Industrie, Nichtraucher, mal ein Glas Wein, Dauerkarte im Fitnessstudio. Nun gut, es hatte Stress gegeben im Büro, die Jüngeren haben den größeren Hunger, und ich hatte lange nicht gemerkt, was hinter meinem Rücken vorging, hatte mich im Büro so sicher gefühlt wie zu Hause, wo ich der Jüngere bin. Auch hier sind die meisten Patienten älter als ich, und irgendwie gab mir das von Anfang an ein Gefühl der Überlegenheit, das ich mir nicht erklären konnte. Für alles, was mit Seele und Gemüt zu tun hat, ist immer meine Frau zuständig gewesen, all die Jahre, ich war der Mann für die Fakten. Und bin das auch noch. Sicher, es ist verblüffend, wenn uns hier vorgeführt wird, wie Denken und Fühlen den Körper beeinflussen.

Nach dem autogenen Training – in dem ich nur mit äußerster Willenskraft wach bleiben kann, von Entspannung keine Spur –, nach dem autogenen Training also machte die Leiterin gleich am dritten Tag ein Kunststückchen mit mir. Ich musste meinen Arm ausstrecken, den rechten, und die kurze, drahtige Person, sicher auch schon Mitte fünfzig wie meine Frau, versuchte, ihn herunterzudrücken, was ihr halbwegs gelang. Dann hielt sie einen kleinen Vortrag über die Kraft der Gedanken und bat mich, mir eine Person vorzustellen, die ich mies finde. Ich dachte an Böttcher, die Ratte, mit seinem Einser-Diplom, seiner Startzeit bei McKinsey und seinem Tausend-Euro-Roller unterm Arm und ballte die Muskeln. Mein Arm sauste nach unten, kaum, dass die Drahtige sich drangehängt hatte.

Triumphierend genoss sie die ungläubigen Blicke der Männer und Frauen in Trainings- und Jogginganzügen, die sich von ihren Matten hochgerekelt hatten.

»Noch mal«, sagte ich. Diesmal dachte ich an Krapp, das Miststück, das mir meine gewünschte Urlaubszeit schlichtweg abgeschlagen hatte. Auch aus der Gehaltserhöhung werde nichts, zu kündigen stehe mir frei. Ich sah Krapps kötriges Mopsgesicht vor mir und biss die Zähne zusammen.

»Fertig?«, fragte die Drahtige. Ich nickte. Der Arm klappte zur Seite, als hätte man ihm die Stütze weggetreten.

Die auf den Matten klatschten und nickten. Und jetzt, die Drahtige gab mir ein paar aufmunternde Klapse, denken Sie an etwas Wunderschönes, an einen Menschen, den Sie lieben, zum Beispiel. Sofort dachte ich an meine Frau, und siehe da: die kurze Drahtige, Knie angezogen, baumelte sekundenlang an meinem Bizeps, ehe sie unter händeklatschenden Ahs und Ohs wieder auf die Füße sprang.

»Sagen Sie mal«, fragte mich, nachdem wir Matten und Decken gefaltet und weggeräumt hatten – man glaubt nicht, wie sich manche anstellen, wenn sie eine Decke falten sollen –, im Hinausgehen eine Stimme von hinten im singenden Tonfall des Rheinlandes: »War dat echt? War dat nit abjesprochen?«

Ich drehte mich um. Vor mir stand ein kleiner Mann mit roten, runden Backen, kahlem Kopf, der türkisfarbene Jogginganzug mit rosa und lila Streifen spannte über dem kugeligen Bauch. Seine alterstrüben Augen schauten mich listig an. »Dat war doch Kokolores, oder?«

»Auf gar keinen Fall«, sagte ich, jede Silbe einzeln betonend.

»Sicher nit?« Ächzend beugte sich der Mann über seine Turnschuhe – der Raum durfte nur mit Socken betreten werden – und klappte die Klettverschlüsse zusammen.

»Bestimmt nicht«, bekräftigte ich und fragte, woher genau aus dem Rheinland er denn komme.

»Haben Se dat jehört?«, fragte der Mann glücklich überrascht. »Isch komm aus Köln.«

»Us Kölle!«, erwiderte ich.

Der kleine Mann strahlte, glühte geradezu, als ich hinzufügte: »Wie meine Frau.«

An einem Ort wie diesem ergibt schnell ein Wort das andere; jeder hat das Gefühl, geschlagen, aber doch noch einmal davongekommen zu sein. Die Älteren erzählen von ihrer Krankheit wie vom Krieg, jeder Bypass ein Sieg, für manche ein Orden. Der fröhliche Rheinländer lebte mit einem Herzschrittmacher, seit Jahren schon; sein Sohn hatte ihn wieder »zur Beobachtung«, wie der Vater es nannte, hierher geschickt. Er war schon öfter hier gewesen, zuerst als Patient, dann zur Erholung. An einem der nächsten Abende würden wir uns im Gaststübchen treffen, wo man sich Wein und Bier, natürlich auch Saft und Wasser einschenken kann und Menge und Zimmernummer im Getränkebuch vermerkt.

Noch am selben Abend rief ich meine Frau an und bat sie, mich zu besuchen. In meinem Zimmer konnte ohne Umstände ein zweites Bett aufgestellt werden, auch essen könne sie mit mir. Und dann die Erholung. Die Gegend. Die Berge, gerade weit genug weg, Postkartenformat, dazwischen nichts als schön geschwungene Wiesen, Wälder und Felder, Kühe natürlich, auch Pferde und Schafe, wohlhabende Höfe auf den Anhöhen, rotgedeckte Dörfer in den Tälern, Kirchen, eine einzige unendliche Dia-Show. Den Ausschlag aber gab der See, in einem Naturschutzpark gelegen, ein warmer Moorsee nur für Patienten, Ärzte und Angehörige der Klinik.

Dennoch dauerte es, bis meine Frau kommen konnte. Ein neuer Brennofen für ihre Tonarbeiten würde in den nächsten Tagen geliefert werden, und dann musste sie ihn umsichtig in Betrieb nehmen. Insgeheim hatte ich zu Beginn unserer Ehe ihre Bemühungen um die kalte, glitschige Masse als Hobby für die unausgefüllte Hausfrau abgetan, aber mir nie etwas anmerken lassen. Im Gegenteil. Als wir unser Haus planten, war ich es, der das Nebengebäude für eine Werkstatt entwarf, um ihr den Weg zum Atelier eines Freundes zu ersparen. Seither hat sie sich nach und nach in ihrer Welt, einer mir fremden und nicht im mindesten verlockenden, eher beängstigenden Welt, einen Namen gemacht, wie man das nennt, und mit dem Namen kam dann bald sogar Geld. Nicht das große Geld, das bringe weiterhin ich ins Haus; aber bescheiden, wie Dora lebt, könnte sie mit ihren Verkäufen auf eigenen Füßen stehen, besonders mit ihren verrückten Vögeln. Denn das ist es, was sie bekannt, wenn nicht berühmt gemacht hat: verrückte Vögel, Vögel, wie es sie nirgendwo gibt, außer in ihrem Kopf und dann in ihren Figuren, manche kaum handtellergroß, andere meterhoch, aber so lebendig, dass man glaubt, sie singen zu hören, jeden nach seiner Art. Nicht zu allen Zeiten und nicht für jedermann gleich sängen die Vögel, sagt meine Frau. Etwas Übung, ihren Gesang zu hören, brauche es auch. Aber die Mühe lohne sich. Selbst ich habe so ein unscheinbares graues Vögelchen mit einer Veilchenfeder auf dem rechten Flügel schon ein paarmal singen hören, jedenfalls habe ich das meiner Frau gesagt, schon um nicht abseits zu stehen, wo doch alle Welt, Doras Welt, die tönernen Vögel vernimmt.

Selbst Böttcher, die Ratte, und Krapp, das Schwein, hatten, als sogar das Fernsehen Doras letzte Vernissage beehrte, vor laufender Kamera versichert, die Vögel sängen wie Engel im Himmel, und mir ins Gesicht gelacht.

Es dauerte bis zur dritten Woche, ehe sich Dora guten Gewissens, wenn auch ohne große Lust auf den Weg machte. Mein Rheinländer, Willi Hennes mit Namen, sah ihr fast schon so sehnsüchtig entgegen wie ich. Wir hatten zweimal im Stübchen zusammengesessen und die Welt verändert, das Palästinenserproblem gelöst, den Irak geordnet, Gesundheits-, Renten- und Steuerreform auf den Weg gebracht, als Dora kam. Jugendlich, ein Wort, das sie nicht mochte, ein verräterisches Wort, sagte sie, da es das Alter zu vertuschen sucht – und sie habe nichts zu vertuschen. Nein, das hatte sie nicht, meine schöne Frau ohne Alter mit ihren graugesträhnten, stopplig kurz geschnittenen Haaren, dem weichen, sanften Leib, der meist in bequemen Hosen und Jacken von matthellen Farben steckte, ein bisschen Schwarz um die dunklen Augen, ein Hauch Rot auf den Lippen. Inmitten der prallweißen Rüstigkeit der Schwestern und der tastenden Genesung derer auf dem Weg der Besserung wirkte Doras gelassene Gesundheit, wenn sie durch die Gänge schlenderte, wie ein herzstärkendes Mittel.

So erschien Herr Hennes denn auch schon mittags an unserem Tisch, stellte sich mit einem rheinischen, das heißt einem etwas schmatzenden, Handkuss vor und blieb sitzen, bis wir uns auf den Abend verabredet hatten.

Dora war begeistert von dem Ort; immer noch schießt ein Bach an den Gebäuden vorbei auf ein Mühlrad und hält es in Schwung, und das quellfrische Wasser kann man zu den Mahlzeiten aus Stahlbehältern zapfen, die ich bisher kaum wahrgenommen hatte. Vor allem aber die Werkstatt hatte es ihr angetan; dort wurde gemalt und getöpfert, sogar ein kleiner Brennofen sei vorhanden, schwärmte sie.

Kein Wunder, dass ich sie abends kaum zu Willi locken konnte. Er trug einen himmelblauen Anzug, ein gelbes Hemd und eine rosa-grün gepunktete Krawatte. Sein rotes Gesicht glänzte, die Pupillen funkelten durch das Altershäutchen hindurch. Er sprang auf und drückte wieder seine Lippen auf Doras Handrücken, den er hochgerissen hatte, ehe sie sich's versah, und sprudelte los: von der Freude, die wir ihm machten, vom Rotwein, der hier gar nicht so schlecht, wenn auch längst nicht so gut wie der zu Hause sei oder auf jenen Kreuzschiffen, mit denen er seine großen Reisen mache, mindestens eine im Jahr, über dreihundert Tage habe er in den letzten fünf Jahren an Bord verbracht, immer auf demselben Schiff, mitunter bekomme er dreißig Prozent Rabatt. »Prost! Man muss ja sehe, wo mer bleibt!«

Willi bedachte meine Frau mit einem breiten, bewundernden Lächeln; ob es ihr oder ihm selbst galt, war schwer auszumachen. Meine Frau hat nun mal diese Begabung, Menschen zum Lächeln und Lachen zu bringen, vor allem aber zum Reden. Zum Reden wohlgemerkt, nicht zum Schimpfen, schon gar nicht über Allgemeines, die Regierung etwa, die Ausländer, das Wetter oder andere scheinbar unvermeidliche Ärgernisse. Unter ihrem liebevollen Blick wagten sich die Sprecher vom Hölzchen aufs Stöckchen ins Blaue hinein und nicht selten in Herzenskammern, die sie bislang wohl selten oder nie betreten hatten.

Wir ließen die Gläser zusammenklingen, Willi schnalzte dem Schluck hinterher, bedauerte, dass es hier nichts zum Knabbern gebe, und fuhr fort, sein freies Rentnerleben zu preisen. Ich gebe zu, dass ich bei derlei Gesprächen anwesend abwesend bin; die Gedanken schweifen lasse, ohne jedoch zu versäumen, gelegentlich ein Oho, Aha, Na sowas einzustreuen, mitunter an unpassenden Stellen, was aber selten irritiert, solange ich den Sprecher mit einem Gefühl zustimmenden Lauschens versorge. Willi brauchte nicht einmal das. Er hatte ja meine Frau. Die noch nicht einmal so tun musste, als interessiere es sie, dass er den Betrieb seinem Sohn schon vor zehn Jahren überschrieben habe. Sie hört wirklich gern zu. Nur als der Mann ihr weitschweifig den Unterschied zwischen Hakendübeln und Schraubdübeln auseinanderzusetzen begann, legte sie ihre Hand auf seinen Arm und schüttelte den Kopf. Mit Haken und Ösen hatte sich Willi seinen Kreuzfahrt-Lebensabend verdient. Der Sohn den Betrieb jetzt nach Österreich verlegt; dort habe er weit bessere Bedingungen als hier, wo die Gewerkschaften überall reinquatschten. Enkel habe er auch, zwei, ein Pärchen, schade, die wären jetzt natürlich auch mehr in Kärnten als in Köln zu Hause. Die Kleine habe im letzten Winter schon das Skifahren gelernt. Mit vier Jahren!

Am Tisch hinter uns war jetzt eine Skatrunde komplett. Mit dem Übermut von Kranken, denen der Schreck über die jähe Gewissheit ihrer Sterblichkeit noch in den Knochen sitzt, knallten sie ihre Karten auf den Tisch, klopften sich die Schenkel, bogen sich vor Lachen, alles eine Spur zu laut und übertrieben, als wollten sie sich und den anderen, vor allem aber dem, der ihnen schon die Hand aufs Herz gelegt hatte, beweisen: Ich bin noch da. Wenn überhaupt sprachen sie von Siegen und Niederlagen an ähnlichen Tischen wie diesem, schrien Herrgottsakra und Kruzitürken, dass meine Frau jedesmal ein bisschen zusammenzuckte.

Willi hatte inzwischen von den Enkeln einen Sprung in die eigene Kindheit getan. Ein ganz Wilder sei er gewesen, versicherte er und prostete meiner Frau verwegen zu. Aber helle. Abitur auf dem Realgymnasium, im Kopfrechnen war ihm keiner über. Also ins Bankfach. Warenterminegeschäfte seien bald seine Stärke gewesen. »Kaffee, Kohle, Getreide, Holz – das ist doch etwas zum Anfassen, wenn auch nur hier.« Willi klopfte sich vor die Stirn, als halte er dort ein Warenlager parat.

Es sei auch nicht so schwer gewesen aufzusteigen, damals. Die Jüdsche, so Willi in seinem gemütlichen Singsang, seien ja schon fast alle verschwunden, und achtunddreißig »waren wir dann janz unter uns« in der Bank. Seine Frau, Lisbeth, habe er auch in diesen Jahren kennengelernt, noch bevor er nach Polen versetzt worden sei, nach Krakau.

»Erst wollt isch da ja nit hin, äwwer wie se mir dann mit dem Barras jekommen sin, war Polen doch besser. Da hatte mir ja schon jesiescht.«

Am Skattisch brüllte einer Contra, verschluckte sich am eigenen Gebrüll, ließ die Karten fallen und presste die Hände auf die Brust. Beim autogenen Training war er einer der lautesten Schnarcher. Wieder zu Hause, würde er ein ums andere Mal das Hemd aufknöpfen, bis jeder schaudernd seine Bypassnarbe bewundert hätte. Hier konnte er damit kaum Eindruck schinden. Der Mann hatte seine Karten einfach fallen lassen, offen, Bilder nach oben. Man setzte ihm ein Glas Wasser an die zitternden blauen Lippen. Er kam wieder zu sich, aber das Spiel war aus. Mürrisch scharrte der mit dem Herzschrittmacher die Karten zusammen. Für ein neues Spiel war es heute zu spät.

Willi hatte sich von alldem nicht beirren lassen. Er schwärmte noch immer von seinem polnischen Arbeitsplatz. Mit zweiundzwanzig sei er der jüngste Filialleiter gewesen, den die Bank jemals ins Ausland geschickt hätte, für ein volles Dutzend Männer verantwortlich, alle älter als er. Aber Polen. Was er damit meine, lag mir auf der Zunge, doch der Fußtritt meiner Frau brachte mich gerade noch zum Schweigen. Wie oft schon hatte sie mir Vorwürfe gemacht, wenn meine Zwischenfragen oder Bemerkungen die Erzähler aus der Versenkung in andere Welten katapultiert hatten und ihnen der Faden gerissen war.

»Alles bestens, da in Polen«, erzählte Willi. »Die Unterkunft prima. In einer Villa, ganz standesgemäß. Die Leute da müssen das Haus Hals über Kopp verlassen haben. Nix fehlte. Sogar die Taschentücher lagen jefaltet in der Kommode. Alles vom Feinsten.«

Willi rieb Daumen und Zeigefinger gegeneinander, schürzte bewundernd die Lippen. »Und erst der Keller. Eingemachtes, dat es meine Lisbeth, Jott hab sie selig, später, wie mir verheiratet waren, nit besser konnte. Aber am besten war der Wein. Alles deutsch, vom Möselchen bis zum Württemberger, Spätburgunder, Trollinger, Portugieser, Ruländer und Weißer Burgunder, Morio-Muskat und Scheurebe …«

Ich wollte wieder unterbrechen, aber der Fuß meiner Frau war schneller.

»Prost, Herr Hennes«, sagte sie stattdessen und hob ihr Glas.

»Och jnädige Frau, sajen Sie doch einfach Willi zu mir, wie meine Freunde. Dat wäre mir eine Ehre.« Willi stand auf, griff mit einer täppischen Verbeugung nach der Hand meiner Frau und brachte sicher seinen Handkuss zuwege, blieb diesmal sogar mit den Lippen ein paar Millimeter überm Handrücken. »Willi«, sagte er. Seine Augen schwammen. »Dora«, sagte meine Frau mit der selbstverständlichsten Miene der Welt, »wir sind doch Landsleute«, und zu mir gewandt: »Was, Gerhardt?«

»Auch bei denen jelernt, bei den Polen.« Willi wischte sich den Mund wie nach einem guten Essen. »Tja, die Polen. Die Frauen. Ja. Aber da hatte ich ja dat Lisbeth zu Hause. Aber die Männer! Da konnte unsereins noch wat lernen. Nit nur dä Handkuss. Dat waren Schentelmänn. Wenn auch nur polnische.«

Willi seufzte. Grüßte zwei Männer, die sich an den Nachbartisch setzten, mit einer knappen Handbewegung und fuhr fort: »Isch saß etwa ein halbes Jahr im Sattel, da hieß es, Revision aus dem Reich. Der stellvertretende Vorsitzende selbst, Parteimitglied der ersten Stunde, ein hohes Tier in den ihrem Bankenverein, hab verjessen, wie der hieß. Bei dieser Jelegenheit wollte man auch prüfen, ob der Betrieb zu hundert Prozent arisch sei, so hieß dat ja damals. Wie mir da dä Schreck in die Glieder fuhr. Ich kannte zwar aus Köln wie jedermann dieses ›Juden unerwünscht‹; aber dat hier waren doch alles Eins-a-Mitarbeiter. Ob dat Polen waren oder Juden, wat jing dat misch an. Andrerseits: Wat sollte isch dä Kopp hinhalten für fremde Leute.«

Die ganze Nacht, so Willi, habe er die zwölf Gestalten aus der Bank an sich vorbeiziehen lassen, Schädelform, Haltung, Gangart gemustert, das typisch Jüdische herauszufiltern versucht. Junge Männer oder ältere Herrn, drahtig oder beleibt, blond oder schwarz oder Glatze. »Nur von einem wusste isch es. Tadeuzs, nit viel älter als isch, kam aus einer jüdischen Familie, die man schon umgesiedelt hatte, wie dat hieß. Die Arbeit lief dann aber erst mal wie jewohnt weiter, eine Woche, zwei, wir arbeiteten auf Hochtouren, wollten den Betrieb tipptopp präsentieren, da kamen sie. In ihren langen dunklen Mänteln und jebogenen Hüten, bejleitet von polnischer Polizei, fragten sie: ›Wer?‹ Und isch sagte: ›Keiner. Judenfrei, meine Herren! Glauben Sie mir, unsereins riecht das doch geradezu. Judenpack! Da wäre doch hier kein Arbeiten möglich.‹ ›Soso, junger Mann. Gut so. Weiter so. Na dann: Heil Hitler.‹ Und wir schmetterten ihnen dreizehnmal datselbe hinterher.«

Von Willis Handgelenk kam ein leises Klingeln, wurde lauter, leiser. Er seufzte: »Die Pflischt ruft. Der Sandmann. Ich hab dem Doktor versprochen: Um zehn is Zapfenstreisch.«

Nebenan knallten die Karten auf den Tisch. Die beiden

Männer, noch keine fünfzig, wirkten durchtrainiert und trotz der blassen Haut sportlich und zuversichtlich. Den Kleineren hatte ich vor einer Woche beim Ergometertraining getroffen. Schnaufend hatte er mir von seinen Kiesgruben erzählt und wie es ohne ihn nicht weitergehe, bis ihm die Schwester den Mund verboten und er um so verbissener in die Pedale getreten hatte. Aufmunternd nickte er zu uns herüber, setzte die Bierflasche an, stemmte sie wie eine Trompete, und sein Halsknorpel bewegte sich beim Trinken auf und ab, als sänge er ein Lied.

Willi fasste die Männer ins Auge und hob seine Stimme: »Un wat den einen Jud' anging, den Tadeusz, den brauchte isch doch für die Bilanzen. Der war mein bester Mann. Wat sollte der denn bei denen in 'nem Arbeitslager.«

Beinah hätte meine Frau ihre Hand, die Willi jetzt ergriff, um sie mit einem zweiten polnischen Handkuss zu beehren, zurückgezogen. Sie sah Willi nicht mehr an, und wir verließen die Stube zusammen mit ihm. Schweigend nahmen wir den längeren Weg zu unserem Zimmer, das in einem vom Haupthaus ein wenig entfernten Gebäude lag. Der Mond hing über den Bergen am See, wir warfen blasse Schatten ins glatte schwarze Wasser, starr stand das Schilf, starr standen wir. Stillgestanden! Keine Bewegung! Nur meine Frau schüttelte von Zeit zu Zeit den Kopf. Dann schauderte sie, als wäre ihr kalt, und wir gingen schnell zurück.

Beim Frühstück sahen wir Willi nicht, beim Mittagessen winkte er mir aufgeräumt zu, weithin leuchtend in seinem grün-gelben Sportanzug. Meine Frau hatte sich in ihre Ecke im Keramikraum zurückgezogen zu ihren stummen singenden Vögeln. Sie mochte dann nichts essen, jede Unterbrechung war ihr lästig, ich hatte mich daran gewöhnt.

Auch zum Abendessen erschien sie nicht, doch später sah ich sie mit Willi auf dem Weg hinunter zum See. Willi trug denselben Anzug wie am Abend zuvor, auch Hemd und Krawatte schien er nicht gewechselt zu haben, als wolle er auch äußerlich dort anknüpfen, wo er gestern stehengeblieben war. So gut ich das von meinem Platz auf der Veranda erkennen konnte, gingen die beiden schweigend nebeneinander her, jedenfalls blickten beide geradeaus, und ihre Hände schwangen ruhig seitwärts im Takt ihrer Schritte. Sie verschwanden hinter den Büschen, und ich wandte mich meinem Schachcomputer zu. Keine Chance. Ich wartete auf Dora.

Ich war eingenickt und hatte sie nicht kommen hören, als sie mir von hinten die Hände auf die Schultern legte. Nein, Sorgen habe ich mir keine gemacht, versicherte ich; sie sei ja in bester Begleitung gewesen. Meine Frau zündete das Windlicht an, mischte uns eine Schorle und wickelte sich in eine Decke.

»Na, nun erzähl schon«, drängelte ich. Aber Dora ließ sich nicht beirren, zupfte hier und da die Decke zurecht, nippte an ihrem Glas und begann zögernd: »Was Willi mir anvertraut hat, war vielleicht nur für mich bestimmt. Aber er hat mich auch nicht gebeten zu schweigen. Trotzdem ist es nicht einfach. Willi selbst, so sagt er jedenfalls, hat es noch nie erzählt. Nicht einmal seiner Frau. Also«, Dora nahm noch einen Schluck, »Willi erzählte das Ende der Geschichte von gestern noch einmal. Aber anders. Leicht hätte er auf Tadeusz verzichten können. In der Bank konnte ihm, Willi, ohnehin keiner mehr etwas vormachen. Doch es war an einem der ersten strahlenden Apriltage, als die Männer kamen. Tadeusz stand am Fenster, ein hohes, enges Fenster, darin die Holzrahmen der Flügel und des Oberlichtes ein langes, schmales Kreuz bildeten. Vor diesem Fensterkreuz stand Tadeusz in seinem täglichen grauen Anzug, den Ärmelschonern, dem weißen Hemd mit hellgrünem Binder. Seine dunklen Augen in dem schnurrbärtigen braunen Gesicht sahen nirgendwohin oder durch alles hindurch. Aber das war es nicht. Tadeusz stand da im Zeichen des Kreuzes. Im Zeichen des Kreuzes«, wiederholte meine Frau. So habe Willi sich ausgedrückt. Da hätte er doch den Tadeusz denen nicht verraten können. Einfach rausgedrängt hätten sich die Worte aus ihm, vom Judenpack, diese schrecklichen Worte, die doch die einzig richtigen gewesen seien. Sekunden später sei dann auch noch die Sonne durch die Scheiben gebrochen, und Tadeusz hätte da gestanden wie verklärt.»›Aber so wat‹, hatte Willi immer wieder geseufzt, könne man doch keinem erzählen. Oder?«, fragte meine Frau und lächelte abwartend.

»Ist doch egal, warum er den Juden gerettet hat …«

»Tadeusz«, warf meine Frau ein.

»Meinetwegen, den Tadeusz gerettet hat«, sagte ich. »Hauptsache: gerettet. Dem Tadeusz wird's auch egal gewesen sein.«

»Vielleicht hast du recht. Willi jedenfalls war es nicht egal. Und mir auch nicht.«

Den nächsten Tag verbrachte meine Frau bis zum Abendessen in der Werkstatt. Ich habe den Vogel, den sie Willi schenkte, nie gesehen. Und Willi fuhr ja auch kurz darauf nach Hause.

Als wir eine Woche später unsere Sachen packten, drehte meine Frau unschlüssig noch ein Stück aus der Werkstatt in den Händen. »Was meinst du, nehmen wir ihn mit?«, fragte sie. Es war ein Vogel, besser zwei Vögel in einem; denn je nachdem, wie man sich das Gebilde zurechtrückte, glaubte man den Vogel schluchzen oder jubilieren zu hören.

Avon läutet

Es klingelte. Maja sah auf die Uhr. Viel zu früh. Sie hatte den Termin für neunzehn Uhr vereinbart, als sei sie noch berufstätig, unterwegs, um den Leuten schöne Wohnungen zu verkaufen, schöne Häuser in guten Gegenden für gutes Geld. Seit einem halben Jahr saß sie selbst in einem solchen Haus, Rolfs Haus. Rolf war geschieden. Niemand hatte das damals für möglich gehalten. Seine Frau besaß das Geld, hatte ihm sein Studium finanziert und den Aufstieg in die erste Klinik am Ort erleichtert. Leiter der Unfallchirurgie. Das Haus konnte er behalten, seine Frau zog zur Tochter in eine andere Stadt.

Maja erhob sich, warf einen Blick in den Spiegel, eine gepflegte Brünette, Ende dreißig, in Jeans und Kaschmirpulli, hellblau und weiß, korrekt und leger, das hatte sie mit der Berufstätigkeit nicht abgelegt. Im Gegenteil. Jetzt, mit einer Überfülle an freier Zeit, saß sie länger vorm Spiegel und forschte aufmerksamer nach Spuren der Zeit als in den Jahren zuvor. Jugend vor allem hatte Rolf zu ihr hingezogen, ihre Jugend und ihre Augen, grün mit blauen Punkten, Waldseen in Moos, hatte Rolf mit seinem Hang zu Sentimentalitäten geschwärmt, Veilchen im Gras.

Maja strich den Pullover über den Hüften glatt und öffnete die Tür.

»Avon läutet«, lächelte die Frau auf der Schwelle und stellte sich als Barbara Meyer vor, mit e y, als ob das eine Rolle spiele. Die Frau, das sah Maja auf den ersten Blick, war eine Dame. Das dunkle Haar, natürlich gewellt, an der linken Schläfe schon grau, das Make-up kaum sichtbar, blaues tailliertes Kostüm mit weißer hochgeschlossener Seidenbluse, Perlen um den Hals und an den Ohren. In der Hand einen Diplomatenkoffer aus glattem schwarzem Leder, elegant, so, wie ihn Rolf jeden Morgen mit zur Arbeit nahm.

»Damit nicht jeder gleich sieht, dass es nur um Kosmetik geht«, schmunzelte die Frau, Majas erstaunten Blick auffangend, und sah sich im Wohnzimmer um, so, wie Maja sich früher in fremden Wohnungen umgesehen hatte, mit geübtem Blick die Einrichtung taxierend, um daraus Schlüsse auf die Bewohner ziehen zu können. Diese Wohnung war perfekt. Die meisten Möbel gehörten Rolf, geerbt von den Eltern; Sessel und Couch hatte die Ehefrau mitgenommen und waren von Maja sofort, im gleichen Stil, ersetzt worden. Rolfs Frau hatte Geschmack gehabt, und Maja sah keinen Grund, nur um des Veränderns willen die Villa umzukrempeln.

»Ein schönes Heim«, nickte die Frau anerkennend und hob den Koffer auf den Esstisch, ein stumpf glänzendes Mahagonioval, dessen eine Hälfte Maja mit einer weißen Tischdecke vorbereitet hatte.

»Gerhard Richter! Hm. Wolkenphase.« Die Frau wandte sich dem nächsten Bild zu, Mohnblüten mit schwarzen, wilden Kelchen, Abgründen. »Fußmann, oder?«

»Ja, Fußmann«, sagte Maja erstaunt. »Sie kennen sich aus. Interessieren Sie sich für moderne Malerei?«

»Nicht mehr«, sagte die Frau und ließ den Koffer aufschnappen. »Und diese Vasen«, sie trat an die Kommode und fuhr mit dem Finger über einen der Drachen auf dem Porzellan, »frühe Ming-Zeit, richtig?«

»Ja, ja, ich glaube,« stotterte Maja, »ich weiß nicht, mein Mann hat … Die Vasen waren schon hier.« Sie konnte ihren Blick von dem Diamanten, dem einzigen Schmuck, den die Frau an den Händen trug, kaum lösen.

Die Beraterin kam zu ihrem Koffer zurück. »Hausbesuch erwünscht« hatte Maja auf der Avon-Karte angekreuzt, nicht zuletzt aus Mitleid mit diesen Frauen, die von Tür zu Tür ihren Lebensunterhalt verdienen. Sehr überlegen hatte sie sich gefühlt, geborgen, in Sicherheit, auf der Seite der Reichen und Schönen, die gewähren konnten und befehlen. Diese Person jedoch machte sie wieder zur Verkäuferin, einer, die versuchen muss zu erspüren, was der andere will. Erzeugte in ihr das Gefühl, sie, Maja, müsse der Fremden zu Gefallen sein. Diese war es, die den Raum einnahm. Als sei Maja bei sich selbst zu Besuch, bot ihr die Vertreterin einen Stuhl an, griff zwei Gläser aus dem Koffer und eine halbe Flasche Rotwein, Rothschild, guter Jahrgang, zog den Korken heraus, roch daran, goss ein, schwenkte die Flüssigkeit in dem bauchigen Glas, bis sich Fenster bildeten, und trank Maja zu: »Auf die Schönheit! Eine wunderbare Kommode haben Sie da. So zwischen 1800 und 1820, ganz frühes Biedermeier. Ein Erbstück?«

Die Frau bemerkte Majas Zögern. »Entschuldigen Sie, wenn ich Sie mit meinen Fragen belästige. Diese Einrichtung ist eine der geschmackvollsten, die ich jemals gesehen habe. Und ich sehe so manches, das können Sie mir glauben. Aber hier würde ich mich auch wohlfühlen. Wo haben Sie nur dieses Kleinod her?«

Maja sah auf die Uhr. Das hatte sie in ihrem Beruf geübt, wenn Kunden sich in Einzelheiten verloren. Es gab viele Arten, auf die Uhr zu schauen, je nach Wichtigkeit des Kunden, vom verstohlenen Blinzeln bis zum offenen Zurückschieben des Ärmels.

Diesmal ließ sie den Pulloverärmel nur ein paar Zentimeter hochrutschen, genug, damit die Frau übertrieben eifrig einen dreiteiligen Klappspiegel aus dem Koffer holte, Tuben, Tiegel, Stifte und Bürsten ausbreitete. Keinen Widerspruch duldend, nötigte sie Maja noch einmal vom Stuhl und in einen der hohen Lehnsessel, den sie gewandt und energisch vom Fenster vor den Spiegel gezogen hatte.

»Schönheit soll es bequem haben«, gurrte sie und drückte Majas Schultern in das geblümte Polster. »Louis Quinze, richtig?«, fragte sie, drückte ein wenig fester und massierte mit ein paar kräftigen Daumenstrichen Majas Nacken bis unter den Haaransatz.

»Herrliches Haar, nein wirklich, das bisschen Farbe, kaum zu erkennen, ja, jünger werden wir alle nicht, auch ich hatte mal eine Farbe wie Sie, ja, kaum zu glauben, ich weiß, so entspannen Sie sich, hier das Fußbänkchen, danke, ich hab's bequem, ich komm von hinten. Zuerst die Reinigungsmilch, mit reinem Mandelöl, das Richtige für die reife Haut, ja, würde ich Ihnen empfehlen, Sie haben eine gute Haut für Ihr Alter, aber, wir wissen ja, ja, wir wissen …«

Maja schloss die Augen. Die Frau redete, wie sie zu reden es wohl gelernt hatte, schien die Jahre aus Majas Gesicht mit Worten auswischen zu wollen und drückte doch mit jedem liebenswürdig gemeinten »Noch nicht« ihre Spuren schon tiefer hinein. Dennoch genoss Maja das sanfte Silbengeriesel zum geübten Hin und Her, genoss das Klopfen,

Tupfen und Streichen der Finger auf Gesicht und Hals, »ja, der Hals«, rauschte die Stimme, »da fängt es zuerst an, immer mehr Haut, wo sie gar nicht gebraucht wird, hängt an zwei Sehnen, lappt einfach runter, runter vom Kinn, den Kinnladen, aber diese Creme hier, einfach fabelhaft«. Sachtes Klatschen gegen die Wangen, vom Kinn zu den Ohren, Hängebacken, noch kaum sichtbar, die sich aber, das wusste Maja, abzuzeichnen begannen. Leichte, trockene Schläge wie auf einen Hundehals.

Nach der Massage bat die Frau Maja, die Augen zu öffnen, das Make-up komme nun an die Reihe, genau auf Haar und Augenfarbe abgestimmt. Die Frau drehte den schweren Sessel mit Maja herum wie ein Kinderstühlchen und tat einen Schrei des Entzückens. Gespielt? Echt? Maja wusste es nicht zu sagen. Wie oft hatte sie selbst ähnliche Laute erprobt, wenn ihr ein Blumenfenster, ein Erker, eine Essecke gezeigt wurde und sie den Verkäufer einer Wohnung um jeden Preis gewinnen wollte. »Veilchenaugen«, seufzte die Frau. »Nein, warten Sie, Glockenblumen im Moos, Veilchen im Walde, Edelgestein! Ja, wer darin versinkt ...«

Die Frau hatte Maja wieder dem Spiegel zugedreht, tupfte nun Tagescreme nur mit zwei Fingern, dann mit einem Schwämmchen Make-up auf Majas Haut. Die hatte die Augen wieder geschlossen und überließ sich ganz der anderen.

»Ja, was tun wir nicht alles, um sie zu halten, die Männer«, die Frau zupfte hier eine Braue und da eine, »aber es lohnt sich doch auch, den Jahren ein Schnippchen zu schlagen, da kommt es wohl auf ein paar Euro nicht an, und Sie müssen ja ganz gewiss nicht sparen. Ich muss das hier auch nicht machen, wissen Sie, ich bin gut versorgt, aber zu Hause fällt mir die Decke auf den Kopf. Wäre doch vielleicht auch etwas für Sie, oder? Oder gibt es da mit dem Göttergatten Probleme? Ihr Mann ist Chirurg, richtig? Am Josefsstift, stimmt's?«

Offensichtlich wusste die Frau nicht nur über Möbel bestens Bescheid, professionell eben. Auch Maja hatte über ihre Kunden, Käufer und Verkäufer, immer soviel wie möglich in Erfahrung zu bringen versucht. Für jüngere Kollegen gehörte das jetzt zum Training; der gläserne Kunde.

»Und nun« – die Frau unterbrach sich selbst mitten im Satz, fuhr noch einmal mit einem dicken Pinsel, Original Dachshaar zum Vorzugspreis, über Majas Gesicht –, »voilà: Augen auf!«

Majas Entzücken war echt. Das Gesicht im Spiegel, gestrafft, als zögen unsichtbare Hände überflüssige Haut seitwärts nach oben, nach hinten und ließen sie verschwinden, einfach so, in der Vergangenheit.

Die Frau schaute ihr über die Schulter: »Ja, da sehen Sie, was ein bisschen Know-how zustande bringt. Und ein paar gute Dinge natürlich auch. Hier, sehen Sie, habe ich alles für Sie zusammengestellt.«

Maja schenkte den Flaschen und Tiegeln, Lippenstiften und Bürsten kaum Beachtung. Rolf würde staunen. Schade, dass er erst morgen von seinem Kongress zurückkam.

»Schauen Sie«, sagte die Frau, Majas Kopf beim Kinn in die Fingerspitzen beider Hände nehmend, »diese Augen, diese Augen. Veilchen im Waldmoos, in der Tat … Warten Sie, setzen Sie sich noch einmal.«

Die Frau griff noch einmal in den Koffer, wo sie schon alles wieder verstaut hatte, und holte ein Fläschchen heraus. »Für den strahlendsten Blick Ihres Lebens. Schauen Sie in meine Augen. Ich selbst nehme es auch von Zeit zu Zeit.«

Die Frau ging vor Maja in die Knie und legte die Unterarme auf die Lehne des Sessels. Maja sah in ein blasses, beinah weißes Gesicht, aus dem ihr die Augen entgegenflammten, Geschosse, glühend grauschwarz, Asche und Stein, von einem unwiderstehlichen Feuer entzündet. Dem Feuer aus dem Fläschchen!

Maja hob den Spiegel vors Gesicht und musterte sich noch einmal vom Schlüsselbein bis zur Stirn. So wollte sie sich, so sollte Rolf sie sehen. Dazu mit Augen voller Feuer, voller Glut. Willig hob sie der Frau ihr perfekt geschminktes Gesicht entgegen. Die ergriff zuerst das eine, dann das andere Lid, zog zuerst das eine, dann das andere hoch, die beiden Tropfen fielen fast gleichzeitig.

Maja stöhnte auf, ein stechender Schmerz ließ sie beide Augen zusammenkneifen. Aufreißen. Vor ihr verschwammen Anrichte, Bilder, die Truhe, die Kommode, der ganze Raum von dunklen Streifen zerschnitten.

»Ich, ich sehe alles verschwommen«, stammelte sie, »und es tut weh.«

»Wer schön sein will, muss leiden. Der Schmerz vergeht in Sekunden, und dann sehen Sie auch wieder klar.« Maja hörte zwei Kofferschlösser schnappen.

In der Tat ließ der Schmerz schon nach, doch die Unschärfe nahm zu; die schwarzen Streifen wurden breiter, die Farben verschwanden, der Tisch, die Hand vor den Augen.

»Ich gehe jetzt«, sagte die Frau, »es wird ja auch schon dunkel. Ich mach mal Licht. So. Es wird doch auch schon besser, oder?«

Schmerzen spürte Maja keine mehr, und die schwarzen Streifen schienen sich im Licht des Kronleuchters aufzuhellen.

»Es wird doch schon besser«, wiederholte die Frau. »Wie nach einer Weitstellung beim Augenarzt. Da können Sie stundenlang nicht richtig sehen. Das hier vergeht nach ein paar Minuten. Und die Wirkung hält Wochen, Monate.«

»Ja, ich glaube«, erwiderte Maja.

»Hier ist meine Nummer«, sagte die Frau und schob Maja eine Visitenkarte in die Hand, »für alle Fälle. Meine Empfehlung an den Herrn Gemahl.«

Es klingelte. Maja tastete nach dem Knopf für die Sprechanlage. Ihre Besucherin ergriff den Koffer und schlüpfte aus der Tür.

»Ja, bitte?«, fragte Maja.

»Avon läutet«, antwortete eine gepflegte Frauenstimme. »Wir waren verabredet. Darf ich reinkommen?«

Maja drückte den Türöffner. Mit weit aufgerissenen Augen starrte sie in die Finsternis eines hellerleuchteten Flurs.

Eine Woche nach Silvester

Eine Woche nach Silvester würde die Ausstellung schließen, und übermorgen war schon Heiligabend. Seit dem
Tod meines Mannes hatte ich gelernt, meine Zeit zu orga-
nisieren, und so waren auch die Feiertage längst vorbereitet. Im Alltag kam ich gut zurecht, war ich schon immer gut
allein zurechtgekommen. Hüten musste ich mich vor den
Sonntagen, besonders in der schönen Jahreszeit, wenn die
Welt Arm in Arm durch Frühling und Sommer spaziert,
sich in den Schaufenstern spiegelt, Bänke besetzt und die
besten Tische unter den Sonnenschirmen. Dann musste ich
eine Freundin anrufen, einen Freund, egal wen. Ein paar
freundliche Nichtigkeiten genügten.

Damals war ich Weihnachten zu meiner Schwester geflüchtet, bis dahin stets meine Kleine und in meiner Ob-
hut, auch als sie schon verheiratet und Mutter geworden
war. Jetzt waren ihre Kinder längst aus dem Haus, aber jedes Jahr kamen unterm Tannenbaum alle zusammen, und
ich, die Tante, dazu. Auch diesmal würde es wieder in die
Christmette gehen und am Weihnachtsmorgen mit dem
Schwager am Rhein entlang bis zur Gereonskirche in der
Altstadt.

Aus Silvester mache ich mir nichts, und es macht mir
nichts aus, lange vor Mitternacht mit zwei Schlaftabletten

unter die Decke zu kriechen. Seit Rudolfs Tod hatte ich aufgehört, neuen Jahren neue Hoffnungen zu unterschieben, nahm die Tage, wie sie kamen und gingen, nichts zu hoffen, nichts zu fürchten von Sonnenauf- bis Sonnenuntergang. Finanzielle Sorgen habe ich keine, meine Arbeit als Kunstschmiedin, vor allem Lampen im Tiffany-Stil, macht mir Freude.

Schon als Rudolf noch lebte, brauchte ich die Stunden in der Werkstatt hinterm Haus, wo ich die Welt mit bunten Glasscheiben von mir abrücken und in den immer neuen Zusammensetzungen der farbigen Stücke mich auch selbst immer wieder neu erfinden konnte. Was wäre nach Rudolfs Tod ohne meine gläsernen Freunde aus mir geworden? Sicher ist: nachdem ich viele Tage um ihn geweint hatte und zum ersten Mal wieder in die Werkstatt kam, trösteten mich die bunten Splitter, als seien sie eigens für mich vom Himmelszelt geplatzt.

In diesem Jahr hätte ich zu Weihnachten das Doppelte, ja Dreifache verkaufen können, doch dafür wären Hilfskräfte nötig gewesen, und der Gedanke, mein Reich mit jemandem teilen zu müssen, war mir zuwider. Selbst Rudolf hatte nicht anklopfen dürfen, wenn mein Pappschild warnte: »In Arbeit«. Die Rückseite zeigte: »In Müßiggang«.

Immer auf der Suche nach neuen Glaslieferanten, seit kurzem auch im Internet, hatte ich die Firmen in Murano durchgeklickt und war dabei auf die Ausstellung im Palazzo Grassi gestoßen. Vor mehr als zwanzig Jahren hatte mir Rudolf in Zürich die Bilder von Baltus nahezubringen versucht. Mitte dreißig war ich damals, in den besten Jahren, sagt man, und so hatte ich mich auch gefühlt. Doch seine

Begeisterung für »diese Malerei, diesen Strich, diese Raffinesse!«, wie er ein ums andere Mal ausrief, glaubte ich weit eher der abgefeimten Präsentation pubertierender Nacktheit zuschreiben zu müssen, und fast wären wir über diesen Bildern in unseren ersten Streit geraten. Rudolfs Entzücken machte mich alt. In Rudolfs von dieser knospenden Geilheit getränkten Augen fühlte ich mich plump, schwerfällig, ungeschlacht. Rudolf war dann noch einmal allein durch die Säle gegangen. Kurz darauf entdeckte mich sein suchender Blick im Café, und seine Augen leuchteten so liebevoll auf, dass ich vorgab, mich an meinem Cappuccino zu verschlucken, um ihn nicht anschauen zu müssen. Ich kam mir so kindisch vor.

Als es nun auf ein Klicken im Internet vor mir aufging, dieses junge Mädchen, nackt bis auf ein verrucht verrutschtes Hemdchen, glaubte ich wieder Rudolfs Stimme zu hören: »Dieser Strich, diese Pinselführung, diese Schattierung«, dass ich hochsprang und mir in der Küche eine Tasse grünen Tee machte. Ich hatte mir diesen Tee nach Rudolfs Tod angewöhnt, schon um meiner Vorliebe für allzu rasche Entschlüsse einen Riegel vorzuschieben. Grüner Tee verlangt Zeit und Konzentration, beides schafft Abstand, Gelassenheit.

Ich trank eine Tasse, eine zweite. Konzentrierte mich auf die Zeremonie, die blassgrüne Flüssigkeit, den mürben Duft nach nassem Heu, den linden, verhaltenen Geschmack. Was Rudolf zu diesem Tee gesagt hätte?

Gottesurteil, dachte ich und wählte die Nummer vom Reisebüro. Ja, es seien noch Plätze frei im Flieger nach Venedig. Nur Hotels gebe es kaum noch über Silvester. Mit Rudolf hatte ich, vor unserer Hochzeit, in einer dieser Pensionen gewohnt, irgendwo im Hinterhof eines Palazzo, egal. Was zählte, waren Rudolf und ich in unserem ungewohnten Wir, einem Wir, das sich erst zu formen, seine Geschichte zu schreiben begann.

Nein, nicht zu teuer, sagte ich und buchte das Hotel am Canal Grande.

Damals waren wir mit dem Zug von Verona gekommen. Auf der Brücke über die Lagune hatten uns Fliegenschwärme überfallen, dunkle, dichte Geschwader, winzige Insekten, die bei der kleinsten Berührung vergingen und schmierige Spuren hinterließen.

Natürlich löste ich am Weihnachtsabend Kopfschütteln aus. »Ausgerechnet Venedig, ausgerechnet um diese Jahreszeit, und Silvester allein!« Ich hörte Besorgnis aus den Stimmen, aber auch Neugier und ein wenig Argwohn. Nie war ich nach Rudolfs Tod alleine gereist, es sei denn, um Kunden zu besuchen oder Material einzukaufen; dann hatte ich manchmal ein paar Tage angehängt und eine Stadt oder eine Landschaft durchstreift. Aber auch das kam in den letzten Jahren immer seltener vor. Der schlecht verhohlene Zweifel der Familie wunderte mich daher kaum. Doch einer Ausstellung wegen nach Venedig zu fliegen, hätte man mir erst recht nicht abgenommen.

»Solo, Signora?«, empfing mich der Portier mit kaum merklichem Bedauern, reichte mir seinen Arm und half mir aus dem Vaporetto, das Hotelgäste schon am Flughafen erwartet. Frauen am äußersten Ende der mittleren Jahre gehörten zu einem Mann, erwachsenen Kindern oder in eine Gruppe.

Die Weihnachtstanne, schlank und hoch, schien sich dem Silberstern an der Decke wie eine Flamme entgegenzurecken, Engelshaar floss die Zweige herab in die Ranken des türkischen Teppichs auf dem Marmor der Hotelhalle. In tiefen Farben, purpurn und grün, golddurchwirkt, hingen samtene Fahnen von den Balustraden, als erschienen noch heute die Noblen Venedigs zum festlichen Mahl und verwiesen das lärmende Gewimmel an den runden Tischchen in die Vergangenheit.

Kaum im Zimmer, zog ich die schweren Vorhänge zur Seite, riss die Fenster auf, stieß die Läden auseinander. Die Lagune lag im gleißenden Nachmittagslicht, eine Fläche harten blaugoldenen Glases, zerschnitten von ein paar Booten auf dem Weg nach San Giorgio Maggiore. Ich kehrte mein Gesicht der Sonne zu und spürte ihre Wärme, spürte mein Herz und wie es ein paar schnelle, verwunderte Schläge tat.

Wenig später stand ich auf dem Markusplatz, den die Sonne schon nicht mehr erreichte, doch in den hohen Fenstern der Paläste glühten die Farben, brannten die Scheiben in Kupfer und Gold. Nah einer Brücke fiel Licht von einer Laterne auf einen kleinen Schuhputzer, der mit der Bürste auf seinen Kasten schlug. »Der Nächste«, rief er, »der Nächste!«, und ich ging unwillkürlich schneller. Ich wollte die Nächste nicht sein. Um die Gondeln am Ufer klopften die Wellenkämme der Lagune wie ein aufgestörtes Herz, und ich presste meine Hand auf die Brust und legte das letzte Stück zum Hotel fast im Laufschritt zurück, als liefe ich davon.

Ein wenig atemlos noch rief ich die Schwester an, alles sei gut, ein wunderschönes Zimmer, herrliches Wetter, nein, das Alleinsein mache mir gar nichts, sie kenne mich doch.

In der Tat war mein Hang zur Einsiedelei bei Verwandten und Freunden fast sprichwörtlich. »Deine wahre Liebe ist die Einsamkeit«, hatte Rudolf oft gespottet, und ich darauf: »Dafür musst du auch niemals auf jemand anderen eifersüchtig sein.« Mit den Jahren hatte er seinen Nebenbuhler akzeptiert, sich sogar mit ihm angefreundet. Zuletzt war auch er am liebsten mit mir allein gewesen.

Doch jetzt? Ein paar Schritte durch diese Stadt hatten genügt, und ich wusste wieder, dass ich nur geborgen in Rudolfs Liebe dem Laster der Einsamkeit hatte frönen können. Er war da gewesen, auch wenn er nicht bei mir war. Nach seinem Tod, zu Hause, in den vier Wänden, die ich mit ihm geteilt hatte, gelang es mir meist, mich mit Arbeit zu betäuben. Hier, wo beides fehlte, genügte ein Wind, der mir das Haar über den Mund wehte und salzige Luft auf die Lippen, und die Einsamkeit schlug mir entgegen, wie ich sie schon seit Jahren nicht mehr gespürt hatte.

Ich nahm das dunkle der beiden Seidenkostüme aus dem Schrank, das ich hatte nachschneidern lassen, als das erste, das Rudolf so gern an mir gesehen hatte, verschlissen war; kämmte mein Haar straff aus dem Gesicht, bis es mir wie eine Maske entgegensah. Spitze Lider, schwarze Augenhöhlen, ein blasser Mund. Ich ließ mein Haar wieder fallen, kaum grau im aschigen Blond, zog die Lippen dunkelrot nach, strich Parfum hinter die Ohren und bestellte einen Tisch im Terrassenrestaurant.

»Per due?« »Si«, sagte ich, »für zwei.«

Ich hatte mir zeitiges Essen angewöhnt, um dann bis zur Erschöpfung in der schützenden Höhle meiner Werkstatt zu verweilen, nicht unbedingt um zu arbeiten, oft saß ich nur da, ließ die Gedanken schlendern und sah zu, wie die vertrauten Dinge langsam im Halbdunkel verschwanden. Dann war es fast so wie früher.

Mit seinen himmelblauen Tapeten und den karmesinroten Vorhängen lächelte der Speisesaal dem Gast freundlich entgegen. Ich nannte meinen Namen, und der Kellner, ein strammer Endvierziger, dessen sorgfältig ausrasierte Hängebacken Freude an deftigem Essen verrieten, dienerte mich an einen Tisch nah beim Fenster in der Ecke des Saales.

»Solo, Signora?«, fragte er mit der gleichen Mischung aus Bedauern und kaum spürbarer Missbilligung, die ich schon aus der Stimme des Portiers herausgehört hatte.

»Si, si«, erwiderte ich und grinste den Kellner an, als sei mir gerade eine Riesenüberraschung gelungen. Diskret räumte er das zweite Gedeck beiseite und überreichte mir mit italienischem Schwung die Speisekarte.

Ich ließ mir Scaloppine, Fegato, Involtini und Bruschetti am Gaumen der Phantasie zergehen wie eine delikate Melodie; ich hatte Zeit. Dann, um zu bestellen, suchte ich den Blick des Kellners, doch der starrte mit eingezogenem Kopf in seine Platzierungsliste, während ein hochgewachsener Mann erzürnt in seinen Nacken herabredete und immer wieder in meine Richtung wies, offenbar saß ich an seinem Tisch. Unter vielerlei Verbeugungen dienerte der Kellner den Mann schließlich in die gegenüberliegende Ecke und rückte ihm dort den Stuhl zurecht, nicht, ohne mir zuzuzwinkern.

Draußen war es jetzt finster. San Giorgio strahlte im Licht verborgener Scheinwerfer fast zu grell. Ich blinzelte und nippte an meinem Chianti, tat, als merkte ich nicht, dass der Fremde mit, wie mir schien, schlecht verhüllter Empörung herüberblickte. Sollte er. Wie gleichgültig mir die Blicke der Männer waren, seitdem ich keine Kreuzchen mehr im Kalender machen musste.

Er war älter als ich, der Mann in der Ecke, Rudolfs Jahrgang vielleicht, das lichte weiße Haar ein bisschen zu straff frisiert, das lange schmale Gesicht ein bisschen zu glatt rasiert, ob er noch eigene Zähne hatte? Ich verbarg mein Grinsen in einem Schluck Wein und noch einem. Fühlte, wie meine Einsamkeit langsam wieder zur angenehmen, vertrauten Begleitung wurde.

Doch nun schaute der Fremde nicht mehr zu mir – oder meinem Tisch – herüber, sah vielmehr ein paarmal abwechselnd auf die Uhr und zum Eingang des Speiseraums, zog sein Handy aus der Tasche, wählte, trommelte auf der Stuhllehne, steckte das Ding wieder weg. Ich kenne diese Gesten, die andeuten, man sei nicht gezwungen, allein zu essen, nur ein misslicher Umstand hielte die ersehnte Gesellschaft noch fern.

Meine Zuppa di fagioli hatte ich schon gegessen und wartete auf das Trüffelrisotto, als sie hereinflog, leichtfüßig an den Tischen der Speisenden vorbei auf mich zu, stockte, stutzte, schon war der Kellner da und führte sie fort und dem Fremden zu, der sich erhob, der Ankommenden den Stuhl zurechtrückte und flüchtig einen Arm um die Schulter legte. Das Geschöpf an seiner Seite war von einer sonderbaren Schönheit, groß, ihn fast überragend, und ihr kornblondes Haar, kaum von ihrer Gesichtsfarbe zu unterscheiden, fiel ihr in weichen, altmodischen Wellen über die Schultern. Hohe Backenknochen, dunkel umrandete, leicht vorquellende Augen, deren Farbe ich aus meiner Entfernung nicht erkennen konnte, ein großer, blasser oder blass geschminkter Mund verliehen ihr das Aussehen einer Diva aus Stummfilmzeiten. Doch nicht deswegen gab ich dem Fremden den Blick, mit dem er mich – meinen Tisch – anfangs bedacht hatte, nun mit Zinseszins zurück. Mindestens dreißig Jahre jünger als er war die Schöne, und sie machte ihm, jedenfalls schloss ich das aus ihren aufgeregten Gesten, lebhafte Vorwürfe wegen der getauschten Tische. Unbekümmert um ihr Aussehen, runzelte sie die Stirn und kniff die Augen zusammen, fast hässlich anzusehen, und als er die Hand hob und sich ihrer Stirn näherte, bog sie den Kopf unwillig beiseite. Seine Hand fuhr ins Leere, und er legte sie wie einen ausgedienten Gegenstand wieder neben den Teller. Auch seine Augen erhob er nicht mehr vom Tisch, aß mit ruhigen, gemessenen Bewegungen, während die junge Frau weiter ungestüm auf ihn einredete, in den Gerichten nur herumstocherte, sich aber ein ums andre Mal ihr Glas vom Kellner füllen ließ und schließlich eine zweite Flasche bestellte, was ihr Begleiter nicht zu bemerken schien.

Ich schmeckte jedem Schluck meines roten Nobile hinterher, zog bei jedem Bissen die Gabel genüsslich durch die Lippen, machte mich in meinem Stuhl so breit, wie es mein knapp geschnittenes Kostüm erlaubte, nestelte den Rockknopf in der Taille auf und bestellte Crème Caramel. Zu beobachten, wie Menschen ihrer Jugend nachjagen, dem, was sie für das Glück halten, und dabei so kläglich und vorhersehbar scheitern, erfüllt mich jedesmal mit schadenfrohem Triumph. Ich kannte etliche Frauen meines Alters, die beim Anblick dieses ungleichen Paares trotz dessen offenkundiger Verstimmung zorniger Neid gepackt hätte. In Grund und Boden versänken sie, pflegten sie zu versichern, müssten sie sich ausziehen vor einem jüngeren Mann. Alten Knackern, wie sie sich ausdrückten, mache das hingegen nichts aus. Und den jungen Frauen, stichelte ich dann gern, anscheinend auch nicht. Geld!, trumpften meine Altersgenossinnen daraufhin auf, neueste Hirnforschungen hätten ja auch ergeben, dass Sex und Geld dieselben Botenstoffe im Gehirn in Gang setzten, und ob ich schon mal gehört hätte, dass sich eine Dreißigjährige mit einem siebzigjährigen Müllmann zusammengetan hätte. Wieso Müllmann?, gab ich mich einfältig, und sie fauchten abschließend: Ach du, mit deinem Rudolf! Aber auch nach Rudolfs Tod war es mir keinen Augenblick in den Sinn gekommen, mich wieder einzureihen in den hechelnden Haufen verblühender Frauen auf der Suche nach einem zweiten Frühling. Männer, da musste ich den Freundinnen allerdings recht geben, gestanden sich ganz selbstverständlich dritte und vierte Frühlinge zu.

Endlich hatte es der Fremde geschafft, eine der flatternden Hände seiner Begleiterin zu ergreifen und festzuhalten. Sie war jetzt still, sah ihn aber nicht an, während er ernst und inständig auf sie einredete. Ganz und gar ihr zugewandt, schien er sie mit seinen Worten fast gewaltsam an sich zu ziehen, bis sie ihm endlich ihren Kopf zukehrte und er ihr Kinn hob, dass sie ihm in die Augen sehen musste.

Mein Karamellpudding schmeckte plötzlich bitter. Ich ließ den Grappa, den der Kellner mir als Gruß des Hauses servierte, stehen, erbat mir dagegen fürs Frühstück und die folgenden Abende wieder diesen Tisch.

In meinem Zimmer erwartete mich das aufgedeckte Bett im Licht einer Stehlampe, die einen Kegel warmer Helligkeit und zufriedener Stille aus der Dunkelheit schnitt; und über allem lag dieser Geruch nach dienstbarem, achtsamem Entgegenkommen, der mehr noch als erlesene Möbel, schmeichelnde Tapeten und Samtportieren dieses rückhaltlose Behagen verleiht, das überall mit Geld zu kaufen ist.

Weit stieß ich die Läden noch einmal auf, grüßte über die Lagune hinweg die strahlende Kathedrale, grüßte die Wellchen, die dort flossen, weit, weit weg in die tiefe glitzernde Dunkelheit und hinaus ins offene nachtschwarze Meer. Lächelnd schmiegte ich mich in die Umarmung der Bettdecke, schlug sie lässig um mich herum. Niemand, der sie nachts von mir wegziehen würde. Im Spiegel der Schranktür gegenüber allein die Lampe auf der Konsole und das silbern gerahmte Aquarell einer Frau, die der Welt den Rücken kehrte.

Beim Frühstück am nächsten Morgen quengelten italienische Kinder zwischen Stühlen und Hosenbeinen, amerikanische Familien rückten Tische zusammen, als gälte es einen Kreuzzug, eine deutsche Männerstimme bat um ein paar Scheiben Holländer Käse. Ich hastete an meinen Platz.

Das ungleiche Paar war nicht da. An ihrem Tisch saß eine elegante Italienerin, die Züge vom Alter gedunsen. Um ihren Mund, dem sie mit spitzen Fingern Weintrauben zuführte, spielte ein welkes Lächeln; der Wunsch zu gefallen hatte noch nicht abgedankt. Ich hielt mich an Rührei con Salsiccia, an Fleischbällchen und klebrige Kuchen; ein paar Obsttage zu Hause würden es schon wieder richten.

Draußen prallten die Strahlen der Wintersonne auf meine dunklen Brillengläser, glitten über Wangen und Lippen, glühten auf meiner Stirn, als wollten sie mich in eine andere Jahreszeit verführen, ein heißes Frühjahr, einen hitzigen Sommer. Vorbei an den Müßiggängern hastete ich durchs Gewirr der Gassen und Brücken; ich hatte ein Ziel.

Längst bevor ich den Palazzo Grassi erreichte, sah ich das Ende der Schlange. Ich reihte mich ein, wir rückten schleppend vor. Ich liebe es, ins Leere zu träumen, ins Murmeln der Stimmen, unter Menschen zu sein, die nichts von mir wollen, von denen ich nichts erwarte. Fast nur Männer harrten in diesem zugigen, kalten Schatten aus. Erst als wir um die Ecke bogen, sah ich ihre Frauen, die sich vor der Mauer des Palazzo in die Sonne drängten.

Ziemlich weit vorn in der Reihe der Wartenden, die anderen fast einen Kopf überragend, stand das Paar aus dem Hotel, offenbar erwartungsfroh ins Gespräch vertieft, ein aufmerksames Hin und Her von Rede und Gegenrede, dann und wann von ihrem Lachen unterbrochen, wobei sie den Kopf in den Nacken warf, als böte sie ihm ihre Kehle. Ich spürte, wie mir die Kälte durch die Sohlen, die Füße, die Beine hinaufkroch, trat auf der Stelle; ging das da vorne denn gar nicht weiter, wieso stand ich hier eigentlich, was hatte ich hier zu suchen, Baltus' Bilder, Rudolfs Bilder, mein Bild von Rudolf, mein Bild seines Bildes dieser Bilder?

Ich hatte Rudolfs Liebe zu Bildern nie geteilt, vielleicht, weil mich deren Meisterschaft, wenn auch nur von ferne, an die eigenen bescheidenen Versuche, Schönes zu schaffen, mahnte und mir deren Dürftigkeit vor Augen führte.

Der Palast, erst vor wenigen Jahren wiederhergestellt, sei ein klassizistisches Kleinod, las man im Reiseführer.

Das helle Gebäude verlockte zu langen, ruhigen Schritten durch den lichten Innenhof unter der Glaskuppel, die breite Treppe hinauf, reizte zu Blicken in die Tiefe und aus den Fenstern. Ich genoss den verschwenderischen Raum, dem Wasser abgetrotzt, und fühlte mich behütet. Nur auf die Bilder schaute ich nicht. Bis ich ihn sah, bei dem Bild, das vor so vielen Jahren fast zum Streit zwischen Rudolf und mir geführt hätte: den Fremden aus dem Hotel. Hinter ihm knufften sich zwei halbwüchsige, gut gefütterte Italiener in die Rippen, zogen grinsend ihre feisten Backen breit, während der fremde Mann dastand mit der gleichen entrückten Miene, wie ich sie damals an Rudolf verabscheut hatte. Seine junge Begleiterin war nicht zu sehen. Ob es ihr ging wie vor Jahren mir? Die beiden Jugendlichen schlurften weiter, gaben den Blick auf das Bild frei. Ich trat einen Schritt näher, stand nun dicht hinter dem Fremden. Ich musste lächeln. Lächeln über mein jüngeres Selbst, das über diesem Bild und dem Entzücken des geliebten Betrachters so sehr aus der Fassung geraten war. Nachsichtig, amüsiert, als hätte ich es mit vorlauten Kindern zu tun, ließ ich die Augen über die Figuren wandern, das Sofa, die Gitarre, die unvermeidliche Katze. Alle hatten viel zu dicke Beine.

Verstohlen sog ich den Geruch des Fremden ein, eine Mischung aus Tabak und Tweed, und wandte mich ab; ging in den nächsten Raum, wo ich die blonde Schöne wiedersah, versunken in eine Landschaft. Wieder musste ich lächeln. Vor ebendieses Bild hatte auch ich mich damals geflüchtet. Und so wie damals ich drehte auch sie unablässig mit der Linken den Ehering an ihrer rechten Hand, drehte ihn fahrig auf und nieder, als wollte sie ihn abreißen. Ich stellte mich dicht hinter sie, so wie ich eben noch hinter dem Mann gestanden hatte, und hätte sie am liebsten in die Arme genommen. Ihre Schönheit, ihre Anmut, vor allem aber ihre Jugend – wo war da Anlass zur Eifersucht? Mich abwendend, berührte ich wie unabsichtlich ihre Schulter ein wenig mit der meinen.

Ich durchstreifte die Räume noch einige Male, das Paar hatte die Ausstellung offenkundig verlassen. Im Café bei einem Cappuccino betrachtete ich meine rechte Hand, die ruhig auf dem Tisch lag, der Ehering noch immer ein bisschen zu weit.

Sie saßen schon da, als ich am Abend das Restaurant betrat und mein Kellner, wie ich ihn jetzt schon nannte, mich an meinen Tisch geleitete. Sie sahen flüchtig auf, noch einmal schien sie ihm Vorwürfe zu machen wegen des Tisches, er griff begütigend nach ihrer Hand, die sie wie gestern unwillig entzog. Mir war, als grüße er aus den Augenwinkeln herüber.

Wir blieben nicht lange allein. Wieder waren Tische zusammengerückt worden, für eine große französische Familie die einen, andere für die amerikanische Gruppe; die Sprachen schienen einander zu bekriegen. Die französischen Stimmen siegten, dafür sorgten drei Kinder, über deren Späße man erst recht lauthals lachte, als am amerikanischen Tisch die Nasen gerümpft wurden. Die Sprache des Paares hatte ich noch nicht ausmachen können. Ich sah nur, dass sie schnell und mit hastigen Handbewegungen sprach. Deutsche reden so, wenn sie ausdrücken möchten, dass sie sich in Italien wohlfühlen. Das tat die Blonde aber offensichtlich nicht. Ihre Gesten meinten nicht Lebenslust und Übermut, wollten vielmehr überreden, überzeugen, hitzig, zornig fast. Wovon? Immer wieder schüttelte der Mann den Kopf, den er gesenkt hielt, den Blick auf das Glas gerichtet. Schließlich brach sie wie gestern ab, trank ein paar tiefe Züge, und nun war es an ihr, den Kopf zu senken und ihm zuzuhören. Sie hatte die Haare hochgebunden, und ihr Nacken sah weiß und schutzlos aus.

Bewegungslos saß sie da, als der Mann ihr ein Taschentuch in die Hand drückte, das sie, den Kopf noch weiter beugend und sich von den Gästen abwendend, wohl an die Augen führte. Auch ich hatte damals im Hin und Her um die Bilder ein paar Tränen zerdrückt, weniger aus Kummer denn um Rudolf ins Unrecht zu setzen. Doch wie anders verhielt sich der Fremde als Rudolf, der mich mit seinem friedvollen Lächeln so schnell wieder zur Vernunft gebracht hatte. Ungerührt schien er über die blonde Hochfrisur hinweg zu schauen und zu mir herüber, eindringlich und ein wenig ironisch, fragend auch, als wolle er mich um Nachsicht bitten, Verständnis womöglich. Ich biss mir auf die Lippen und verhakte meinen Blick in ein Apfelsinenbäumchen hinter seinem Kopf, bis er sich wieder seiner Tischgenossin zuwandte.

Der Kellner, mein Kellner, hatte mit dem Mann am Kopfende des Franzosentisches ein paar Worte gewechselt, worauf sich das Gezappel und Geplärr der Kinder nur noch in einer Ecke des Saales abspielte. Triumphierend nahm die beleibte Amerikanerin, die anscheinend ihrer Gruppe vorstand, erst den jungen Mann zur Linken, dann den zur Rechten beim Kopf und flüsterte ihnen etwas ins Ohr, was den Zweiten zu noch lauterem Gelächter veranlasste als den Ersten und am Tisch einen Hagel von Fragen aufplatzen ließ.

Wir alle aßen das Silvestermenü, fast gleichzeitig kamen

die Gänge auf den Tisch, auch der Signora so allein beim Fenster prostete man zu. Nur das ungleiche Paar nahm an den höflichen Freundlichkeiten nicht teil, erhob sich nach dem Fleischgericht, ohne das Dessert abzuwarten, und verließ mit starren Mienen den Saal.

An der Tür wandte sich der Mann noch einmal um. Wieder suchte sein Blick den meinen, und ich fühlte, wie Zorn in mir emporstieg. Zorn und ein wenig Verachtung. Schadenfreude. Nach einer verliebten Versöhnung, wie damals bei Rudolf und mir, sah ihr Rückzug jedenfalls nicht aus.

Ohne die beiden hatte der Raum für mich den Brennpunkt verloren. Das Apfelsinenbäumchen in seinem schwarzgoldenen Kübel auf der Empore sah aus, als brauche es dringend Wasser. Die Kinder begannen wieder zu toben. »Schandbar, schandbar«, dröhnte ein deutscher Bass von einem der weiter entfernten Tische, »wenn das meine wären!« Alle Köpfe wandten sich der Stimme zu, die aus dem weingeröteten Gesicht eines dicken Mannes kam. Die französischen Mütter protestierten beleidigt, die Amerikaner riefen nach dem Kellner, man prostete sich zu. Die Stimmung stieg. Ich ging.

Bei der Schwester war niemand zu Hause, sicher feierten sie mit Nachbarn oder Freunden. Ich schlüpfte aus meinem Kostüm in Hosen und Pullover, schnürte meine festen Schuhe, verschmähte den Aufzug und nahm die teppichgepolsterte Treppe, die den Schritt in ein gemessenes Schreiten zwang, vorbei an der Halle, wo sich nur wenige Gäste in den Sesseln rekelten. Lächelnd drohte mir der Concierge mit dem Finger und deutete auf die Zeiger der strahlenumkränzten goldenen Uhr. Eine halbe Stunde vor Mitternacht.

Unter den windstillen Sternen war es kalt geworden. Frostkalt. Plumpe Gestalten, vermummt bis unter die Augen, schoben sich vorwärts, Frauen in wallenden Pelzen und dichtgeschlungenen Schals, Männer mit spitzen Hüten, die in einer Glocke auf die Schultern fielen; zappelnde Kinder ließen die goldenen Schellen an ihren bunten Kappen klingeln, schlugen Trommeln und bliesen kleine Trompeten, »Vieni qua! Vieni qua!«, gellten Mütter ihren Sprösslingen hinterher, die zwischen den Beinen nach Knallfröschen sprangen.

Ich ließ mich einschließen von den Menschen, die vorbei an San Giovanni in Bragora und San Zaccaria über die Piazzetta zum Markusplatz zogen. Von weitem strahlte Santa Maria della Salute in gelbem Licht; Gondolieri, die sommerlichen Strohhüte tief in die Stirn gedrückt, drängten sich am Ufer vor ihren Booten zusammen.

Feuerwerkskörper zischten hoch, kreischend drängten sich junge Frauen in die Arme ihrer Beschützer. Ich drückte mir die Kante eines Pfeilers in den Rücken, als die Menge die Sekunden des alten Jahres zu zählen begann, ehe die Glocken anhuben, St. Markus grüßte Santa Maria della Salute, ihr folgte San Giorgio, dann ließ sich das Geläute im Lärm der Raketen nicht mehr unterscheiden. Ich presste mich noch härter an den Stein, schaute in den Himmel, sah das alte Jahr in sich zusammengefallen, und das neue schoss herauf, knallbunte Funken sprühend in den geduldigen Himmel.

Kaum spürte ich die Berührungen der Leiber auf meinem Weg durch die ausgelassene Menge zurück ins Hotel. Auguri, tanti auguri von allen Seiten, und zu allem Überfluss schwamm nun auch noch der volle Mond über der

Markuskirche herauf. Früher hatten mich Vollmondnächte unruhig, rastlos gemacht, und ich hatte den Kopf in Rudolfs Achselhöhle vergraben, bis wir sicher durch die Nacht in den Morgen gekommen waren. Wie sehnte ich mich nach einem heißen Tee und nach Händen, die mir die eiskalten Füße warmrubbeln würden, einfach so.

Am nächsten Morgen saß ich schon beim Frühstück, als sie kamen, und ich war sicher, sie hatte geweint, auch wenn sie die dunkelgetönte Brille nicht abnahm. Sie aßen hastig, wenig, und verließen den Saal. An der Tür wandte die Blonde sich um, nahm die Brille ab, schaute zu mir herüber, zögerte, machte eine Bewegung in meine Richtung, lächelte unsicher – mich an? –, setzte die Brille wieder auf und folgte dem Mann.

Mit der Schwester telefonierte ich, kurz angebunden. »Nein, ich habe niemanden getroffen.« Wen denn auch? »Ja, ein glückliches neues Jahr.« Ich hatte es eilig, hinauszukommen. Ihnen nach.

Noch hatte die Sonne die Nebel über dem Wasser nicht aufgesogen, die Lagune schimmerte in zarten graugedämpften Tönen. Nur wenige Frühaufsteher waren auf den Beinen. Ich wandte mich hinaus aus der Stadt, an San Zaccaria vorbei, das Ufer entlang. Buden und Karussells waren noch geschlossen, die Micky-Mäuse plärrten noch nicht, die Plastiksaurier grölten noch nicht, noch wurden die Ohren freundlich beschäftigt vom Wellenschlag gegen den Kai, flinken Stiefeltritten einer jungen Frau, dem Kreischen der Möwen, die hinter Fischerbooten auf Beute lauerten. Nicht lange, und die Sonne stieg aus dem Nebel empor, das alte Jahr war vorbei, das neue tat sich mit der Sonne zusammen, prachtvolle Glut und scharfe schwarze Schatten. Vor den Hotels funkelten rotbespannte kleine Tische unter einem grellblauen Winterhimmel, ein paar Leute reckten ihr Gesicht ins Licht und wärmten sich die Hände an dampfenden Tassen. Eine alte Frau schob Milchtüten und Orangen in einem scheppernden Einkaufswagen über das Pflaster.

Ich hatte Platens Gedichte eingesteckt, so wie damals mit Rudolf. »Venedig liegt nur noch im Land der Träume ...«, hatte der Dichter schon vor zweihundert Jahren geschrieben, kurz nachdem Napoleon die Stadt erobert und gedemütigt hatte.

Venedig liegt nur noch im Land der Träume
Und wirft nur Schatten her aus alten Tagen,
Es liegt der Leu der Republik erschlagen,
Und öde feiern seines Kerkers Räume

Die eh'rnen Hengste, die durch salz'ge Schäume
Dahergeschleppt auf jener Kirche ragen,
Nicht mehr dieselben sind sie, ach! sie tragen
Des korsikan'schen Überwinders Zäume.

Wo ist das Volk von Königen geblieben,
Das diese Marmorhäuser durfte bauen,
Die nun zerfallen und gemach zerstieben?

Nur selten finden auf des Enkels Brauen
Der Ahnen große Züge sich geschrieben,
An Dogengräbern in den Stein gehauen.

Mit Dichteraugen hatten wir Venedig gesehen, von Ewigkeit und Vergänglichkeit gleichermaßen berührt, entrückt, aber über allem hatten doch unsere Augen gelegen, Venedig lag im Land u n s e r e r Träume, unserer Träume einer gemeinsamen zukünftigen Zeit, und wir wussten, was wir träumen, und nicht nur träumen, wollten. Ich klappte das Heft wieder zu. Lag nicht auch mein Leben längst im Land der Träume? In der Vergangenheit?

Im Park der Biennale hielt sich kaum jemand auf, die Gebäude vernagelt; Venedig ohne Menschen, ohne Gegengewicht zu diesem Übermaß an Geschichte, war ohne Kraft. Wind kam auf und schlug mir die Mantelteile unablässig auseinander, hetzte mich zurück, am Hotel vorbei zum Markusplatz, wo fette Tauben sich um die Füße der Touristen spreizten, hackten und stießen, bis ein Händeklatschen sie aufstob und der Schwarm sich mit donnerndem Flügelschlag im Blattwerk des Doms in Sicherheit brachte.

Nach einem Averna im Café Florian, wo Rudolf sich damals an zu viel Mandelkuchen den Magen verdorben hatte, setzte ich meine planlose Wanderung fort. Auf einem kleinen menschenleeren Platz fegte eine alte Frau die Reste von Knallkörpern und Raketen zusammen. Nur das Scharren des Reisigbesens störte die Stille auf und die Geschichten, die diese Stille verbarg, die verschwiegenen Geschichten der Paläste in ihrem verwaschenen venezianischen Rot, dem blätternden Braun und Grün, die Geschichten der schweren Portale und kunstvoll geschmiedeten Gitter vor den verhangenen Fenstern. Hatte es mich in diese Stadt gezogen, weil hier alles Erinnerung war? Wo ich meine eigene, kleine Vergangenheit der großen so fraglos anvertrauen konnte? Wo mein eigenes Verblühen im Angesicht dieser allgegenwärtigen Vergangenheit ein wenig von seiner Traurigkeit verlor?

Die Frau rief etwas zu mir herüber, lachte und machte unanständige Bewegungen mit ihrem Besen. Ein Fenster flog auf, eine zweite Frau antwortete der ersten, den Daumen zwischen Zeige- und Mittelfinger. Mich abwendend, winkte ich ihnen zu, und sie schickten mir ihr Gelächter hinterher, bis weit in die hohen Mauern einer engen Gasse.

Ich sah sie nicht an diesem Abend und nicht am nächsten Morgen; doch auf ihrem Tisch standen noch Reste vom Frühstück, wenn es denn das ihre war. Heute, am vorletzten Tag, wollte ich noch einmal die Ausstellung besuchen. Doch die Reihe war noch länger als beim ersten Mal; mindestens zwei Stunden Warten im kalten Schatten. Das Correr-Museum, wo ich damals mit Rudolf in Carpaccio-Gemälden geschwelgt hatte, war wegen eines Wasserschadens geschlossen; schließlich kaufte ich eine Karte für die Accademia.

Ohne die anderen Säle eines Blickes zu würdigen, ging ich gleich in den achtzehnten Raum. Da stand er, in Cordhose und Tweedjackett, die gespannte Haltung ganz Auge, ganz Blick, vor meinem liebsten Bild, dem »Traum der heiligen Ursula«. Neben ihm die blasse blonde Frau, lässig gekleidet wie er, und ich sah, wie sie ihre Hand in die seine schob, worauf er, ohne den Blick von dem Gemälde abzuwenden, seine Hand aus der ihren löste und ihren Kopf zu sich an seine Schulter zog. Heiß war mir plötzlich, und die Zehen juckten in den gefütterten Stiefeln, als ich die Fußspitzen vorsichtig zurücksetzte und davonschlich mit einem Gefühl, das ich längst vergessen geglaubt hatte. Zumindest den Namen dafür. Beim Blick in den bläulichen schattigen Spiegel eines Schaufensters, das verstaubte alte Masken feilbot, ertappte ich mich, aus meinen Zügen die Frau, die ich vor Rudolfs Tod gewesen war, hervorzulocken, und, mich abkehrend, wie ich mit langen Schritten und stolzem Kopf und Kinn die Jugend nachzuahmen suchte.

Lange saß ich auf der Sonnenterrasse des Lido gegenüber von Santa Maria della Salute, schaute in die Bilderreihen der Wolken, bis sie zerflossen und ihre blaue Grundierung enthüllten. Mein Gesicht mit einem Lächeln verkleidet, eine täuschend echte Maske der Heiterkeit, die von der Stirn über Wange, Nase bis zum Kinn die Haut fast vollkommen bedeckte. Warum eigentlich soll man einen Menschen an seinem Gesicht erkennen und nicht an seiner Maske? Doch meine Augen bedurften noch der Dressur. Und mein Mund blieb eine lächelnde Narbe.

Abends aß ich nicht im Hotel, trank in einer Trattoria zuviel billigen Rotwein, wurde nachts ein paarmal von einem bösen Brummen unterm Schädel wach, aber ich wusste, noch ehe ich am späten Vormittag die Läden aufklappte, dass die Sonne am dritten Tag des neuen Jahres wieder strahlte, Venedig eingepackt in Goldpapier und alle die hier waren auch.

Mein Paar saß wieder an seinem Tisch. Bekümmert, erschöpft, als hätten sie schon zu viele Anläufe hinter sich. Einmal schien sein Handy zu klingeln, er hob es ans Ohr, sagte etwas, sie sah ihn erwartungsvoll an, er schüttelte den Kopf, und sie zerbröckelte teilnahmslos ein Stück Kuchen. Er sprach leise, schnell, erregt, stand auf, fast fiel der Stuhl um, stürzte hinaus, die Lippen verkniffen, die Handy-Faust ans Ohr gepresst. Die junge Frau saß reglos, und ich dachte: Warum sieht man, geht einer weg, doppelt so allein aus, wie wenn nie einer bei uns war? Dann schaute sie zu mir herüber, prüfend fast, und ich tat, als suche ich etwas unterm Tisch.

Nach Murano fahren wollte ich nicht mehr; die Scheußlichkeiten in den allgegenwärtigen Glasvitrinen, diese Geschwader von Harlekinen, Walfischen, Löwen und Vögeln, Tulpen und Tannenzapfen, all dieser Plunder hatte mich zu sehr abgestoßen. Was mich hier noch hielt, ich wusste es nicht. Oder wollte ich es nicht wissen? Der Himmel, so blau wie am Tag meiner Ankunft, die Lagune dunkelgolden von der Wintersonne gefärbt, Wärme verheißend hinter den Scheiben, aber draußen so kalt wie zu Hause.

Ziellos machte ich mich wieder auf den Weg, der Weg ist das Ziel, schoss mir ein Spruch von Meister Eckhart durch den Kopf. Ein Heftchen mit seinen Weisheiten hatte Rudolf eine Zeitlang bei sich getragen, bis wir angefangen hatten, selbst Sprüche zu erfinden, die, ohne zu parodieren, denen des Mystikers zum Verwechseln ähnlich waren. Geh ohne Weg den schmalen Steg, verlor ich mich wieder in Gassen, Brücken, Plätzen. Der Weg entsteht im Gehen. Ich dachte die Sätze vor mich hin, bis sie jeden anderen Gedanken zum Verschwinden brachten, meine Schritte mich im heilsamen Takt der alten Worte davontrugen. Endlich wurde mein Weg von einem mächtigen Palazzo versperrt, und ich musste mich für eine Wendung nach rechts oder links entscheiden.

Die Gedenktafel an der Mauer, die den Palast einschloss, zeigte das lorbeerbekränzte Profil Richard Wagners. Unser beider Verehrung für ihn hatte Rudolf und mich zusammengeführt.

Ich war zum ersten Mal in Bayreuth und bedingungslos dem Zauber des Hügels erlegen, während Rudolf, wie er mir später erzählte, schon recht jung mit einem Onkel hierher gekommen war. Wir hatten, jeder für sich, in einer der Pausen mit einem Glas in der Hand vor dem Festspielhaus gestanden, nahe einer Gruppe von Leuten, deren Gesichter schon vor langer Zeit diesen Ausdruck von Missbilligung und übellauniger Selbstgerechtigkeit angenommen hatten. In kehligem Schwäbisch machten sie sich Luft, drohten lauthals mit ihrer Abreise. »Fricka im Kittel!«, empörte sich eine untersetzte Frau, das farblose Haar zu einer mit Haarnadeln gespickten Rolle frisiert. »Hühner auf der Bühne!« »Wotan am Telefon!« »Siegfried trinkt Dosenbier!«, ging es, sich in Abscheu und Lautstärke übertrumpfend, durcheinander. »Lieber wieder einen Wotan mit Helm und Hörnern!«, hatte der Mann neben mir sich eingemischt, und ich hatte ergänzt: »Und Brünnhilde mit klappernder Brünne!« Nicht ohne Schadenfreude sahen wir zu, wie der verschreckten Matrone die Bratwurst aus dem Brötchen rutschte, eine fettige Senfspur auf schwarzseiden umschlossener Brust, dann hatte mich der Mann, mein Rudolf, bei der Hand genommen und die Treppe hinunter in den Park gezogen.

Richard Wagner, compositore tedesco, so die Inschrift der schuhkartongroßen Tafel an der Mauer, sei hier gestorben. Aus dem höchsten Fenster des Palazzo hing bis hinab aufs Portal eine rote Fahne, deren goldgewirkte Schrift in das städtische Casino Venedigs einlud.

Die Halle konnte ich ungehindert betreten, doch die breite rotgepolsterte Marmortreppe wurde mir verwehrt. No, no, da oben seien die Spielsäle. Die Zimmer des Signore Wagner? Nicht für die Öffentlichkeit. Nur für Konzerte der Wagner-Gesellschaft. Manchmal. Doch nach gut italienischer Sitte verwies mich der Livrierte weiter, ans andere Ende der Halle, wo ein schöner graumelierter Mann hinter einem prunkvollen Schreibtisch aufsprang und mich mit sanfter Bassstimme fragte, was ich wünsche. Mein Italienisch, hauptsächlich »Prego, prego!«, und mein an unentschlossenen Kunden oft erprobtes Gnadenstoßlächeln erreichten schließlich, dass mich der schöne Mann einem weiteren Livrierten übergab, der mir, gleich hinter dem herrschaftlichen Portal, eine unscheinbare Tür aufschloss. Die schmale Steintreppe führte an kahlen Wänden vorbei in ein Zwischengeschoss, niedrige holzgetäfelte Räume, die sich im Prunk dieses Palazzo bescheiden ausnahmen. Ich hatte wenig Zeit, mich umzusehen, der Livrierte eilte, sich immer wieder nach mir umwendend, voraus, cinque minuti, hatte ihm sein Vorgesetzter eingeschärft. Endlich öffnete er die Tür zum Sterbezimmer.

In der Mitte der Flügel. Sein Flügel. Der Sessel vorm Schreibtisch, an dem er die Musik zum »Parsifal« geschrieben hatte. Hier war er zusammengebrochen. »Liebe – Tragik«, die letzten Worte, die er hatte erzwingen können. Dann hatten schwarze Gondeln seinen Sarg davongetragen.

Ich trat ans Fenster. Stand da und schaute aufs Wasser hinab, so, wie er dagestanden haben mochte, seinen Geschöpfen nachsinnend: Klingsor, den die Liebe verdammt, Parsifal, den sie erlöst. Ein Boot legte an. Die Hand des Gondoliere verschmähend, sprang der Mann ans Ufer, Tweedjackett und Cordhosen, ein dicker Schal um den Hals. Er war allein. Hilflos raste mein Herz gegen die Rippen, als er seinen Blick, da war ich ganz sicher, auf das erleuchtete Fenster richtete.

Ungeduldig klapperte der Livrierte mit den Schlüsseln. Sekundenlang legte ich meine Hand auf das schwarzschimmernde Holz des Flügels, dann folgte ich ihm hinaus.

Im Hotel bat ich, mir die Rechnung fertig zu machen für den nächsten Morgen, aber in Gedanken reiste ich schon ab in dieser Nacht.

Der Frühstückssaal war beinah leer, die meisten Gäste waren nur bis Neujahr geblieben. Der Tisch des Paares schon abgeräumt. Oder gar nicht gedeckt? Ich begnügte mich mit einem starken Kaffee, einem bisschen Obst und holte die Rechnung. Eine Signora habe nach mir gefragt, machte ein junger Mann mir verständlich, grande e bionda. Sie sei sehr aufgeregt gewesen und molto triste.

Während er noch in einem Gemisch aus Deutsch, Englisch und Italienisch auf mich einredete, kam sie schon die Treppe herunter. Alle Haltung vergessend, stürmte sie auf mich zu, ergriff meine Hand und drängte sich an mich heran. Ein bitterer Geruch umgab sie, so wie er damals aus mir herausgebrochen war, als der Polizist gesagt hatte, ich müsse jetzt tapfer sein. Die wenigen Tage bis zu Rudolfs Tod, der nach einem Verkehrsunfall aus dem Koma nicht mehr erwacht war, hatte mich dieser Geruch nicht mehr verlassen.

»Der Vater, der Vater«, stieß sie mit unverkennbar schweizerischem Akzent hervor. Ich legte meinen Arm um sie und führte sie in die Halle, wo sich ein paar Männer

daranmachten, die deckenhohe Tanne, schon ohne Engelshaar und ohne Lichter, zu entfernen.

Ihr Vater, brachte ich schließlich aus ihr heraus, sei gestern Abend, nachdem er noch einmal mit ihrem Mann tele-
foniert habe, mit einem Herzanfall ins Krankenhaus eingeliefert worden, ins Ospedale Sant' Eufemia. Sie sah mich an,
als könnte ich ihr bestätigen, dass dies das beste, einzig in
Frage kommende Krankenhaus der Welt sei, und ich nickte
und legte meine Hand auf die ihre. Mein Herz tat zwei, drei
Schläge zu viel. Ob sie etwas trinken wolle, fragte ich, aber
sie schüttelte den Kopf. Ihr Mann, brach es aus ihr heraus,
habe sich von ihr getrennt, eine Jüngere, natürlich, egal! Die
junge Frau war wütend, verletzt, doch aller Zorn vermochte
die Angst um den Vater nicht zu verdrängen. Sie habe sich
zu ihm geflüchtet, und er sei mit ihr hierher gefahren. Andere Gedanken. Aber ihr Mann habe ständig angerufen. Ihr
Vater, ich hätte ihn ja einmal beim Frühstück erlebt, habe
sich jedesmal fürchterlich erregt. Ja, Geld auch.

Ich hörte schweigend zu, hin und wieder nickte ich. Mitten im Satz hielt die junge Frau inne, schlug sich an die
Stirn, entschuldigte sich, nannte ihren Namen. Der Vater,
vertraute sie mir an, habe, seit sie hier seien, nur Augen
für mich gehabt. Was auch immer sie unternommen hätten, um sie, die Tochter, von ihrem Kummer abzulenken,
der Vater habe überall nach der schönen Fremden, so seine
Worte, gesucht. »Heute, das hat er mir gestern Abend, kurz
bevor mein Mann anrief, noch gesagt, wollte er sich Ihnen
vorstellen, Sie zum Essen einladen, was weiß ich.«

Langsam zog ich meine Hand von der ihren zurück.

»Werden Sie ihn besuchen? Ich habe gehört, Sie reisen ab.
Werden Sie bleiben?«

Hilflos spürte ich, wie mir ihre Frage die Röte ins Gesicht trieb. Ich blickte in den Schoß, wo meine Hände lagen wie zwei auf dem Rücken erstarrte Käfer. Wollte ich all das mühsam Verlernte wieder aufs Neue erlernen?

Das Handy der Tochter klingelte. »Ja, ja, ja!« Sie strahlte mich an. »Ich muss fort. Er ist aufgewacht. Bitte, kommen Sie mit. Oder – nein. Es könnte zu viel Aufregung für ihn sein. Bitte warten Sie auf mich. Bitte!«

Zurück im Zimmer, trat ich vor den Spiegel im leergeräumten Bad. Kein Zweifel, da war sie, die Maske des Alters, drückte sich durch meine Haut, unablösbar. Mein Verstand erkannte sie, erkannte sie an. Aber mein Herz protestierte; es war zwanzig und keinen Tag älter.

Ich setzte mich an den Schreibtisch, zog einen Bogen Papier aus der Mappe. Wie er hieß, wusste ich noch immer nicht. Meine Hand kratzte sinnlose Striche, malte Gesichter, verrückte Profile und Kinderkugeln, Punkt, Punkt, Komma, Strich. In staubigen Bündeln fiel das Licht des neuen Tages aufs Blatt. Ich schlug die Vorhänge noch einmal auf, die Fensterflügel auseinander. Ein Mädchen in roten Lackstiefeln kam von der Piazza, ein junger Mann in einem rehbraunen Ledermantel von der anderen Seite. Sie trafen sich und stiegen in ein Boot, das wendete und davonglitt. Ich hörte die Stimmen der Gondolieri, Kinder am Ufer, Möwengezänk. Wollte ich wirklich noch einmal jeden Morgen zwei Tassen, zwei Teller, zwei Messer, zwei Gabeln, zwei Servietten sehen? Nach einem anderen riechen, nicht nur nach mir selber?

Ich setzte mich noch einmal an den Tisch und zog ein frisches Blatt Papier hervor.

Brief Gertruds, Königin von Dänemark, an ihren Sohn Hamlet

Ich habe nie die Dunkelheit gefürchtet. Das Dunkel nicht und nicht das Licht. Wenn du dies liest, bin ich mit Erdenluft und Licht nicht mehr zu wecken. Ich werde morgen für dich trinken. Das Gift, das dir dein Onkel mit der Perle in den Becher werfen wird. Du wirst es wie die anderen für einen Zufall halten, vielleicht sogar für eine Himmelsstrafe, da ich – so siehst du es – in Blutschand' lebe. Lies dies und sieh dann, ob dein Urteil hält, ob du nicht bitter unrecht hattest. Du und die Welt. Wo soll ich nur beginnen? Ach, Hamlet. Wo beginnen?

Der Keim des Unheils ist: Ich habe dich zu sehr geliebt. Vielleicht auch: zu bequem geliebt.

Du warst mein erstes Kind und solltest es auch bleiben. Ich wies den König, deinen Vater, von meinem Bett, nachdem du mir geboren. Du warst mein Erster. Mein Einziger: Der solltest du mir bleiben.

Ich selber wurde allzu streng erzogen. Mutterliebe war mir ein Kuss von dünnen Lippen Weihnachten auf die Stirn. Und eine dürre Hand, auf die ich meinen Mund zu drücken hatte, wenn es Verzeihung, Dank oder Reue galt.

Mein Vater starb mir früh. Und seine Brüder hechelnd um Herzogskrone und Besitz. Ich in der Hand von Jüngferlein des Hofes, Hamlet, die Lachen, Laufer, Schulterzucken, selbst lautes Niesen schon für Sünde hielten – und bestraften mit Sticken. Sticken, endlose Decken, Kissen, Wandbehänge …

Ähnliches sollte meinem einzig geliebten Sohn nicht widerfahren.

Natürlich warst auch du ein Ammenkind, hattest Erzieher, Lehrer, Prediger, Rhetoren – doch alles unter meinen Augen. Und meiner Liebe. Sie sollten dir zu Willen sein, nicht umgekehrt.

So tatest du die ersten Schritte, sprachst die ersten Worte, langtest nach meinem Daumen; nichts wurde dir verwehrt. Dein erstes Lallen schon Befehl. Wonach du griffest, wurde dir gegeben, wohin du gingest, schmückt' ich dir das Ziel.

Verwöhnen nennt man das gemeinhin. Doch ich wollte frei dich sehen. Frei von Zwang.

Und übersah dabei, dass jede Freiheit mit Verantwortung einhergehen muss. Ich nahm dir alles ab. War immer für dich da. Die Mutter wird's schon richten. Ich log mir deinen Eigensinn in Stärke um, in Phantasie dein tatenloses Träumen, in Wissensdurst dein zweiflerisches Schwanken. Der jähe Umschwung deiner Stimmungen war mir Erfindungskraft und Ungeduld des Dichters. Und alles andere, was mir nicht gefiel, das schrieb ich deiner Kindheit, deiner Jugend zu.

Als ich's bemerkte, was ich mir herangezogen, war es zu spät.

Es war an jenem Nachmittag im Sommer. Ich hatte dir erlaubt – hinter dem Rücken deiner Lehrer –, ans Wehr zu gehen mit Horatio. Dort zu schwimmen hatte ich verboten. Ein Bauer war's, der gegen Abend atemlos die Wachen alarmierte: Ein Körper draußen kämpfe mit den Wellen, ein anderer sitze regungslos am Ufer und schaue zu.

Horatio, du weißt es, ward gerettet. Der andere, der Tatenlose, der warst, Hamlet, du.

Die ganze Nacht erzähltest du in immer neuen staunend erregten Bildern von Horatios Kampf, du maltest sein verzweifeltes Gesicht in immer neuen Zügen, ahmtest sein Schreien nach, sein Röcheln, wie es erstarb … und forschtest in meiner Miene nach Applaus.

Wie wütend wurdest du, als ich dich sanft, doch tadelnd fragte, warum du ihm nicht deine Hand gereicht?

Ins Wasser? Ich? In dieses kalte Wasser? Niemand hieß ihn hineinzuspringen!

Er ist dein bester Freund, wandte ich ein.

Was er auch bleibe, gabst du zur Antwort.

Und du hattest recht.

Weißt du es noch, als kurz darauf dein Vater uns beide in der Bohnenlaube fand, am Rand des Gartens, dort, wo der Park ins Wilde wächst. Du hattest deinen Kopf in meinen Schoß gelegt und sangest mehr, als du sie sprachest, Zeilen von Ovid, *Ars amatoria*, wo Amor seine Fackel schleudert und »quem labella mordere?« zu wissen der Gott begehrt.

Weißt du es noch? Wie schwarz der Vater dastand in der Grelligkeit, sich auf dem Absatz drehte, fortstürzte durch das Blattgewirr der Pforte.

Als er befahl, dich auf die Hohe Schul nach Wittenberg zu schicken, widersprach ich nicht. Dort würde man, so hoffte ich, was allzu weich in dir erhärten und das Harte ins Menschliche verkehren. Kurz: Aus dem verzogenen Sohn den Erben eines Herrschers machen, würdig des dän'schen Throns.

Doch einen Fehler macht man nicht durch einen Fehler gut.

Dich zu verzärteln, deine Liebe ganz an mich zu binden, war der erste Fehler. Der zweite, der daraus erwuchs: dich wegzuschicken und dir diese Liebe, wenn auch nur schein-bar, ganz und gar zu nehmen. Die Folgen beider Fehler tra-fen ja auch mich. Wo war mein zärtlicher Geselle, wenn ich des Morgens den losen Umhang überwarf, mich aus dem Schloss stahl und dem Strand entgegenlief, dem Meer, dem Wind – und dir? Wo warst du, wenn des Nachts ich an den Teichen den Nachen löste, hinaustrieb und du mich sacht an starker Kette zurück ans Land zogst und in deine Arme? Umschlungen gingen wir dann bis zur Bohnenlaube und getrennt zurück.

Der König sah die nächtlichen Begegnungen nicht gern.

Jetzt fehltest du mir. So sehr, dass ich die Nähe des Gatten wieder suchte. Nicht, dass er mich zurückwies, wegstieß. Hätte er doch nur! Ein Funke noch vom alten Feuer wär's gewesen. Doch alles Asche, kalte Höflichkeit.

Solange du in meiner Nähe weiltest, so wenig schmerzt' mich, als geschäh' es nicht, des Nachts der Lärm von Festen aus den Gemächern des Königs, Festen zu zweit, zu dritt, mal seine Stimme, mal die einer Frau, mal eines Mannes, eines Knaben auch mitunter. Meist waren es drei Stimmen, höchstens vier. Am Morgen dann die schale Glätte, die Ma-jestät in Purpur und in Gold.

So, Hamlet, war's um mich bestellt, als du in Wittenberg dich an den Stimmen der Gelehrsamkeiten nährtest. Was

Wunder, dass dein Onkel, Claudius, zuvor doch selten eines Blicks gewürdigt, bei mir allmählich nun ein offenes Ohr fand. Schön ist er, recht hast du, schön ist er nicht. Erst neulich hieltest du's mir vor, als wir die Bilder beider Brüder betrachteten.

Dein Vater war ein schöner Mann. Auch du, Hamlet, bist schön. Doch schöne Männer heischen, anders als die Unscheinbaren, Bewunderung allein für sich, anstatt sich selbst uns angenehm zu machen mit Scherzen, Artigkeiten, Komplimenten. Genau das aber tat dein Onkel. Mit flinker Zunge ausgestattet und deines Vaters pompöser Sprache weitaus überlegen.

Ich selbst, du weißt es nur zu gut, mag blumiges Reden nicht, hab's gern, wenn man schnell und präzise auf den Punkt kommt, mit Witz die Fakten schleift und funkeln macht. Das war's, was mir den Onkel näherbrachte. Nah, wie zwei blinkend scharfe Degen sich kommen können im Duell.

Und so, mein lieber Hamlet, ist es auch geblieben!

Die Heirat? Ach Gott! Wenn du der Ausschweifungen mich schmähst, mich Dirne schiltst, sag ich dir: Deine Phantasie allein ist es, die zügellos. Du züchtigst mich. Mit Worten. Weil du mich nicht lieben darfst! Das nämlich wäre in der Tat »Blutschande«, wie du sagst.

Die Ehe – wenn sie denn eine wäre – mit Claudius kannst du geschmacklos nennen, Blutschande nie. Doch das am Rande nur.

Weit mehr hast du das Recht, nun endlich zu erfahren, was mich an Claudius' Seite zwang.

Dein Vater, Hamlet, immer wilder trieb er's und ließ des Nachts in Betten die Kraft, die er am Tage für sein Volk so dringlich hätt' gebraucht. Kränkelnd erschien er, unwirsch, ein Schatten seiner selbst. Dies sah auch Claudius.

Geschickt zog er der Lehnsherren größten Teil auf seine Seite. Das Heer selbst glänzte, ritt er keck vorbei, blank auf und nicht mehr bei dem König, deinem Vater. Wie er verfiel, so blühte Claudius auf.

Und doch! Was dann geschah ... Ich lag wie immer in der Bohnenlaube, der Mittagsruh genießend. Unweit davon in einem Rosenbogen dein Vater, im erschöpften Schlaf. Als Laub aufrauschte und ich mich tief zurückzog und sah, wie sich verdächtig zu seinem Bruder Claudius stahl, ein Fläschchen zückte und sich hastig umsah, dem Schnarchenden den Kopf zur Seite rückte und die Phiole mit einem Schwung ins Ohr des Opfers goss. Das sehend, sprang ich auf und machte eilig ein paar Schritte, dem Frevler in den Arm zu fallen. Da sah er mich.

Du weißt, was dann geschah. Nun kennst du auch den Grund.

Der König starb. Wer hätte mir den Brudermord geglaubt? Und dieses Land? Dies Dänemark, so schlecht regiert von deinem Vater schon, sollt' ich es nun den Wirren eines inneren Aufruhrs, gar äußeren Feinden überlassen? Du in Wittenberg. Ich ohne Freunde, ohne Verbündete, ohne Macht. In Mörderhand gefangen. Wer so den Bruder mordet, warum nicht auch das Weib? Die einzige Zeugin? Doch Claudius, er war schlau. Durch Heirat band er fester mich an sich und macht' mich mundtot. Wenn schon nicht ganz zur Leich'. Es hätte wohl auch gar zu übel ausgesehen, die Königin so schnell nach ihrem König zu verlieren.

Mir wurd's zur Hölle. Mächtig erzwang sich Claudius sein eheliches Recht, sogleich zur ersten Nacht. Ich schrie.

Ich schrie, ich tobte, biss. Da ließ er ab. Er lachte, spuckte aus.

Von Stund' an interessierte ihn nurmehr die Macht. Und wie er deiner, Hamlet, ledig werden könnte. Es wissen alle noch, wie ich geschrien in dieser Nacht, der neue König am anderen Morgen mit roten Striemen im Gesicht. Du dachtest: Blut der Leidenschaft, du Narr, und sahst mich an, als wäre ich wie eine der Bettgenossinnen des toten Königs, deines Vaters.

Dem Onkel aber wurde, wie du dich betrugest, Hamlet, immer mehr zuwider. Die Macht war nun bei ihm und er nicht länger Willens, deine offene Verachtung wortlos zu ertragen. Winke, wie er mit dir ein Ende machen wolle, häuften sich. Gesprächen mit dir ohne Zeugen ging er aus dem Weg. Bis auf dies eine so unselige Treffen in meinem Zimmer, wo wir die Zeit nicht recht zu nutzen wussten, wo deine Worte mich so sehr verletzten, dass meine Rede nur noch Tränen waren, heiß hinter meinen Augen nach innen nur geweint. Und was du von mir hörtest: seelenloser Schall, höfische Tarnung meines Herzens, das von meiner Liebe zu dir überfloss.

Als du dann aber redetest zu einem Geist, den du helllichten Tags in meinem Zimmer vorgabst zu sehen, da wusste ich, dass ich in jener Nacht zuvor, zuviel dir zugemutet, als ich dir erschien. Als deines Vaters Geist erschien.

Ach, Hamlet, nur ein Phantast, ein Träumer wie du glaubt an Gespenster, mir hat man diesen Aberglauben schon in Kindertagen ausgetrieben. Hilf dir selbst, so hilft dir Gott, das wurde mir versprochen. Der erste Teil ist richtig. Ja, gewiss.

Dass ich dir als Gespenst die Wahrheit sagte, diese Maske war der einzige Betrug, den ich je an dir verübt. Verzeih mir, Sohn. Geliebter.

Du fragst, warum ich zu dir kam in eben *der* Gestalt?

Ich frag' dich: Hättest du *mir* denn geglaubt? *Mir*, von der du alle Liebe abgezogen und dem Toten zugewandt? Dein Abscheu wäre größer noch vor mir geworden, wenn du gewusst, dass ich schon vor der Heirat es gewusst, dass ich die Hand in eines Mörders Hand gelegt.

Für dich. Für Dänemark! Ich sag's noch einmal. Für Dänemark. Für dich.

Doch nun zurück.

Ich legte deines Vaters Rüstung an, ergriff den Marschallstab und stapfte zur Terrasse auf der Befestigung der Burg zu Helsingør. Francisco und Bernardo, später auch Horatio, traf ich da und jagte ihnen einen Schrecken ein, der ihnen in den Adern das Blut gefrieren ließ. Natürlich verschwand ich, als die Hähne krähten; ein jeder weiß, dass dies Gespensterbrauch. Und an die drei kein Wort. Natürlich nicht. Die Wörter spart' ich auf für dich, nicht ohne deines Vaters Redepomp ins Kleinste zu kopieren. Um alles umso glaubhafter zu machen, warf ich die Schande erst auf deinen Onkel und ließ auch mich nicht ungeschoren, ermahnte dich jedoch, erinnere dich, in Schutz zu nehmen deine Mutter. Du warst erschüttert, außer deiner selbst. Nun, das war mein Plan. Ich wollte Ansporn deiner trägen Rache sein. Wenn nicht ein Mensch, so sollte dich ein Geist zum Handeln zwingen: Zu rächen deinen Vater, von einem Mörder zu befreien Dänemark, dahin musst' ich dich zwingen!

Stattdessen: Worte. Eine Schauspieltruppe, ein Possenspiel, das simpel nachäfft, was in Wirklichkeit geschah, zum

Himmel schreit, nach Rache schreit. Mehr noch: Der König alarmiert, gewarnt, weiß, dass du weißt und ich es dir gesagt. Weiß: dass wir beide wissen.

Jetzt ist unser beider Leben keinen Pfifferling mehr wert. Ach Hamlet … Man hatte deinen Hang zum Träumen, zum stillen Hinschauen, Wegschauen, zum Dreh'n und Wenden aller Dinge im Kopf zur Hohen Schul in Wittenberg nicht nur versäumt zu brechen, sondern noch gestärkt. Noch immer wie zu Kinderzeiten glaubst du, mit Worten zu erwirken, was nur Taten zeugen können.

Doch dann: Polonius. Wo Zaudern angebracht, da saß der Degen locker! Und dann: so wenig Mitgefühl! Noch schlimmer: so gar kein Weitblick für die Folgen deiner Tat. Allein den Leichnam zu verscharren, fiel dir ein, als könnte so die üble Tat in dunkle Erd' verwandelt werden. Du bist derselbe noch, der damals am Ufer saß und zusah, wie Horatio fast ertrank. Doch Hamlet, du musst geradestehen für alles, was du tust – und unterlässt zu tun.

Und dann Ophelia. Was redetest du von der »Siedeglut« in meinem Blut und von der »Hölle, die in der Matrone Gliedern meutern«. Du weißt jetzt, wie es darum stand und steht. Begehrt hab ich der Männer Blicke, das ist wahr, ihr Schmachten. Aufzustacheln liebt ich ihr Begehren, nicht: es zu stillen. Mag sein, das schickt sich nicht für eine Königin. Mehr aber hab ich mir nicht vorzuwerfen.

Mit deiner Klage gegen mich klagst du dich selber an. Wie gerne hätte ich die liebliche Ophelia als meines Hamlets Frau gesehen, dachte, ihr Brautbett auszuschmücken, nicht ihr Grab zu überstreuen. Das du ihr bereitet hast.

Nicht nur Polonius, ihren Vater, hast du hingemordet. Ophelia war von dir im zweiten Monat schwanger. Als ich den Onkel im Bette von mir stieß, hast du mit deiner unglückseligen Wörterkunst das Mädchen dir zu Willen hingeschwatzt. Da waren Worte dir nicht mehr genug. Danach: ihr Vater tot, ihr Bruder fort in Frankreich. Du, wie sie mir erzählte, kalt wie Dezembereis. Dann fern in England.

Sie hatte mich noch einmal aufgesucht, du warst schon auf dem Schiff, auf hoher See, Horatio, der bei mir weilte, kann dir Näheres erzählen. Er riet mir auch, sie zu empfangen, andernfalls, so drückte er sich aus, sie im Gemüte Böses auszubrüten, gefährliche Vermutungen zu streuen imstande wäre. Das unglückselige Geschöpf. War sie nun irre, oder hat sie, dich zu schützen, nur Irrsinn allen vorgespielt?

Doch was sie, eingehüllt in Geistesblindheit, sah, das machte jeden sehend, der es hörte. Das waren nicht die Lieder eines guten Kindes. Verführte Unschuld klagte ihren Schmerz und klagte an. Für jeden, der verstand zu hören: Dich, Hamlet, meinte sie! Ein Wort von dir, Hamlet, vor deiner Reise, ein Wort zu ihr, zu mir: Du musstest diese Schuld nicht auch noch auf dich laden!

Du hattest immer viele Worte, für sie, für mich, für alle Welt, doch nie im rechten Augenblick das rechte. Ich war es wieder, die erneut standhielt der Welt und dem Laertes den Tod der Schwester kundtat, mit so bewegten Worten, als wär ich selbst dabei gewesen. So wie du mir einst das von Horatio erzähltest, in schönen Bildern, die das Schreckliche fast hätten mildern können. Ich sah Laertes rasen, sah den tück'schen Blick des Königs, und darum, Hamlet, Sohn, erinnere dich, war meine letzte Bitte dann an dich, hör sie noch einmal!, dem Laertes freundlich zu begegnen.

Der König trachtet dir nach deinem Leben. Ich hoffe, in Laertes hast du trotz allem, wenn nicht den sicheren Freund, so einen Feind doch nicht.

So trinke ich denn morgen auf dein Glück, Geliebter. Sohn.

Im Taschentuch, mit dem ich dir den Schweiß von deiner Stirne wischen werde, steckt dieser Brief. Ich hoffe, du begreifst und steckst ihn unbesehen zu dir. Auch sollst du wissen, dass ich nicht den ganzen Becher leeren und laut verkünden werde, dass vergiftet war der Trank.

Dann endlich handle. Töte den, der dir den Vater und die Mutter umgebracht. Mach den Laertes dir zum Freund.

Horatio steht zu dir – wie ein Bruder, hätt' ich fast gesagt, nein, wie eine Mutter steht Horatio zu dir. Auch ihm werd' ich noch ein paar Zeilen schreiben und dich von meinem Herzen an das seine legen.

Geliebter. Sohn. Ich darf nun von dir träumen. Von deinen Lippen, die an meiner Brust gesaugt wie niemals Lippen wieder, von deinem Leib, der sich an meinen schmiegte, als Kind, als Jüngling und als Mann, von deinem Blick, der sich in meinen brannte, von deiner Hand in meinem Nacken, meinem Haar. In deinen Worten, Hamlet, träumen will ich in alle Ewigkeit, den süßen Worten, die mir soviel höher standen als die Wirbel-Welt, mit ihren Dingen, Sachen, Taten, Tatsachen, die ich immer für uns zwei gelebt. Da galt mir stets: mehr Inhalt, weniger Redekunst! So kannte mich die Welt. Du weißt es wohl.

Doch immer brauchte ich die Flucht in deine Wörterseligkeit, um all die harte Welt um mich herum zu meistern. Jetzt, Hamlet, darf ich träumen.

Sterben, schlafen – schlafen und gewiss auch träumen …

Du aber, Sohn, geliebter, lass meinem Opfer Taten folgen.

Nicht länger weine mehr um Hekuba. Um dich vergieße deine Tränen, um deinen Vater und um mich. Dann aber lass die Tat der Klagen Siegel sein.

Ein kriegerischer Staat ist Dänemark, England gebrandmarkt und auf Rache sinnend, das Dänenvolk unruhig, seit des alten Königs Tod, doch dir ergeben. Dich, Hamlet, liebt dein Volk. Auf Rache sinnend, ist Norwegens Fortinbras mit seinem Heervolk auf dem Marsch hierher, das Dänenvolk geduckt von harter Fron, die ihm des Rüstungs Eifer aufgebürdet hat. Mach dem ein Ende, Hamlet. Das Volk ist dir ergeben, liebt dich. Und es liebt den Frieden.

Wie jedes Volk. Wenn man ihm nicht die Lust am Leben nimmt, und das heißt nicht mehr und auch nicht weniger, als es mit Arbeit, Lohn und Brot wohl zu versorgen. Seine Regierung sollt' ein Volk nicht anders spüren, als einen gutgeschnittenen, bequemen Schuh, in dem es sich vortrefflich vorwärtsgehen lässt. Und an den Feiertagen etwas Glanz, die kindlichen Gemüter zu erheben.

Hamlet, geliebter Sohn. Was hätten du und ich aus diesem Land gemacht!

Ein Königreich des Friedens und des Wohlstandes, Vorbild allen Völkern, gepriesen in den Büchern noch nach Jahrhunderten in deinem Namen: Hamlet, König von Dänemark.

Nun musst du ohne mich dies schöne Bild zur Wirklichkeit erwecken. Sei du ein Herrscher, der die Macht liebt um des Friedens willen. Nimm meine Tatkraft, paare sie mit deiner Phantasie und deiner Geisteskraft. Von einem Land zu träumen ohne Lug und Trug, wo jeder sonntags seinen Butt im Topf hat, davon zu träumen, Hamlet, geliebter Sohn, das lässt mich ruhig schlafen.

Du weißt, ich habe nie die Dunkelheit gefürchtet.

Das Dunkel nicht – und nicht das Licht, wo wir uns wiedersehen.

Lass dir Zeit.

Liebe, Lust und Lügenpresse.
Eine infernalische Geschichte

Liebe Luzifera,
draußen wäscht sich mein Kater in der Sonne. Ich sitze still am Tisch und rühre Milch in Kaffee. In der Ecke verschnauft der Besen – wir alle sind froh, wieder zu Hause zu sein. Aber es hat sich gelohnt. Der Kongress war ein Triumph. Endlich der Wahrheit ans Licht geholfen. Endlich Genugtuung! Und noch einiges mehr.

Aber der Reihe nach.

Du erinnerst dich an die Einladung, die ich dir zuschickte: »Die Wahrheit ist konkret! Kongress zur Wiederherstellung der Faktizität. Oder: Wer hat Angst vor den weisen Frauen?« Du weißt, erst wollte ich nicht hin, die ganze weite Reise, und warum ausgerechnet Straßburg? Doch dann leuchtete mir ein, dass man diese Stadt gewählt hatte, weil dort der Europäische Gerichtshof für Menschenrechte sitzt, dem man eindeutige Fälle sofort zuleiten würde.

Mein Fall war zweifellos einer der spektakulärsten.

Natürlich gab es auch Trittbrettfahrer. Allen voran diese alte eitle Pute, die ihr dubioses Renommee nur ihrer Stieftochter verdankt. Sie arbeitet jetzt übrigens beim *Spiegel* in der Wissenschaftsredaktion. Drängte sich ans Mikrophon und fing an zu lamentieren, welches Unrecht ihr geschehen sei. Wo sie doch nur ihre theoretischen Forschungsergebnisse habe in der Praxis überprüfen wollen: Experimente mit Schnürriemen, einem Kamm und einem Apfel an einer unbefangenen Versuchsperson. So ein Unfug! Nicht mit uns! »Spieglein, Spieglein an der Wand«, höhnte der Saal wie aus einem Munde, »setz dich hin und halt den Rand.« Weiber! Wissenschaft, auch wenn sie noch so ausgekocht daherkommt, ist schließlich keine Hexerei!

Aber zurück zu meinem Fall.

Du weißt, dass mir nach Heinrichs Tod Gesellschaft kaum mehr behagte. Auch war der Name Faust seit seiner Himmelfahrt in unseren Kreisen in Verruf geraten. Schließlich wurde er »gerettet«, na, du weißt, was das heißt. Aus Grab und Hölle hätte man ihn ja – ich hab da so meine Beziehungen – wieder rauskriegen können; aber aus dem Himmel? Kannst du vergessen.

Also raffte ich ein paar Kleinodien zusammen und ließ mich in einem Walde nieder. Meine Küche hast du immer geschätzt – ich verstehe, aus nichts ein wenig, aus wenig ein Üppiges zu machen, und so fehlte es mir an nichts. Sogar ein Häuschen hatte ich mir wieder zusammengebaut, hättest es sehen müssen, ganz süß. Zum Anbeißen.

Bis diese vermaledeiten Kinder auftauchten.

Eher Halbwüchsige, würde ich sagen. Verwahrlost und ausgehungert fraßen sie mir buchstäblich das Dach überm Kopf weg. Stellten sich als Hans und Grete vor. Grete! Da schrillten bei mir die Alarmglocken. Hatte diese Schlampe, na, du weißt schon, dieses Gretchen, ihr Kind am Ende gar nicht umgebracht? Steckte womöglich diese Kupplerin, diese Marthe, dahinter, die mir schon einmal so übel mitgespielt hatte! Hatte die am Ende das »Kind der Liebe« (dass ich nicht lache!) aus dem Wasser gefischt, sich davongemacht und schließlich, das kleine Gretelein als das ihre auf dem Arm, den Witwer mit seinem kleinen Hans zur Ehe verführt? Wie mannstoll das Weibsbild war, wusste ja sogar schon dieser Goethe. Und jetzt hatte dieses Luder womöglich das Kind von meinem Heinrich und dieser Betschwester hierhergeschickt, um bei mir rumzuschnüffeln? Denk mal drüber nach.

Wie auch immer: Die beiden schienen hocherfreut, bei mir unterkriechen zu können. Erzählten etwas von einer Mutter, die den Vater überredet habe, sie in den Wald zu schicken, weil nicht genug zum Beißen da sei für eine Bedarfsgemeinschaft aus zwei erwachsenen Erwerbslosen und zwei Minderjährigen. Na, man hört derlei Geschichten nicht eben selten in diesen Zeiten.

Aber du kennst mich ja, mich und mein gutes Herz. Ich ließ es an nichts fehlen. Das Mädchen ging mir im Haushalt zur Hand. Es lernte dabei auch einiges und gedieh prächtig, während der Junge, angeblich der Bruder, bei aller guter Kost mager blieb wie ein Stock, wer weiß, was die beiden hinter meinem Rücken trieben.

Das ging so eine ganze Weile, bis meine Eule eines Nachts mit der Botschaft zurückkam, die Mutter der beiden sei gestorben. (Wenn es Marthe war: Fahr gen Himmel!) Von ihr war also nichts mehr zu befürchten. Um die Wahrheit zu sagen: Das feine Pärchen hatte wenig Lust, meine Oase zu verlassen. Aber ich blieb hart und schickte die beiden mit einer Handvoll Edelsteinen nach Hause.

Und was lese ich dann zwei Tage später im Web? (Bin heilfroh, dass es diese Einrichtung gibt; eine tägliche Zeitungslieferung in diese Einöde zu verlangen, wäre einfach ungehörig.)

»Verhext im Wald! Entführtes Geschwisterpaar wieder aufgetaucht!« Von unfassbaren Martern wie Wasserholen, Holzhacken, Hühnerrupfen, Spargelstechen, Erdbeerenpflücken war da die Rede; dass ich den Jungen eingesperrt hätte, um ihn zu mästen und – horribile dictu! – ihn zu essen! Igittigitt! Wer denkt sich bloß sowas aus! Du weißt, wie heikel ich bin, wenn es um Frischfleisch geht, in diesen Zeiten, wo Gammelfleisch in aller Munde ist. Sogar das Rezept stand da schwarz auf weiß: »À la Perrault« hätte ich den Knaben (bäh, diesen Lümmel!) verspeisen wollen, also gekocht mit »Sauce Robert, in Essigsoße mit Zwiebeln!«. Unterzeichnet war der Artikel mit einem feig anonymisierten gg. Na klar! Diese sich als Gourmets gerierenden Schreiberlinge hatten nicht nur das Rezept, sondern, wie mir jetzt klar ist, die ganze Story von diesem französischen Journalisten, diesem Perrault, geklaut.

Kaum hatte ich mich mit einem scharfen Ritt über die Tannen hinauf zum Brocken leidlich beruhigt, da lese ich schon die nächste Meldung. (Das Web ist da ja schnell.)

»Horror im Hexenhaus! Kinder kämpften um ihr Leben!« Hatten diese Gören doch schlichtweg behauptet, mich in den Ofen gestoßen und verbrannt zu haben, um mir zu entkommen!

Nun, auf dem Kongress hoffte ich, nicht nur einiges geraderücken zu können, sondern auch herauszukriegen, was die beiden zu diesen ungeheuerlichen Bosheiten veranlasst hatte.

Schon mein Erscheinen strafte die Meldungen Lügen. Nicht nur, dass es mich gab, sozusagen von den Toten auferstanden. Als verhutzeltes, garstiges altes Weib hatte die Presse mich beschrieben. Kannst du dir vorstellen, dass mein Heinrich sich mit so etwas eingelassen hätte? Wäre er, der die Schönheit in jedem Baum und jeder Quelle anbetete, einer alten Vettel treu geblieben? (Denn treu war er mir ja schließlich doch, auch wenn diese Gans, dieses »Gretchen«, ihn mir zeitweise abspenstig machte. Na, sie hat dafür bezahlt; aber das steht auf einem anderen Blatt.)

Ach, mein Heinrich! Ich kann ihn einfach nicht vergessen! Weißt du noch, wie er damals auf jenem Berge in jener Nacht, der Nacht vor dem ersten Mai, meinem Geburtstag, die Augen nicht mehr von mir lassen konnte? War ja auch eine tolle Nacht, diese Walpurgisnacht, nicht nur wegen der Wahnsinnsidee, zwei Meerkatzen als DJs zu verpflichten, erinnerst du dich? Na klar, sowas vergisst man sein Lebtag nicht.

Für Heinrich und mich folgten dieser Nacht noch viele, alle nicht minder – ja, wie soll ich sie nennen – stürmisch leidenschaftlich romantisch? Ja, romantisch war mein Heinrich. Ich hab jetzt noch einen dicken Packen mit Gedichten von ihm an mich, auch wenn ich schon einige hundert diesem Goethe hab zukommen lassen, weil er hat so anständig über meinen Heinrich geschrieben. (Oje, falsche Grammatik, muss natürlich heißen: weil er so schön über meinen Heinrich geschrieben hat; da bin ich pingelig, so schön wie mein Heinrich gesprochen hat. Allein seine Monologe!) Naja, ich dachte, dann schreibt der Goethe auch mal was Nettes über mich. Denkste. Stattdessen veröffentlichte er Heinrichs Gedichte unter seinem Namen. Mit ziemlichem Erfolg, wie du weißt. Sei's drum. Ohne ihn wäre mein Heinrich nie eine solche Berühmtheit geworden; und die hat ihm doch sehr geholfen: später, in der Kaiserlichen Pfalz, in Sparta, Arkadien, in den Bergschluchten und schließlich (leider!) in den Himmel.

Ja, das hätte ewig so weitergehen können mit Heinrich und mir; oder doch die nächsten paar hundert Jahre. Auf jeden Fall war mein Heinrich der ideale Lebensabschnittsgefährte. Wenn dieser Mephisto nicht gewesen wäre! Ok, ich hatte mal was mit ihm, kurz, dieser Schwefelgestank aus der Nähe war unerträglich. Und dann immer dieser Pudel!

Natürlich hingen Heinrich und ich unser Verhältnis nicht an die große Glocke. Aber dieser Pferdefuß kam sofort dahinter. Erst versuchte er, uns gegeneinander auszuspielen, versprach mir sogar einen Dr. däm. (Doktor in Dämonologie) und lockte Heinrich mit todsicheren Börsentipps. Nichts zog.

Dann wechselte er die Taktik und machte einen auf Hausfreund. Mein gutgläubiger Heinrich, sichtlich erleichtert, fiel gleich drauf rein; später auch ich. So dachte ich an nichts Böses, als er mich, eine ziemliche Auszeichnung, zur Inspektion auf den Brocken schickte. Ich flog abends los, konnte also am nächsten Morgen wieder da sein. Kaum aus dem Haus, wird dieser Teufel meinen Zaubertrank Heinrich heimlich in die heiße Schokolade gemischt haben, die er jeden Abend vor dem Zubettgehen trinkt. Und wen sieht mein Liebster am nächsten Tag als Erste? Wie jeden Morgen geht er Brötchen holen und – zack! – läuft ihm dieses Gretchen übern Weg. (Sogar ihr Gebetbuch hat nichts genützt; tja, mein Trank hat eben Qualität!) Und mein Heinrich? Mit diesem Trank im Leibe sah er Helena in jedem Weibe.

Ich hatte mich selber ausgetrickst. Dabei hab ich selbst dieses Zeugs nie nötig gehabt. Obwohl, im Vertrauen, so ganze ohne T I Ae* käme auch ich nicht seit siebenhundert-sechzig Jahren (verrat mein Alter aber keinem!) über die Runden.

Ach, Luzifera! Du siehst, verschmerzen kann ich meinen Heinrich noch immer nicht.

So wirst du meine Schadenfreude nachfühlen können, die ich empfand, als ich neulich eine Werbung für ziemlich latschige Schuhe entdeckte, die den Namen dieses Teufels tragen. Wenigstens symbolisch wird dieser Satan nun welt-weit Tag für Tag mit Füßen getreten.

Aber zurück zu unserem Kongress.

So stand ich denn da: Minirock, T-Shirt, nabelfrei, de-zent gepierct, die Haare, nun ja, sie sind nun mal rot und lang und lockig, aber das sind die von der Jungfrau Maria manchmal auch. Jedenfalls sah ich nicht aus, als hätte ich es nötig, junge Männer mit Essigsoße und Zwiebeln zu mir zu nehmen. Du hättest das Raunen hören sollen, als ich das Podium bestieg, hochhackige Stiefel bis über die Knie, um den Hals als schwarzen, warmen Kragen meinen Kater.

Kaum hatte ich meine Sache vorgetragen, als in dem be-trächtlichen Applaus die ersten Rufe nach Richtigstellung laut wurden. Und weißt du, welcher Name immer wieder fiel? Natürlich weißt du es: Nach den Grimms wurde ge-schrien!

Beide Brüder, Wilhelm und Jacob, waren als Referenten eingeladen worden und auch beide gekommen, wie sie es ja meistens tun, damit sich der eine hinter dem andern ver-stecken kann.

So auch jetzt. Schon bei meinem Anblick, schließlich war

---

*   Tinctura Iuventa Aeterna

ich aus dem Feuerofen auferstanden, zeigten sie keinerlei Bestürzung. Kunststück: Totgesagt war ich ja nur von ihnen und nur auf ihrem Papier. Dreist traten sie vors Saalmikrophon, strichen sich durch die wie immer recht affig gestylten Locken und machten aus ihren hanebüchenen Lügen nicht den geringsten Hehl, eher dicke taten sie sich noch damit, diese eitlen Burschen. Von wegen Wissenschaftler! Eine nette junge Frau, so Wilhelm, die Hartz-IV-geschädigten Kindern unter die Arme greife, so Jacob, locke keinen hinterm Ofen hervor. Erst wenn einer (viel besser aber eine) darin verschmore, sei das eine Meldung wert. Leser heutzutage, so die beiden, seien einiges gewöhnt. Man denke nur an den Kinderschänder aus Belgien oder den Kannibalen von Rotenburg, so die Grimms. Und acht Jahre hätten es die Kinder ja nicht bei mir ausgehalten. Nur gut, dass diese Schmierfinken damals von der Affäre meines Heinrich mit dieser Kindsmörderin nichts mitgekriegt haben. (Oder eben doch nicht Kindsmörderin?) Dieser Goethe hat die Angelegenheit ja noch einigermaßen diskret behandelt. Trotzdem: Meinen Heinrich hat die Sache schließlich in den Himmel gebracht. Selber schuld, meinst du? Ja, vielleicht; aber lass uns davon nicht wieder anfangen.

Die Grimms also drehten und wanden sich. Zuerst versuchten sie, ganz abgebrüht, die Sache aus der Perspektive von Zeitungsmachern darzustellen. Bad news are good news; die Leser erwarten das, und was dergleichen Ausflüchte mehr sind.

Als ihre Phrasen dann in unseren Protesten untergingen, machten sie eine Kehrtwendung um hundertachtzig Grad, und Wilhelm, der weitaus Spitzfindigere und Abgebrühtere der beiden, kam uns mit der Moral. Damit das Gute überhaupt erkennbar sei, behauptete er, brauche man das Böse. Je grausiger das Böse, desto strahlender das Gute.

Da aber hielt es Alice nicht mehr auf dem Stuhl. Warum das Böse in der Regel Frauen angehängt würde?, empörte sie sich. Und diese Frauen immer alt und hässlich, möglichst noch seh- und gehbehindert und mit Parkinson und Bechterew-Buckel ausgestattet seien? Nun, sie könne es ihnen sagen: Nackte Angst spreche aus diesem Frauenbild, mit dem sie Millionen von Lesern hinters Licht führten. (»Leserinnen und Leser«, sagte sie; du weißt, dass ich dieses »-innen-Schwänzchen« für verzichtbar halte, aber: geschenkt.) Jedermann wisse, dass Frauen nun mal eine höhere Lebenserwartung hätten als Männer, folglich auch mehr Zeit, Weisheit und Lebenserfahrung anzusammeln. Frauen hätten nun mal die besseren Gene, und das sei keine Hexerei, sondern sowohl gottgegeben als auch wissenschaftlich erwiesen. Sie, die Gebrüder, sollten sich doch mal fragen, ob nicht ihre Angst und ihr Neid dieses Frauenbild geschaffen hätten. Angst vor dem Alter vor allem, das als das schlechthin Böse angesehen, ja, in ihrem Bild der alten Frau fast synonym verwandt würde. Neid, indem sie Frauen, wenn sie ihre Überlegenheit schon akzeptieren müssten, diese Dominanz als Bosheit, die Überlegenen selbst als Monster darstellen müssten. Immer wieder unterbrach unser Beifall Alice' Rede, während sich die sauberen Brüder vom Saalmikrophon zurückzogen und auf ihre Plätze verdrückten, wo sie miteinander tuschelten. Und richtig: Kaum hatte Alice geendet, meldete sich Wilhelm zu Wort. Und was, denkst du, was jetzt kommt? Du wirst es nicht glauben: Diese Brüder versuchten nun, alles einer sogenannten Märchenfrau in die Schuhe zu schieben. Von der hätten sie die Geschichte über mich und auch die der anderen Beschwerdeführerinnen. Sie zählten dann auch einige Namen auf, wobei sie zwischen unsereinem und allem möglichen Gesocks von bösen Stiefmüttern, faulen Töchtern und dämlichen Prinzessinnen keinen Unterschied machten.

Alles, was sie getan hätten, wär nur, das Mündliche schriftlich festzuhalten und ein bisschen zu glätten. Sogar den Namen der Frau hatten sie parat: Dorothea Viehmann. Hier machten sie eine Pause und fügten dann hinzu: leider tot. Welch ein Hohnlachen bei dieser Nachbemerkung durch den Saal ging, kannst du dir denken. Von Perrault natürlich kein Wort. Plagiateure!

Eine Dame, etwa in den Vierzigern, lila Kostüm, Bluse, Handtasche, Schuhe in abgestuften Fliedertönen, sprang nun, alle Dezenz vergessend, ans Mikrophon und bat um Ruhe. Auch sie, begann sie mit unsicherer, dann immer fester werdender Stimme, fühle sich nun ermutigt, ihre Geschichte zu erzählen. Ob wir uns an den Fall »Fundevogel« erinnerten, fragte sie. Natürlich taten wir das; und ich sah, wie die Grimms erneut den Kopf einzogen. »Also«, so die Frau, »›die alte Köchin‹, angeblich tot, genau wie meine Vorrednerin, das bin ich. Und genau wie sie wollte ich – angeblich! – diesen Fundevogel kochen und verspeisen. Mir wird übel, wenn ich nur daran denke. Die Wahrheit ist: Die Gören, denn auch Fundevogel hatte eine Schwester, wenn auch nur Ziehschwester, die Bälger also hatten genug von dem ewigen Eintopf, den ich ihnen Tag für Tag vorsetzen musste. Zu mehr war einfach kein Geld da in diesem Haushalt. Als Alleinverdiener mit zwei Kindern hätte sich der Herr Förster mich, die Haushaltshilfe, sonst nicht leisten können. Ich tat jedenfalls mein Bestes, die Familie zusammenzuhalten.

Dann aber erwischte ich die beiden in der Scheune. Geschwisterliebe war das jedenfalls nicht. Da kriegten sie es mit der Angst, ich würde alles ihrem Vater hintertragen. Ich entdeckte ihre Flucht zu spät, rannte aber aus Verantwortungsgefühl und Pflichtbewusstsein gegenüber dem alleinerziehenden Vater den beiden dennoch hinterher. Vergeblich. Seitdem haben weder der Vater noch ich etwas von den beiden gehört.

Tja, und was machten die Grimms daraus? Einen skandalösen Mist! ›Drei Knechte‹ – als ob wir uns Knechte hätten leisten können! – soll ich ihnen hinterhergeschickt haben. Und das saubere Pärchen? Hat sich angeblich dem Zugriff entzogen, indem es sich in einen Rosenstrauch mit Rose, dann in eine Kirche mit Krone verwandelte! Einfach so! Nicht mal die *Bild* bringt solche Ammenmärchen. Die Grimms schon.

Schließlich, so diese Spinntisierer, hätten sie, die Flüchtlinge, sich sogar noch in einen Teich verhext (sic!), und die Ente darauf hätte mich mit dem Schnabel ins Wasser gezerrt und dortselbst ertränkt. Dabei sehe ich noch heute ihr freches Grinsen. Damit aber nicht genug, geht es bei den Grimms nach ›der Mordtat, die sie natürlich wiederum als Notwehr darstellen, weiter wie folgt. Hier«, die Frau nestelte ein Papier aus der Handtasche und klopfte empört auf die Seiten, »schwarz auf weiß: ›Da gingen die Kinder zusammen nach Hause und waren herzlich froh.‹ Unerhört! Ich war die Einzige, die nach Hause ging. Und wurde entlassen.«

Du kannst dir vorstellen, wie der Saal getobt hat, als die Dame wieder Platz nahm.

Die Grimms aber – halt dich fest – hatten sich aus dem Staub gemacht. Verdrückt. Weg. Von der Bildfläche verschwunden. In Luft aufgelöst. Dachten wir.

Und das denken die anderen auch immer noch.

Doch auf meinem Weg ins Hotel erhielt ich eine SMS. Die beiden wollten sich mit mir treffen. »Ok«, simste ich zurück, »in der Lobby.« – »Nein«, kam es zurück, »bei den drei Tannen im Park.« Ich musste grinsen; sie können einfach nicht ablassen von ihrem romantischen Getue. Das Angebot allerdings, das sie mir machten, war handfest. Und die Summe auch. Da sei doch mehr drin, hätten sie bei meinem Bericht sofort gedacht. Exklusiv wollen sie meine Story haben. Tenor: »Die Schöne und der Knabe. Was im Koben wirklich geschah!« Ein paar Ideen hatten sie auch schon.

Nun stehe ich vor der Frage: Menschenrechtskommission oder Exklusivvertrag. Unsereins hat ja schließlich auch ein Gewissen. Aber ich hab da in der Bahnhofstraße in Zürich einen Zobel gesehen! Traumhaft! Hätte meinem Heinrich auch gefallen. Immer nur schwarze Katzen! Das muss doch mal ein Ende haben.

Mein Besen wird unruhig; er war heute noch nicht draußen.

Lass von dir hören!

Deine
Angelika

P.S. Ach ja, einen Zobel. Der bringt mir meinen Heinrich auch nicht wieder. Ob ich's mal mit Parship, dieser Partnerbörse im Internet, versuche? Hab da gerade ein paar interessante Typen entdeckt. Wilhelm Tell ist ja leider im

Himmel. Aber Hamlet? Oder Tristan? Aus dem Fegefeuer krieg ich die raus!

P. S. 2 Vielleicht willst du wissen, was aus den Kindern geworden ist. Meine Eule hat sie angeblich am Hamburger Bahnhof gesichtet, verdreckt, auf Drogen, immer auf der Suche nach 'nem Freier. Doch kürzlich kam sie von einem Überseeflug zurück und meinte, sie in Neuseeland entdeckt zu haben: gutbürgerlich verheiratet, drei Kinder und Besitzer eines Mittelklasse-Restaurants. Halt ich für wahrscheinlicher. Schließlich waren sie nicht mittellos mit meinen Edelsteinen. Und die Grimms werden sich ihr Schweigen auch etwas haben kosten lassen.

Editorische Notiz und Textnachweis

Die Autorin hat alle Erzählungen durchgesehen, und die Schreibweisen wurden auf die neue deutsche Rechtschreibung vereinheitlicht.

Bis auf die im Nachfolgenden gesondert aufgeführten Erzählungen sind alle Texte erstmals erschienen in: *Liebesarten*. Deutsche Verlags-Anstalt, München 2006.

»Brief Gertruds, Königin von Dänemark, an ihren Sohn Hamlet«, erschien erstmals unter dem Titel »Brief Gertruds, der Königin von Dänemark, Hamlets Mutter, an ihren Sohn«, in: »Hamlet und kein Ende«, hrsg. von Jürgen Krätzer. die horen 213/2004, S. 23–30.

»Liebe, Lust und Lügenpresse. Eine infernalische Geschichte«, erschien erstmals unter dem Titel »Liebe Luzifera«, in: »Mutabor oder Ich rieche, rieche Menschenfleisch«, hrsg. von Jürgen Krätzer. die horen 225/2007, S. 205–210.

»Welle«, in dieser Sammlung erstmals veröffentlicht.

»Willem van de Zee«, erstmals erschienen in: *Ein extraherrlicher Meersommerabend. Achtzehn Geschichten mit Salzwasser*. Hrsg. von Jan Christophersen. Mare Verlag, Hamburg 2013. S. 59–83.

Über Jahre der Sehnsucht und Leidenschaft

Hilla Palm, Arbeiterkind vom Dorf, ist als Studentin in Köln angekommen. In den turbulenten 68ern sucht sie hier heimisch zu werden, erkundet die Welt der Sprache, genießt die Freiheit des Denkens, sehnt sich nach Orientierung im Leben und muss doch erkennen: Ich bin meine Vergangenheit. Erst als sie ihrer Liebe begegnet, findet sie die Kraft für einen neuen Blick auf alte Verletzungen.

Nach *Das verborgene Wort* und *Aufbruch* ist *Spiel der Zeit* der dritte Teil des autobiographischen Erfolgsepos.

PENGUIN VERLAG